キングメーカー

Kingmaker

本城雅人

Honjo Masato

双葉社

目次

装画　伊藤彰剛
装丁　泉沢光雄

キングメーカー

1980年代後半から90年はじめの民自党

【八海山《はっかいざん》時代】

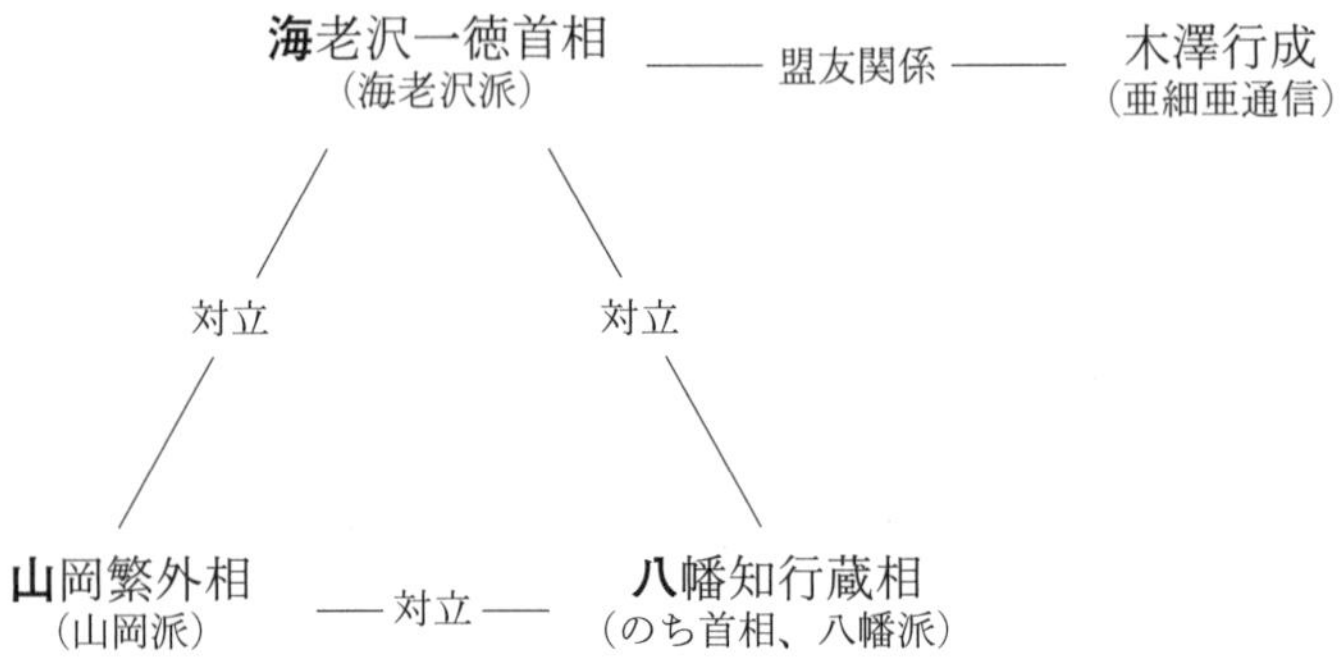

2020年代の民自党

【阿佐見三荘《あさみさんそう》時代】

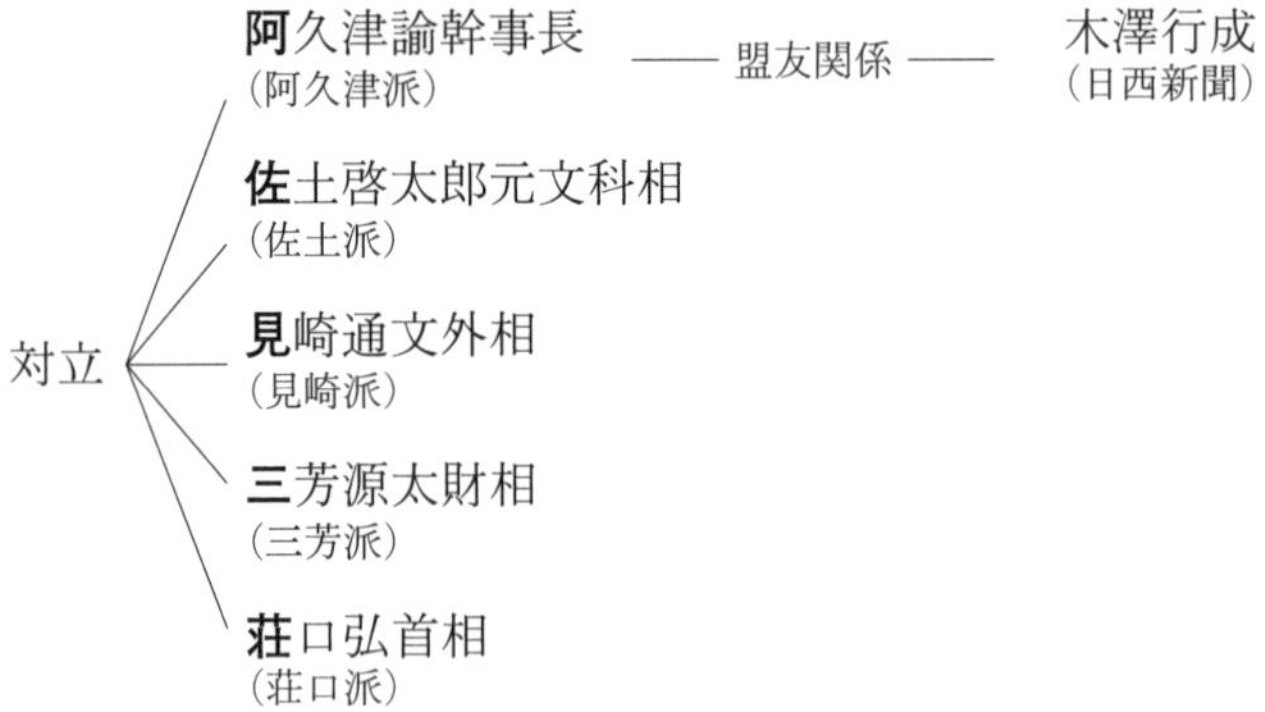

プロローグ

週に一度行われる日西《にっせい》新聞の定例幹部会はこの日も滞りなく行われた。

販売局出身の島田《しまだ》社長を中心に、四角く囲んだ長机に取締役、局長たちが座り、それぞれの部門について報告を上げている。

服部信之《はっとりのぶゆき》が編集局長に昇進したのが三年前、それまでの幹部会では、編集担当取締役と、広告、販売担当取締役がお互いの方針を主張し一歩も引かずに議論していた。今は主導権を握るのがデジタル局に替わっている。そのデジタル担当役員が編集局出身の菅波《すがなみ》専務である。

販売部数が毎朝新聞や東都新聞の半分にも満たない日西新聞は、大手二紙のようにデジタル化に猛反対する販売店からの圧力が小さい。そのため菅波専務がデジタル担当になったのを境に、スクープ記事や、名物記者が書いた解説記事のネット解禁時間を、朝刊がおおよその家庭に宅配される午前六時から記事を入稿した時点に変更した。かつては紙面のみだった外部識者の連載コラムも、著者の承諾を得て、ネットに掲載している。

ネット嫌いで知られていた菅波が、自分が担当になった途端に強硬にデジタル化を推し進めることに違和感を覚えた服部だが、今はそういう時代だと従った。いずれは「紙」に見切りをつけないことには、新聞社は生き残れない。

しかし完全デジタル化以前に、日西新聞は重大な問題を抱えている。

今のままでは、我が社がメディアの地位を利用して、総理大臣の専権事項である国会の解散や国務大臣の任免や政策決定、さらにはその総理大臣の選出にまで干渉してきたことが暴露され、国民から非難されるだろう。

それは、たった一人の記者が長年続けてきた独断と横暴だった。

その事実が表沙汰になるだけで、他の多くの記者たちが汗水垂らして取ってきた記事まで読まれなくなる。そうした不安を服部は編集局長になるずっと前、現場の記者だった頃から抱いていた。

島田社長の話が終わり、会議が終了した。

服部が席を立とうとすると、島田の隣、服部のちょうど対面に座っていた菅波から「服部局長は残ってください」と引き留められた。

他の人間が去り、秘書室長がドアを閉めると、服部はパイプ椅子を持って机と机の間を通り抜け、島田と菅波が並ぶ席の前に腰を下ろした。

「それで例の計画はどうなっているのかね」

切り出したのは菅波だった。社長の島田は余計なことは言わないように口を固く結んでいる。

「はい、着々と進んでいます」

「海老沢《えびさわ》元総理の政治史の連載取材を重ねる中で、木澤《きざわ》氏がこれまでしてきた黒歴史を暴いて追いやる、そう言うのは威勢がよくていいけど、本当にそんなことができるのかね」

「以前にもお話ししましたが、そこは私を信じてくださいと言うしかありません」

激情型の菅波を刺激しないよう服部は言葉を選んだ。

「政治でも経済でもスポーツでも、黒幕は国民に嫌悪され、週刊誌に晒され、ネットで炎上する。それが現代社会だよ。一人の新聞記者が歴代の総理大臣を何人も決めてきたなんて事実が世に広まったら、我々は報道機関として存在できなくなる」

忌々しげにもっともらしいことを述べた菅波に、服部はどの口が言うのかと辟易した。

かつては政治面が脆弱だと言われていた日西新聞だったが、二十五年ほど前から政治スクープが一気に増えたのは、当時の社長と、政治部長だった菅波が、亜細亜《あじあ》通信から木澤行成《ゆきなり》をヘッドハンティングしたからだ。

九年前に定年を迎えた木澤に、「上席編集委員」という特別待遇を与えたのも菅波である。

木澤がスクープを持ってくるたびに、菅波はまるで自分の手柄であるかのように喜んでいた。政治部長から編集局長、編集担当取締役とエリートコースを歩んだ菅波が後ろ盾になっていたからこそ、木澤は好き放題できたのだ。

昭和六十三年、この国に初めて消費税を導入したことで知られる海老沢一徳《かずのり》以来、内閣総理大臣に任命されたのは十八人、民自党政権下の総理総裁はうち十二人、その半分は木澤が決めたと言っても過言ではない。

二十一世紀に入り五年以上にわたる長期政権を敷いた雫石《しずくいし》圭介《けいすけ》、そして再登板で在職日数が歴代最長となった山岡《やまおか》 譲二《じょうじ》、この二人にしたって総裁選の段階では本命ではなく、異なる候補が最右翼だった。それがいざ蓋を開けてみれば彼らが最多得票を獲得し、総理の座に就いた。

総裁選になれば木澤が推した方が勝つ——いつしか永田町ではそう言われるようになった。今の荘口《そうぐち》政権を誕生させたのも木澤である。

「新聞社は不偏不党が原則なのを木澤氏は完全に無視してるからな。あの政党では日本が悪くなるとか、そういうことばかり言うけど、それって我々が論じることじゃないんだよ。ねえ、社長」

そう息巻いた菅波に、島田は「そうですね」と気のない返事をした。

来年の株主総会での島田から菅波への社長交代は既定路線となっている。島田にしてみたら、退任してから行動に移して欲しかったのが本音だろう。編集局員の異動の内示を終えた服部が一カ月前、いよいよ実行しますと伝えた後、島田からこっそり呼ばれ、計画を延期できないかと翻意を促された。しかし服部は「そんなことをしている間に次の総理が誕生すれば、我が社が責任を負わなくてはいけないことがまた一つ増えてしまいます」と拒絶した。

ただし責任があるのは菅波だけではない。服部も同罪だ。木澤の下で政治記者の仕事を学びながら、木澤のやっていることが記者の仕事を逸脱していると、一度たりとも批判をしなかったのだから。

「もう一度確認しますが、我が社の恥になることだろうが、服部さんは公表されてもいい、そうなることで決着をつけると言っていましたけど、その考えに変わりはないのですね」

島田が不安げに尋ねてくる。

「うちの紙面で書く考えに変わりはありません」

「木澤氏が顔を真っ赤にして怒鳴り込んでくることだけは勘弁してくれよ」

木澤の政界への影響力を知る菅波から念を押される。

日西新聞の弱みを押さえている木澤が、退社勧告に黙って従うとは服部には考えられず、彼がこの計画を知れば、あらゆる政治家を使って報復に出ることも考えられる。その時日西新聞が無事でいられるかは分からない。

だがここで弱気になれば、菅波まで心変わりする。

「大丈夫です。慎重を期して実行いたしますので」

服部はそう伝えて辞去した。

第一章　永田町の蜃気楼

1

窓から皇居が見渡せる高層ビルの一室では、今しがたまで夕刊部隊の社員たちがきびきびと動き回っていた。それが午後一時半、夕刊が降版《こうはん》すると潮が引いたように人が減った。

国枝《くにえだ》裕子《ゆうこ》は社員が赤ペンで修正を入れたゲラで散らかった机を片付けていた。

日西新聞に中途入社した裕子は、一年間の支局勤務を経て、今日七月十八日、東京本社の政治部に配属となった。

本社勤務初日のため、就活生のような白シャツにグレーのパンツを穿いてきた裕子は、自己紹介させられると思って簡単な挨拶を準備してきた。

だが会社に到着した時は、社内は夕刊の準備で目が回る忙しさで、編集局のトップである服部編集局長に連れられ、原稿を見ては直しを入れる政治部デスクと、あとは内勤作業をしていた記者数人に挨拶しただけ。その中には、今年の十二月までは三十二歳の裕子より年下の記者も何人かいた。

数人規模の支局と違って、百人以上の社員が動き回る本社編集局の光景はなにもかもが新鮮だった。

裕子が去年五月まで勤務していた大手出版社の週刊誌編集部も、締め切り前はバタバタしていた。それでも発売の三日前が締め切りの週刊誌と、締め切り後の数時間後には購読者のもとに届けられる新聞とは、切迫感が異なる。

一度、輪転機を回せば、止めて刷り直すのに何百万円ものコストがかかる。ミスは命取りになるにもかかわらず、締め切り直前に入ってきた記事を、デスクと整理部員が軽く言葉を交わしただけで、一度組み終えたゲラに挿入し、たった数分間で組み直された紙面を目にした時には、感動すら覚えた。

「国枝さん、来たぞ」

壁際に並ぶ幹部席の真ん中にある編集局長席から服部に呼ばれた。

後ろでまとめている髪が緩んでいたことが気になっていた裕子は、バレッタを外して髪を強く引っ張り、留め直してから立ち上がる。

編集局に入ってきた初老の男が、両手をポケットに突っ込み、肩をそびやかすようにして窓側の席へと歩いていく。

男はグレーのスラックスのポケットから取り出したスマホと財布を机の上に置き、「よっこらしょ」と独《ひと》り言《ご》ちてから腰掛ける。

窓際を照らす強い陽光を浴びた男の姿が白く煙って、一瞬消えた。

そう見えたのは男の髪の毛、そして口の周りの無精髭までが、見事なまでに白かったからだ。

白というより透明に近い。

ふさふさしたその白髪を真ん中分けにし、縁が厚い黒いボストン型眼鏡をかけている。新聞記者というよりは、教壇に立つ大学教授といった雰囲気だった。

「キザさん、すみません、呼び出して」

小柄な服部局長が声をかけると、初老の記者は振り向いた。背は一六三センチの裕子より少し高いくらいだったから一七〇センチくらいか。初老記者は学者風の風貌に似合わない野蛮な声を出した。

「別に構わねえよ。上司の指示ならどこへでも出向くのが一兵卒の仕事なんだから」

眼鏡の奥の目はくりくりして、いささか垂れていた。その垂れ目が人を食ったように、にたついている。

木澤行成——日西新聞政治部に所属しているが、定年は過ぎ、年齢は六十九歳。今は上席編集委員として年契約で働いている。編集委員という名の専門職は各部に数人ずついるが、「上席」とつくのは木澤一人だけだ。

日西新聞に与党・民自党に深く入り込んでいる個性的な名物記者がいることは、裕子の前職の週刊トップでも有名だった。

そこで木澤が目を眇《すが》め、服部の背後に立つ裕子を見入った。

「それが、例の仕事をする記者か。まさか女とは思わなかったな。まだ若えじゃねえか」

裕子の体を値踏みするように視線が上下する。その視線は取材先や飲み会などで覚える男性特有の卑俗なそれとは異なる。だが目には蔑みが宿っているように感じた。

「彼女は三十代ですからキャリアは充分ですよ。国枝さん、自己紹介しなさい」

「はい。本日より政治部に配属になりました国枝裕子です。前は奈良支局にいました。政治取材はほとんど経験がないので、よろしくお願いします」

「素人をつけるのかよ。うちは人材難だな」

「キザさんが書ける人間にしろよと条件をつけたからじゃないですか。彼女はうちに来るまでは週刊トップにいました。原稿のキレは奈良支局長からもお墨付きです」

「なんだ、トップ屋上がりか」

死語となった週刊誌記者の呼び名を言った。もっともトップ屋とはスクープ記者の別称で、週刊トップでは昭和の大事件を回顧するような読み物企画を担当していた裕子とは畑違いだが。

「海老沢一徳の連載を始めて、その後は本にまとめるんです。下手に肌感覚で時代を知ってるベテランより、なにも知らない記者の方が、色眼鏡で見ないからいいでしょう。当時のことは全部、キザさんがそばで目撃してるわけだし。あっ、国枝さんは海老沢内閣が発足した頃はいくつだ？海老沢総理がふるさと政策を打ち出した頃だよ」

服部に振られた。

「平成二年生まれなので、海老沢内閣が発足した三年後です」

「そりゃ、知るわけねえな」

木澤が声に出して笑った。

支局での修業を終えた裕子が東京本社政治部で与えられた仕事が、日西新聞がここ数年力を入れている政治史企画で、昭和の終わりから平成にかけて日本の政治に影響力を持ち続けた海老沢一徳元総理についての連載だった。ただ政客・海老沢一徳の足跡を辿るということは、同時に上席編集委員・木澤行成の記者録の意味合いも兼ねる。

　海老沢政権の頃は日西新聞ではなく、新聞社やテレビ・ラジオ局に記事を配信する通信社の記者だった木澤は、海老沢以外にも多くの大物政治家に食い込んだ。

　その結果、今も政治の潮目が変わるたびに、とっておきの情報を日西新聞にもたらす。服部局長は当初、自身の見聞を踏まえながら木澤の視点で書いてくれないかと打診したそうだが、「記者が自分のことを書くなんて、そんなこっ恥ずかしいことできるか」と断られたらしい。

「そういうことで彼女が原稿を書くので、いろいろ教えてあげてください。こき使ってくれて結構ですから」

「こき使うもなにも、俺なんか戦力外だろ」

「なに言ってんですか。うちみたいな弱小新聞が戦っていけるのはキザさんがいるからですよ。荘口政権の支持率も下がって、そろそろキザさん頼みになります。キザさんだって使える人間が多い方がやりやすいでしょうし」

「俺も来年は七十だ。いつ編集委員の契約を切られるか分からねえし、局長たっての頼みなら、最後の仕事だと思って協力するけどな」

「なにが最後ですか。七十でやめる気なんてさらさらないくせに。それより私は来年の三月が六十歳の誕生日で、定年ですから」

「おまえさんこそ、その頃には調子よく役員に上がって、居続けるんだろうよ」

木澤は顎をもたげて鼻笛を吹く。鼻毛まで真っ白だった。

役職は局長の服部が上だが、二十五年以上前、当時、経営破綻しかけていた亜細亜通信から請われて日西新聞に移籍してきた木澤は実質生涯契約だ。定年後に再雇用されている記者としては、考えられない高年俸が支払われているようだ。

あまりの存在の大きさに、政治部デスクもつまらない用件では電話もかけられないアンタッチャブルな存在。社内で木澤とまともに口が利けるのは、服部局長だけとも言われている。

「では、あとは任せたぞ、国枝さん」

服部はそう言って、自席に戻っていった。木澤は再び他紙の朝刊に目を通し始めたので、裕子は近くにあった椅子を運び、木澤の机の横に置いて座った。

「連載っていつからやるんだ？」

唐突に訊かれて返事に戸惑うが、答えなくては協力が得られないと、「デスクからは八月中頃には始めてほしいと指示されています」と話す。

「一ヵ月もないじゃねえか」

「二十日ちょっとですね」

「で、そこに俺は出てくるのか？」

「服部局長からは会社の宣伝のためにも出してほしいと言われています。木澤さんが嫌ならやめておきますが」

「少しくらいなら構わねえよ」

予想外の返答だった。

「いいんですか？」

「老兵は死なず、ただ消え去るのみだ。孫にも自慢できるしな」

「お孫さんがいるんですか」

「四十年以上前に別れた女房との間にできた息子から、一度手紙をもらっただけだけどな。子供ができたんで結婚しますって」

「式には行かれたんですか？」

「行くわけねえだろ。いまさらどの面下げて会えんだ。養育費も払ってねえのに」

孫がいたのは初耳だった。

「じゃあ、行くか」

木澤はまた「よっこらしょ」と面倒臭そうに腰を上げ、机の上のスマホと財布、それに家の鍵のようなものをスラックスのポケットに突っ込む。

「どこに行くんですか？」

「取材に決まってんだろ？　おまえ、そのために俺を密着マークすんだろ」

「密着マークなんて」言いかけたが、それなら来るなと言われそうで「はい、そうです」と答えた。

2

会社の前からタクシーに乗り、老舗の赤坂グランドホテルに向かった。そのホテルは政治家がよく朝食会をやることで有名だ。時間は午後二時半を回っていた。

二階のレストランに入る。ランチは終了して店員は片付けに入っていた。にもかかわらず木澤は入店を断ろうとしたウエイターを、「待ち合わせだ」と払いのけ、左奥の個室に向かった。木澤はノックをしてから個室の扉を開けた。中を覗き、裕子は目を疑った。民自党の幹事長である阿久津《あくつ》諭《さとし》が座っていたからだ。

「やあ、幹事長。遅いランチですな。だけど与党の幹事長がぼっち飯とは寂しすぎやしませんか」

　ハヤシライスをスプーンですくって食べていた阿久津の正面の席に勝手に腰掛ける。

「なにが、寂しすぎやしませんか、ですか。キザさんは、ここが唯一、私が一人になれる場所だと知ってるくせに」

　まるで気を許した友人がやってきたかのように、阿久津は同伴した裕子までを席に着くように促した。

阿久津諭、昭和三十四年生まれ六十四歳。衆院宮城×区、明桜大学政治学部政治学科卒。平成二年（一九九〇年）の衆議院選挙で初当選。阿久津派会長。厚生労働大臣、幹事長代行、党政調会長を経て、荘口弘《ひろし》内閣が発足した昨年に、幹事長に就任した。当選十一回。

　シルバーグレーの髪を横分けにした長身の阿久津は、涼し気な目許と柔らかな口調で国民から人気がある。ここ最近、次期総理の最右翼として取り上げられている。

　その一方で週刊誌などでは《陰の権力者として今、党内でもっとも力を持っている》《生殺与奪の権利を握る男》とも書かれている。

それは二つ前の政権、七年以上に及んだ山岡総理のもとで幹事長代行、政調会長として時に総理に意見し、党内で着実に力をつけていったことに起因する。

初当選議員を積極的にリクルートして、派閥を拡大した。民自党には現在、九つの派閥やグループがあるが、大きな派閥は五つ、阿久津派、佐土《さど》派、見崎《けんざき》派、三芳《みよし》派、それと総理の出身母体である荘口派。この五派閥の頭文字を取って「阿佐見三荘《あさみさんそう》」と呼ばれるが、その中で議員数トップを誇るのが、一〇五名が所属する阿久津派だ。二位の佐土派の六十二名を圧倒している。

席に着いた裕子のもとに、阿久津が食べているのと同じハヤシライスが出てきた。「お昼はまだなんでしょう。だったら食べてください」と言った阿久津に、木澤が二人分注文したのだ。木澤がスプーンを取ったので、裕子もいただくことにする。人気メニューとあって、よく煮込まれたたっぷりの牛肉に、コクのあるデミグラスソースとトマトの酸味がきいた他で食べたことのない豪華なハヤシライスだった。渡されたメニューには確か《２８００円》と書いてあった。一人ならまず選ばない。

どうしていきなり幹事長なのか、木澤がなにか取材する用事があったのかと思ったが、木澤は「うちでまた民自党の歴史を振り返る大型連載を始めることになったんですよ。幹事長の許可をもらっておこうと思って」と裕子を紹介した。

一応、ですます調を使っているが、態度は木澤の方が大きい。阿久津は五つも下だし、阿久津が初当選する前から木澤は通信社の記者として活躍していた。「キザさん」と呼ぶ阿久津が、丁寧な言葉遣いで木澤を立てているため、木澤がより不遜に見える。

「なにも私の許可なんてなくても。新聞は好き放題書いているではないですか」

ほとんど食べ終えていた阿久津は皿の隅に残ったルーをスプーンですくいとり、最後は布ナプキンで口を拭いた。所作までが折り目正しきジェントルマンだ。

「おい、言われてるぞ」

肘でつつかれ、裕子は慌てて頭を巡らせる。

「いえ、今回は昭和後期から平成にかけての民自党について、その頃、総裁争いをしていた八幡《やはた》知行《ともゆき》、海老沢一徳、山岡繁《やまおかしげる》、いわゆる『八海山《はっかいざん》』と呼ばれた三人の大物政治家のうち、海老沢元総理にスポットを当てて、功績だけでなく、人間味や、周囲との人間模様までを精微に追いかけていくつもりです。そうした内容なのでぜひ幹事長にも当時のお話を聞かせていただければと思っています」

裕子は、木澤が蜜月の関係を築いた海老沢元総理の名前を出したが、穏やかだった阿久津の目が少しだけ反応した。

木澤も変化を見逃さなかったようだ。

「馬鹿だな、おまえ。幹事長は海老沢先生のところにいた頃はろくな思い出がないんだよ」

そうだった。阿久津は国会議員を目指して海老沢の秘書になり、若くして公設秘書を務めた。衆院選の候補に内定していたのに、海老沢の指令で、地元の宮城県会議員を一期務めさせられた。平成二年、ようやく衆議院議員選挙に出馬して当選するが、平成五年、剛腕と呼ばれた岩嵜豪《いわさきごう》に追随、当時の八幡知行内閣の内閣不信任案に賛成し、阿久津は党を出ている。

「別にろくな思い出がないわけではないですよ。海老沢先生にはいろいろ教えてもらいました。

若い頃は無茶やってご迷惑をかけましたが、その後は海老沢派に戻してもらえたのですから感謝しかありません」

目が険を帯びたのは一瞬で、元の紳士的な表情に戻っている。

「幹事長は海老沢先生からはなにを一番学びました？」

木澤が質問する。裕子のために訊いてくれたのかもしれないが、やや意地悪に聞こえた。

「一番はポピュリズムに流されるなってことですかね。今の政治はまさに世論ばかり気にして、海老沢先生が黄泉の国で嘆いてらっしゃるでしょう。ネットのコメント欄やＳＮＳに国民が乗っかるように悪口を連ねていく時代を、海老沢先生は当時から予測していたのではないかと思うことがありますよ」

「そんなつまらない書き込みには流されるなと？」

「そうですよ。誰が書いているのかも分からないのですから」

木澤がまた肘を突く仕草をした。聞き入っていた裕子はすぐに我に返り、鞄から取材ノートを出してメモを取り始めた。書き終えるのを待ってくれたかのように阿久津は喋りを再開する。

「選挙で選ばれたのだから政治家が決めろ。有権者の顔色を見てたらなにも決められないとも言われましたね」

週刊トップでの昭和史の連載で現職や元職の国会議員に話を聞いたことはあるが、ここまで丁寧に話してはくれなかった。これも木澤がいてくれるからか。

「海老沢先生は我々記者にも言ってたよ。木澤くん、大衆扇動に一喜一憂する記者にはなるなよ。一喜一憂すると記事にも人間性が出る。人間というのは本来弱いものであるけれど、皆、痩せ我慢して強く見せている。くだらないことで弱さを知らせることなどないと」

「一喜一憂するな、は私も耳にタコができるほど聞きましたね。それは政治家として信念がない証拠だと」阿久津も遠くを見るように懐かしむ。「先生は人前では穏やかで、余計なことは言わないし、なにも考えてない好々爺《こうこうや》みたいでしたけど、芯は強かった。先生が導入した消費税にしたって、思いつきみたいに発言して、世間の反発を食らったけど、公式の場で口にしなかっただけで、ずっと前から考えて根回ししてたんですから」

「あの人は考えていても口には出さない。条件が整い、ここで発表したら国民の一定数は納得するだろうという気運が高まるのを待って、そこでパッと出したな。忍耐の人とも言われたけど、言い得て妙だった」

「それなら信念の人でしょう。いくら側近議員が反対してもやると決めたらやるんだから」

二人でしばらくの間、海老沢一徳の功績についての話で盛り上がっていく。

「信念なら幹事長も同じでしょう。前の幹事長のように、傲岸不遜な振る舞いはしないし、柔軟に会見に応じる。だけど本音は絶対に言わない」

木澤は最後に皮肉を混ぜて鼻から息を漏らした。

「私は正直に答えてるつもりですけど」

「荘口総理にも苦言を呈してるもんな。円安は歓迎だ、今のうちに日本企業の業績が持ち直せば、この円安は日本経済にとってプラスに働くなど、日銀から言われたことを総理が真に受け、とんでもない円安水準まで到達した時だってそうだ。幹事長が意見して総理はやっと為替介入に出た。それなのに民自党アレルギーの識者連中は、幹事長が自分への国民からの好感度を武器に、五派閥で一番小さい派閥の荘口総理をいじめている、権力者としての裏の顔が見えてきたと言いふらしているんだから」

「いじめてるとまでは言われてないでしょう。私が民自党嫌いの人たちに嫌われているのは事実ですけど」

「総理への苦言にしたって、意図して悪役になろうとしてるんでしょ？」

　木澤がそう言うと、相好を崩していた阿久津が、その顔を裕子に向けた。

「国枝さんでしたっけ？　あなた前回の総裁選で私が立候補しなかった時、私のことを一番叩いたの、誰だか知ってますか」

　意味ありげな言い方に、答えは一つしか浮かばなかった。

「木澤、ですか？」

「そうですよ。この人ときたら、阿久津は総理になるチャンスをみすみす逃した。荘口との間で次の約束をしたようだけど、先を見据える者に優れたリーダーはいない。阿久津諭は政治センスに欠ける。派閥の若手も大いに落胆している。地元の後援者までが呆れ返った。それはもうボロカスに書かれました」

　裕子は横目で木澤を窺いながら聞いていた。不満をぶつけられているというのに、木澤は澄まし顔をしていた。

「派閥には、阿久津先生、こんなことを書かれていますよ、と日西新聞を見せにきた議員もいましたが、私は別に腹も立ちませんでしたね。ああ、キザさんのいつもの愛だと思いました」

「愛は気持ち悪いぜ、幹事長」

木澤は否定するが、顔はむしろ喜んでいる。

「愛とはどういうことですか」

「それが昔からのキザさんの愛情表現なんですよ。記者は応援する政治家が窮地に立つと『今は問題発言したけど根はいい人だ』『思いやりのある人だった』などと擁護する記事を書くけど、そうすると世間的には、政治家とマスコミとでなあなあに済ませてると、ますます炎上するんです。でもキザさんは違う。先頭に立って水をかけてきた。私が海老沢先生の秘書になった頃からその姿勢は終始一貫してました」

「水をかけるではなく石を投げるじゃないですか」

裕子がそう言ったのは阿久津が物を上から投げるポーズをしたからだ。隣の木澤が噴き出した。

「バカタレ。石なんか投げつけたらケガしちまうじゃないか」

木澤の言葉に目の前の阿久津も笑っていた。

「一九九八年、初めて日本が出たサッカーのW杯で一勝もできなかった時、負けてるのに試合中にガムをくちゃくちゃ噛んで、シュートを外したのに笑っている選手がいると大バッシングを浴びました。国枝さんは覚えていますか？」

「すみません、その頃はまだ小学生だったもので」

サッカーじたい、よく知らない。

「W杯までは盛り上がっていたのに、三戦全敗で終わった途端、空港にファンが集結して選手たちに罵詈雑言を浴びせたんです。その中でも一番罵声を浴びたのが、テレビ解説者にガムをくちゃくちゃ噛んで笑ってると非難された選手です。一人のファンが、その非難された選手に水をかけたんです。その瞬間、世論はその選手が可哀そうだと言い出し、批判はぱたっと止みました」

「幹事長は、世間の批判をかわすために、木澤が意図的に幹事長を非難する記事を書いたと言っているのですか」

「そのおかげで私は幹事長になったようなものです」

話が総裁選不出馬の時に戻った。荘口が出馬表明した時、党内で最初に荘口支持に回ったのが阿久津だった。阿久津の幹事長就任は論功行賞によるものだと報じられた。そして荘口との間には、次は阿久津に禅譲するという交換条件ができているとも噂されている。

その阿久津を守ったのが木澤であり、そして木澤は、阿久津が荘口総理を守るために意図的に悪役を買って出ていると言ったのだ。

「海老沢先生がやりたいことを実現できたのはキザさんの功績です。キザさんはストレートニュースが本流という考えだから」

また意味不明のことを言われる。ぽかんとしていたのだろう。隣から木澤が「幹事長、彼女は週刊誌出身だから、そんなことを言っても分からないよ。私とは出身が全然違うから」と言った。

そう言われてストレートニュースとは、通信社が配信する「速報」のことだと理解する。通信社の速報は事実を端的に伝えるだけで、新聞や週刊誌のような長々した記事はあまり配信しない。

「おまえ、通信社なんて事実をそのまま伝える面白くねえメディアだと馬鹿にしてんだろ」

木澤は口を半開きにして裕子を見る。

「そんなことはありませんよ。私がいた週刊トップも日報通信の有料会員でした。通信社の記事を大いに参考にさせていただきました」

週刊トップは加盟していなかったので配信記事をそのまま誌面で使用することはできなかったが、読むことはできた。

「ほら、馬鹿にしてんじゃねえか」木澤は口を歪めた。「おまえらは信念に沿って、出来事の背景や本意を分析して書いてるつもりだろうけど、実際はそのまま報じることの方が難しいんだよ」

「穿って見てしまうからですか」

「人間の思考には偏見が付き物だ。公正に見られることなんてない。ねぇ、幹事長」

阿久津は肯定をしなかったが、「今、テレビのコメンテーターとして活躍している政治評論家には、通信社出身者が結構な数いますからね」と答えた。

なんでも同意していては阿久津の印象にも残らないだろうと、裕子は反論することにした。

「確かに週刊誌でも新聞でもある程度、左寄り、右寄りとスタンスがあって、そこに持っていくように書いているのは否定しません。ですが速報は瞬く間にネットで拡散されるので、今の活字読者は、速報より読み応えのある記事を求めているのではないでしょうか」

「まさかおまえは、最初のニュースが必ずしも最高によく書けたニュースとは限らないとか言って、特ダネの価値を否定する人間じゃないだろうな。そういうのは特ダネを入手できず、後追いするだけのジャーナリスト気取りが言うセリフだぞ」

痛いところを突かれた。週刊トップでは、締め切り後に事件が動くことを想定して速報勝負は捨て、概要が分かってから記事を決めることが多かった。そこから新聞に載っていない新しい情報を探し出す記者もいるにはいたが、出揃った記事を眺めて、内容を都合よく解釈したり、膨らませたりとパッチワークして、筆力だけで面白く読ませる記者の方が多勢を占めていた。

　ここまでの話で、木澤が今の日西新聞より前職の亜細亜通信の仕事に誇りを持っていることは感じ取れた。

「永田町の蜃気楼」と呼ばれる木澤が礎を築いたのは、間違いなく通信社時代だ。白髪をなびかせて政界を暗躍し、その存在は当時から週刊誌やタブロイド版の夕刊紙などゴシップ系メディアから目を付けられていたと聞いている。

「それより国枝、せっかく幹事長とこうして直接会うことができたんだ。なにか聞いておけよ。うちの政治記者だって、こんなおいしい場面に遭遇することはまずないからな」

「は、はい」

　返事をしたもののいろいろありすぎてすぐに質問は思い浮かばない。

「情けねえな。女だからと馬鹿にされないよう、男社会の週刊誌で気張ってきたんだろ」

　いつもの裕子なら「ここで男とか女とかは関係ないのではないですか」と言い返しているが、阿久津の前なので我慢する。

「聞くことなんぞいくらでもあるだろうよ。解散はあるのかとか、荘口総理が辞任して総裁選になったら、幹事長は出馬するのかとか」

　そんなことまで聞いていいのか。疑問を覚えながら、「解散して、その後、総裁選になった場合は、名乗りを上げられますか」と裕子は木澤の質問をなぞった。

「仮定の質問には答えられませんよ。だいたい解散は総理の専権事項ですし」

言うだろうなという回答だった。すぐに阿久津は補足する。

「それにこれだけやらなきゃいけない仕事が山積みなのに、総理が任期を待つことなく、放り出してやめるとは私は思っていません」

放り出すという言い方にやや毒を感じた。

「幹事長、それは番記者相手のコメントでしょ。ここでそうした返答はなしだよ。大丈夫だって、こいつは連載要員です。間違っても《阿久津幹事長、次期総裁選に出馬の意向》なんて記事にはしませんよ」

木澤が鼻で笑いながら誘い水をかける。そうしたところで言わないだろうと思った。阿久津は裕子の顔を見て口を開いた。

「仮にそうなったとしても、私は出ませんよ」

「本当ですか」

とても信じられなかった。下方曲線を描く荘口内閣の支持率は、まもなく危険水域と呼ばれるレベルまで落ちようとしている。解散→選挙で議席減→総理辞任は考えられない図式ではなかった。幹事長なら、総裁選になった時に、国民からの人気があり、かつ党を結束させられるのは自分しかいないことまで分かっているはずだ。だが裕子の疑念を読み取るように阿久津は続けた。

「党をまとめるのが幹事長です。総裁選に出るつもりなら幹事長など引き受けませんよ。意欲があるなら、とっくに準備して地方遊説に出ています。総理が懸命に職務を遂行しているのに、幹事長が次の座を狙って水面下で動くなんて、そんな政権ならとっくに潰れてますよ」

強い意思のこもった反論に、部屋の空気までが張り詰めた。

「なっ、国枝、政治家は本当のことは言わないから取材が難しいって言うけど、こうして腹を割って話せば、おまえみたいな初対面の人間にでも本心で答えてくれるんだよ」

「そ、そうですね」

相槌を打ったが、本当に本心を語っているのか、この短い時間では判断はつかない。なにも答える必要のない質問だ。最初の「仮定の質問には答えられません」で済んだはずだから、リップサービスかもしれない。

「国枝さん、私が『解散は総理の専権事項だ』と言ったくらいなら書いていいですが、私が出ないと話したことはやめてくださいね」

「もし書いたら、私はどうなるんですか」

横目で木澤を見てから阿久津に顔を向けた。

木澤は黒縁眼鏡の奥の垂れ目をいっそう下げて笑っていた。一方の阿久津は真剣な表情をしていた。

その時は二度と取材させない、あるいは党本部への出入り禁止、そんな内容が浮かんだが、予想は覆された。

「その時はこうします」

右肘を立て、手刀を切るように手を真っすぐ振り下ろした。

「モンゴリアンチョップだよ。プロレスの技だ」

木澤が言う。阿久津が笑って否定した。

「違いますって、キザさん。何度言ったら覚えてくれるんですか。トマホークチョップですよ。私はジョージア大学に留学してたんですよ。ジョージアのスポーツと言えば？」

阿久津は裕子を見て尋ねた。

「ゴルフですか。マスターズって確かジョージア州じゃなかったでしたっけ」

頭を必死に回転させて答えるが、「女性に訊く質問としては難しすぎましたね」と言われた。

「アトランタ・ブレーブスですよ。私はメジャーリーグのブレーブスのファンなんです。ファンはチャンスになるとこうして斧を振り下ろすように腕を振って応援するんです」

もう一度、手を振り下ろす。ダンディな容貌からはかけ離れたポーズに、裕子は自分がなにを質問したのかすら、忘却した。


食後のコーヒーを飲み終え、阿久津は党本部に戻るというので、木澤と席を立った。

支払いは阿久津が持った。記者が政治家にご馳走してもらっていいのか気になったが、木澤は礼を言うこともなく店を出ていく。

「初日から阿久津幹事長と話せるとは思いませんでした」

ホテルのロビーを歩きながら裕子は頭を下げる。

「誰にも邪魔されることなく阿久津と二人きりで話せるのはこの場所だけだ」

「他の記者は知らないんですか？」

「阿久津は特別な通路からあの店に入ってるからな」

知っていたとしても、店員の制止を振り切って入るのが許されるのは木澤くらいだろう。

「幹事長のお墨付きをもらえば、海老沢元総理を知る党の関係者の取材もしやすくなります」

隣を木澤がポケットに手を突っ込んだままがに股で歩いている。

見た目はインテリ風だが、肩で風を切るような歩き方に、前に立っていた小さな子供連れの母親が、子供を引っ張るように道を開けた。

「許可をもらうために連れてったんじゃねえよ。反応が見たかったんだ。急に海老沢を記事にするって言われて、阿久津も内心穏やかではなかったんじゃねえか」

「そう言えば幹事長はろくな思い出はないと、木澤さんは言ってましたね」

「阿久津は海老沢からいじめられたからな。俺が海老沢事務所に出入りし始めた直後から、阿久津は近いうちに民自党公認で衆院選に出馬すると言われていた。いかんせん出来が良すぎた。それが海老沢には面白くなかった」

「それで県議会議員をさせられたのですか」

「単にいじめられただけではねえけどな。ほら、『ぼうふらが　人を刺すよな　蚊になるまでは　泥水飲み飲み　浮き沈み』って言うだろ」

「なんですか、それは」

「知らねえのか、勝新が好きだった言葉だよ。海老沢の家に行ったら、勝新太郎直筆で書かれたものが額縁で飾られてたよ」

「海老沢一徳が、かわいい子には旅をさせたということですか」

「俺はその頃は、阿久津のことをただの秘書だと思い、相手にもしてなかったからよく知らねえけど、そういう意味もあったんじゃねえか。県議は一期で終わらせ、次の衆院選で立候補させたんだから」

　泥水を飲ませて育てたのに、その後阿久津は民自党を離党するという背信行為に出る。それが三年後の平成八年（一九九六年）には復党が許された。阿久津にはそれだけの魅力があるのか、それとも買われたのは政治手腕か。

「阿久津は生粋の党人派だからな。日の当たる場所に出ることなく、陰で仕事をするのを好む人間だ」

党人派とは大臣になるより党三役など党務を優先する政治家のことで、叩き上げの政治家に多い。それに対する言葉が官僚出身の官僚派である。官僚派は自分の出身省庁をはじめ、大臣を目指す傾向にある。

「党人派は大概、脛に傷を持っている。閣僚になったら国会で野党からの変な質問にも答えなきゃいけないから、なりたくねえんだよ」

「阿久津幹事長もそうなんですか」

「あの男はタイプが違う。顔からしてこれまでの幹事長と違って悪人顔じゃなかったろ」

「テレビで見てた通りの紳士で、話し方も穏やかで理論的で、人気があるのが分かりました。ただ単にいい人という感じではなかったですけど」

表情は終始穏やかだった。それでもすべての言葉に別の意味が含まれているようで、やり手感も感じた。

「おまえもなかなか見る目があるじゃねえか」木澤から褒められた。「腹の内を見せないのもあの男の生得だ。今後、民自党は十年以上、阿久津が実権を握ることになる。それこそ心変わりして、総裁選に出てぼろでも出さない限りはな」

「出ないと言ってたけど、出馬するってことですか」

「政治家なんて嘘つきの集まりだ。そういう連中の相談に乗ってやるのが政治記者の仕事だ」

「政治家の発言や行動を監視し、真実を見極めて国民に伝えるのが、政治記者の仕事ではないのですか」

木澤がじろりと裕子を見た。垂れ目だが目力がある。

「すみません、こうして話を聞かないことにはなにも分からないですものね」

言い直したところで木澤が口を開いた。

「政治記者がいなけりゃ、日本の政治は動かねえよ」

「どういう意味ですか」

「総理への進言や派閥間の交渉だって、段取りは全部、裏で政治記者がやってんだよ。政治家同士が話して、それが決裂したら、言い出しっぺは不利になるじゃないか」

「だから記者に頼むってことですか」

「どことどこが同盟を組んでいるか、自分が窮地に追い込まれていないか、つねに警戒してるのが政治家だ。だから新聞記者を使者にして、危機が迫る前にお膳立てしてもらう。昔から政治の舞台では必ず有能な政治記者が裏回ししてるんだ」

その一人が自分だと言いたいのだろう。

「阿久津幹事長が木澤さんには胸襟を開いていることは分かりました。今回勉強になったのは、取材とはこうやって相手の懐に入っていくものだということです。支局にいた時に警察幹部の家で、サシで取材したこともありますが、木澤さんほど鋭い質問はできませんでした」

「なんだよ。褒め殺しか。女は男を褒めて転がすのがうめえからな」

「いえ、そういうわけでは」

「いいよ、それでいい。褒め殺しは記者の必殺技だ。俺はけなし上げもするけどな」

「けなし上げ？」

「けなしてから褒めるんだよ。あんたは欠点もいっぱいあるけど信念がある、子分はつかないけど一匹狼で根性はあるとか言ってな」

二人並んでホテルのロビーを出た。タクシー乗り場があり、スタッフが声をかけてきたが、木澤は立ち止まって、いいと手で制した。

「だけど、どっちが厄介かと言えばやっぱり褒め殺しだな。昔、海老沢の自宅に街宣車がやってきて、それで褒め殺しされたんだよ。あれには参ったと海老沢も嘆いてた。褒められてるから文句も言えねえし、褒められるほどこっちの株が下がるって」

海老沢が総裁争いをしていた時、右翼団体が『日本一金儲けのうまい海老沢さんを総理にしよう』と街宣をかけた。海老沢はそのことで相当、精神的に追い詰められたという。

「あれは右翼の戦術ではないな。右翼にあんな発想はない。左翼のスパイが紛れ込んでいたんだ」

「それって木澤さんが左翼出身だからそう思ったのですか」

口から出た時、陽ざしを浴びた木澤の丸みを帯びた眼鏡が光った。

「おまえ、どうしてそんなことを知ってんだ」

木澤はただでさえ大きな目を見開き、裕子はたじろぎそうになる。それでも目を背けることなく、「服部局長から聞きました」と答えた。

「服部か、あいつもお喋りだな」

触れてはいけないほどの過去ではなかったようだ。ただ日西新聞で知っている人間は、服部以外にいたとしてもわずかだろう。

「おまえ会社に戻って記事を一本書いとけや」

「幹事長が次の総裁選に不出馬ということですか。でもそれは書かないって」

「書いていいって言われたことがあったじゃねえか」

「解散は総理の専権事項ってことですか。そんなことは当然では」

「幹事長が言ったとなったら別だろう。議員連中は解散の二文字に敏感なんだよ。おまえの記事が出た途端、永田町に解散風が吹き始めて、東京でのんびりしてる議員が急に支度を始めて、地元に帰って働きバチみたいに動き出すんだ。あれほど滑稽なことはねえよ」

国会会期中以外は働いていないと議員を愚弄しているようだ。ただ記事にするには、阿久津がなぜそう考えているかなど、本人が言っていないことを推測で書き足さなくてはならない。

「それって飛ばしを書けってことですか」

飛ばしとは意図的に嘘や不確定な時事を記事にすることで、スポーツ紙や夕刊紙、また裕子がいた週刊誌でもネタのない時に稀にやった。

「おまえ頭が固いな。大学は？」

「早武大です」

「学部は？」

「政経です」

「政経のどっちだ？」

「政治学科です」

「いかにも政治部が喜びそうなご学歴だが、割り算が苦手じゃしょうがねえわな。俺は慶和大の理工だ」

政治記者で理数系なのは珍しい。だがそれがどう割り算に繋がるのかが、裕子には分からなかった。説明することなく木澤は話題を戻した。

「そもそも政治記者に飛ばしなんて手法はねえんだよ。バロンデッセだ」

「なんですか、それ」

木澤が答えてくれないので、裕子はメモに取っておく。

「今日はここまでだ。明日も来るなら朝の七時に来い」

「はい、よろしくお願いします」

ニュータカオカホテルの別館を指定された。

「木澤さんはどこに行かれるのですか」

「どこだっていいだろうよ」

また地雷を踏んだと感じたほど、声に威圧感がある。

「これだよ」

そう言って両手を前に出して指を曲げた。「マッサージですか」

「麻雀だ」

木澤は答えると小鼻を膨らませる。

「余計な仕事を言いつけられたせいで、サンマで我慢している先生方が俺を待ち侘びている。おまえまで、新聞記者はそんなことまでして政治家に媚びてるのかとか言い出すんじゃねえだろうな。女だから麻雀はやったことがねえか」

「やりませんけど、今は美人雀士がたくさん出てるのを木澤さんは知らないんですね」

裕子は言い返した。普段ならこういう言い方はしない。忌み嫌うルッキズムも木澤には効果的だったようだ。「へぇ、美人雀士とは時代も変わったな。たまにはテレビの麻雀番組でも見てみるか」と頬を緩める。

「もっとも木澤さんは麻雀が目的ではなく、ネタを取るために行くわけですよね」

裕子が言ったところで緩んだ顔のまま返された。

「バカタレ」

この日、二度目。どうやら木澤の口癖らしい。

「ネタを取るためなんかに政治家と遊ばねえよ。麻雀がしてえからやるんだ」

元の顔に戻ってそう言い放つと、一人だけタクシー乗り場に向かい、開いたドアに体を屈めて車に乗った。

3

【実録　政治記者・木澤行成（その1）】
これは日本の政治を長く水面下で動かした一人の新聞記者の評伝である。

木澤行成によって何人もの総理大臣が誕生しただけでなく、彼は自分の政治指針を達成させるため、言いなりになる議員たちを大臣にし、内政、外交と多岐にわたって、この国の政治を思い通りに動かしてきた。

私はこの事実を、木澤自身、そしてその周辺から聞いた。

本文中には著者である私自身も出てくるが、今回はあえて第三者として登場させることにした。その理由は、木澤行成が記者の職業倫理に反しているだけでなく、この男の人間性までを、読者に客観的に判断してほしいと思ったからである。

木澤行成は昭和二十九年（一九五四年）四月三日、富山県の山間部で父康雄、母ひで、との間に生まれた。三人兄弟の長男で、二つ違いの弟と五つ違いの妹がいる。実家は野菜農家で、農地以外にも小さな山林を所有していた。

子供の頃から勉強がよくできた木澤は地元の県立高校から慶和大学の理工学部に進学。当初は物理学に興味があったが、在学中に報道記者志望に変わり、ＮＨＫを筆頭に在京テレビ局、毎朝新聞、東都新聞、日西新聞、日報通信、東報通信などに応募するが、学生に人気のあったマスコミの門戸は狭く、最終面接まで行くものの全滅する。そのことを木澤は「共産主義者だった父親の素行調査をされたからだ」と述べている。

実際に各社が素行調査で木澤を入社させなかったのかどうかは定かではないが、当時はメディアに限らず、企業の多くが新入社員の国籍、出自、宗教、思想などを調べていた。

「じゃあ、出かけるわ」

ちゃぶ台で飯とみそ汁、野菜の煮物を搔きこむように食べ終わると、父の康雄は毎晩のようにちゃんちゃんこを羽織って表に出ていく。「風邪ひかんようにな」母はいつも声をかけた。農民である父がどうして食後に出かけ、朝まで帰ってこないのか、木澤は幼い頃から不思議で仕方がなかった。父からは農家だけでは食べていけず、夜なべしていると言われたが、幼心にもそれは嘘だろうと感づいていた。

小学六年生の時、こっそり父の後をつけた。行き先は出荷前の野菜を冬季の間に保管する掘立小屋で、父はそこで無線機の割れた音声を聞きながらメモを取っていた。

それからというもの、木澤は父の行動を見張った。

春休みや夏休み中は家の仕事を手伝うようになるが、朝から父がそわそわする日がある。そうした日は普段取引のない人間が軽トラでやってくる。二人とも口元を隠すようにして会話をし、父は農作物の入った段ボールを渡した。

二人の会話は情報交換が目的だと認識できたのは父が農協の旅行中、掘立小屋に入ったからだ。天井の裏から段ボール箱が出てきて、入っていたノートに場所や時間、人数など短い語句がびっしりと書かれていた。父は警察無線を傍受し、その内容を記したノートを野菜に交ぜて渡していたのだ。

当時、『スパイ大作戦』というテレビドラマが流行り、子供たちは夢中になって見ていた。ドラマで「なお、このテープは自動的に消滅する」とテープレコーダーが爆発したのにならい、水に溶ける紙を使った『スパイ手帳』が売り出された。木澤は、「おはよう、フェルプスくん」とテープレコーダーから指示を受けるジム・フェルプスのようだと父を誇らしく感じた。

その父は、木澤が高二の時になんの前触れもなく失踪した。あとで母から、父は所属していたセクトの女と不倫関係になり、それが上層部にバレたため、総括を恐れて女と逃亡したと聞かされた。

　父が失踪したせいで生活は苦しくなり、木澤は、一度は富山市内のタイヤ工場への就職を決めた。だが夏の終わりに道路の拡張で山林が売れることになったため、進学が許された。木澤は慶和大学理工学部に合格した。

　父への憧憬はその頃には失望や嫌悪に変わっていたが、高校時代から参考書に飽きると、マルクスの『資本論』や『共産党宣言』を読み耽った木澤は、知らず知らずのうちに共産主義に引き寄せられ、慶和大では自ら全学連の支部に参加した。

　大学はロックアウト状態で、学校に通う必要はなかった。木澤は三里塚芝山連合空港反対運動にも参加。高校は柔道部で、休みになると家業の手伝いをしていただけに腕っ節には自信があった。デモでは、機動隊から攻撃を受けた仲間を幾度も助けた。

　ただ学生運動にはそれほどのめり込めなかった。木澤の入った支部は金持ちの子息が多かったこともあり、リーダーたち一部を除くと、運動や思想を語るよりファッションやジャズの話題が多かった。男どもは申し合わせたようにファーラーのフレアパンツを穿き、靴はウエスタンブーツ。学ラン姿なのは木澤の他、数人だった。

　一年の夏には支部の連中と絶縁することになる。木澤はその理由をこう振り返っている。

「三年生の女子に島田陽子に似た、目が合うだけで引き込まれそうな美少女がいた。その先輩女子には学内に恋人がいた。その恋人は大学近くのアパートに住んでいたはずなのに、ある時、友人の家に遊びに国鉄蒲田駅の近くに行くと、その男がおんぼろのアパートに入っていくのを俺は目撃したんだ。俺の友人が言うにはそのアパートには以前は、違う男女が出入りしていたらしい。俺は、恋人は身分を隠して大学に潜り込んだ警官じゃないかと先輩に伝えた。だけど彼女は、あんた、いい加減なことを言わないでよと聞かなかった。やがて警官であることが学内で発覚し、男は行方をくらませた。俺は思わず、やっぱり公安の犬コロだったじゃねえか、俺がせっかく忠告したのにと口にしたら、そばにいた幹部から、木澤くん、来てくれと呼び出された。そしてリーダーから、きみはあの男が警官なのを知ってたそうだな。なのにどうして我々に報告しなかったんだと追及されたんだ」

木澤は、先輩に伝えたけど信じてくれなかったと説明したが、彼女は「木澤くんからはそんな話は聞いていない」と言い張った。木澤は再び、リーダーから呼び出しを受け、五人の男に体を押さえつけられた。いつしか木澤までが警察のスパイで、自分の身を守るために嘘をついたことになっていた。

抵抗したが数の力には敵わず、地面に倒され、手を後ろで縛られた。猿轡をされた状態で幌付きの軽トラックの荷台に乗せられ、二時間ほど走って到着したのは山中だった。男たちが縄で縛られた木澤を囲んだ。このままリンチを受け、生き埋めにされる、そう思ったところで不思議と恐怖は湧いてこなかった。

――こんな大勢でなければなにもできない弱虫どもじゃ、革命なんて起こせるはずがない。せいぜい仲間とつるんで、英雄気取りでいればいい。こんな奴等に殺されても俺は悔しいとも思わない。

連中はゲバ棒で一斉に殴りつけてきた。あまりの激痛に木澤は深い眠りに引き込まれるように意識が途絶えかけた。そこで連中は暴行を止めた。「行こう」致命傷を与えることなく山から消えた。

一晩、山に放置された木澤は、朝には縄をほどいて、自力で下山した。

暴行した連中だって、女の先輩が嘘をついていると思ったのではないか。新入生を勧誘するのに彼女の美貌が必要だと思っている幹部に命じられたからで、最初から木澤を殺す度胸はなかったのだ。

「昭和四十七年二月に起きたあさま山荘事件や同年五月のテルアビブ空港乱射事件が終わり、その後学生運動は下火になっていた。自分が加わってよく分かったが、当時の全共闘運動にはテーゼがなく、単なる権力闘争の場でしかなかった。俺自身、仲間に裏切られて、そのことを切に感じた。確かに資本主義は俺の富山の実家のような貧困家庭や格差を生む。だからといって富の再分配が、つねに人を公平に扱うわけではなく、そこにはヒエラルキーという不平等が必ず存在する。共産主義や社会主義に傾倒しなくとも、俺が家業の手伝いをしながら勉強に勤しんだように、努力次第では貧乏人でも都会で働くチャンスを得て、結果を変えられる。俺はそう思って左翼からの転向を決めたんだ」

キャンパスに戻った木澤は、リンチに加担した連中を見かけると、わざわざ接近していき、特徴的な大きな目を見開いて笑いかけた。彼らは気味の悪さに視線を逸らして逃げていった。

四年になって就職活動の季節が近づくと、木澤はマスコミに入るための勉強を始めた。

「その頃の俺は、左翼なんて馬鹿にしていたけど、かといって右翼活動家になる気はなかったし、叔父が戦死した戦争は二度とごめんだと思っていた。マスコミに入って、この国をよくするために一役買いたい、それだけを考えて猛勉強した」

当時は理系の学生は就職に不利で、マスコミ各社は理系というだけで、書類選考で撥ねていた。それでも志望書にはどうして記者の仕事をしたいか、隙間がないほど書き込み、筆記試験も作文もトップクラスだった。

木澤が疑う身辺調査のせいなのか、どこも不合格だったが、諦めずに受け続けた結果、第三の通信社と呼ばれた亜細亜通信から内定を得た。

その亜細亜通信の採用が、木澤の人生を大きく変えた。

これが採用されたのが日報通信（以下日報）、東報通信（以下東報）であったなら、全国紙同様、地方支局に三年から五年は出され、二十代の一番動ける時期をサツ回りや県政取材に忙殺させられていた。

しかし人員が極端に少ない亜細亜通信では記者をじっくり育てる余裕はなく、一、二年目に社会部で警視庁担当を経験しただけで、三年目には政治部に配属された。まだ二十五歳だった。

他社の政治記者は若くても三十代前半、だいたいが三十代後半から四十代で、取材経験豊富な記者が多かった。若かった木澤は、遠慮することも尻込みすることもなく、永田町を知った顔でのさばっている他社の記者たちを冷めた目で見ていた。

「新聞社もテレビ局も特ダネ以外は、ほとんどの仕事は政治家に張り付くだけ。あとは分析や解説記事などで、自分たちに都合のいいように事実を捻《ね》じ曲げて書いていた。右寄りの東都新聞は政権擁護、左寄りの毎朝新聞はなにをやっても政権批判だ。だが通信社は偏った記事を書くほど行数が与えられない。通信社に求められるのは正確な速報、それこそストレートニュースだった」

木澤が亜細亜通信で求められた仕事は政治家の発言の中から、行間をしっかり読み取って、真実かつ価値のあるものだけを端的に世の中に報じることだった。

そして嘘に惑わされないように、情報だけを求めて朝は明星、夜は夜星をいただくまで、政治家の自宅や事務所を回った。

その頃よく思い出したのが父だったという。

「父は女と逃げたまま消息不明だった。たいした所持金もなかったから、どこかで女に捨てられ、野垂れ死んだだろう。父のことを恨んではいた。だけど憎くはなかった。農作業で疲れているのに一晩中、掘立小屋で情報収集していた父のことは、自分が取材活動を始めて、改めてすごいと尊敬したよ」

取材をしていれば余計な情報もたくさん入ってくる。そうしたものには私情や、マスコミを利用しようという政治家の思惑も多数含まれている。そんな時、木澤は父の姿を思い出し、必死に考えては頭の中でふるいにかけ、正しい情報だけを抜き取った。

＊

通常、新聞社でも通信社でも、政治部に配属された駆け出しは総理番をさせられる。《首相動静》という記事で、官邸に誰が出入りして総理と面会したか、総理はどこに出かけてどのレストランで誰と飯を食べたのか、三百六十五日公務の時はチェックする。決められた範囲内を、総理や総理との面会者と歩くぶら下がり取材では、細かい中身まで聞けない。そのためつぶさに「経団連会長が来ました」「国鉄総裁が出ていきました」など総理官邸キャップに報告、そこから経団連担当、国鉄担当に連絡が入り、それぞれの組織に戻ったところを待ち受けて取材する。若い記者はそういったいわば見張り番にほとんどの時間を奪われる。

　加盟社が少なく少数部隊だった亜細亜通信にも総理番、官房長官番などの担当はあったが、それは名ばかり。上司から機動力を買われた木澤は「きみの好きなように動いて、ネタを集めてほしい」と放任された。

　さりとて若い記者が夜回りにいっても、老練な政治家は相手にしてくれない。大物政治家は週に一度、記者懇談会を開き、午後九時などに寝巻のまま玄関や縁側に出てきては、その週に起きたことについて意見を述べる。そこには日報、東報の通信社や、毎朝、東都、日西といった新聞社、ＮＨＫ、民放テレビ局などの記者もいるので、せいぜい顔を覚えてもらえるくらいだ。

　年寄り政治家は「ここらへんでもういいだろ」とすぐに打ち切る。納得できずに木澤が翌日行くと「昨日話したじゃないか。来週にしろ」と追い返された。

　へこたれることなく昼間は派閥の事務所、夜は議員宿舎前や自宅などに夜回り取材をかけていると、ある政治家から声をかけられた。当時の民自党の国対委員長で、それまでほとんど会話を交わしたことがないのに、「木澤くん、今晩うちに来てくれよ」と指名を受けたのだった。

　疑問に思いながら議員宿舎に出向くと、ガウン姿の国対委員長に迎えられた。

「きみ、噂で聞いたけど麻雀強いらしいな。麻雀では負けたことがないと先輩相手に豪語してるらしいじゃないか。先輩記者たちが亜細亜の木澤には敵わない、毎回カモられると泣いてたぞ」

「はい、大学より雀荘の方に多く通って、毎晩フリーで打ってましたので」

学生運動をやめた直後は雀荘に入り浸った。勉強ばかりしてきた他紙のエリートに負けるはずがないと思っていたし、給料日前に財布の底をはたいてしまうと、高給取りの全国紙の先輩を誘って金を巻き上げた。

「だけど今日は勝たないでくれ。負け分は私が補塡するけど、あまり負けすぎても困る」

「どういうことでしょうか」

そこで玄関のブザーが鳴った。入ってきたのは野党第一党の社会主義党と、第二党の公正党の国対委員長だった。

彼らは木澤の顔を見て訝しんだが、とくになにも聞かずに雀卓を囲み配牌《はいぱい》を始めた。

野党の国対委員長の二人はどちらも結構な腕前だった。国会対策についての会話も出るが、記事になるような重要な内容はない。それよりも捨て牌に全神経を集中した。勝つなと言われていたので何度か当たり牌を見逃すが、テンパイを維持しようとすると次第に安牌《あんぱい》がなくなる。木澤は幾たびも訪れたピンチを乗り切った。社会主義党の国対委員長が一位、公正党の委員長が二位、木澤はトントンで、木澤を誘った民自党の国対委員長の一人負けだった。二人は来た時とは別人のようなえびす顔で引き揚げていった。

「木澤くん、さすが豪語するだけあるな。満貫《まんがん》一回、跳満《はねまん》一回は見逃したんじゃないのか」

「そんなことまで分かってたんですか」

「一番感心したのは負けなかったことだ。勝つなと言うと、そっちばかりに気がいって、自信満々のヤツほど大負けするんだよ」

口を丸めながらポケットから封筒を出した。中には十万円入っていた。

「こんなの受け取れません」

「いいんだよ、他の記者だとこの何倍もの負け分を私が補塡しなきゃならないんだから」

無理やり握らされたが、木澤はその金を返した。

「それより私の麻雀の腕前を党内で広めてくれませんか。まるで三人でやってるように空気みたいに打つ記者がいる。亜細亜通信の木澤は野党対策に使えるって」

「そんなことならお安い御用だ。記者の中には取材と勘違いして、いろいろ質問してきて困るのがいるが、きみは仕事の話は一切しなかったものな」

「私はここで聞いたことを記事にするつもりはありませんよ」

それからというもの、党の国対委員長だけでなく国会審議の委員長クラスの民自党議員からも「木澤くん、力を貸してくれ」と麻雀に呼ばれた。そこには国会で舌鋒《ぜっぽう》鋭い追及をして、審議拒否してくる野党幹部も来ていた。

当時は民自党の一強で、麻雀をはじめとする接待などの野党対策で国会運営を円滑に進めていた。その一端を担ったのが木澤で、こうして政界に食い込んでいったのだった。

＊

昭和六十年（一九八五年）、亜細亜通信で長く官邸キャップを務めていたベテランが体調を崩し、現場を退いた。社内には四十代の先輩記者が何人もいたが、会社は三十代前半の木澤を頼りにした。

ある日の木澤は、坂井戸《さかいど》利光《としみつ》総理に付いた。すると官房長官担当から電話がかかってきた。

〈キザちゃん、今朝の取材で、官房長官が「今後は売上税について議論をしていかなくてはならない」と発言したよ。次の国会から本格的な審議が始まるかもしれないぞ〉

「それってオフレコですか」

〈長官はそう断ってから話し始めたけど、記者の一人が、これだけ重大な内容は、記者の責務としてオフレコにはできないと言い出してる〉

「オフレコだと約束して聞いといて、中身によって破るとはどういう了見をしてんですか」

〈一社がそう言い出したものだから、他の社もそれならうちもと追随するつもりのようだ。まずは坂井戸総理に当てて確認してくれないか〉

「やるだけやってみます。だけど、どいつもこいつも都合のいい時だけ記者の責務だとか言いやがって頭にきますね」

木澤は人の礼に反することはしなかった。これが社会部ならまだいい。犯罪被害者だろうが取材協力者だろうが、その時だけの取材対象であり、警察官も検事も数年で異動する。だが政治家は何十年も議員の座に居続ける。裏切るということは一生、その汚名を背負って生きることになる。

その日、坂井戸総理は東京湾の埋め立て地を視察する予定だった。記者クラブの慣例で日報、東報、亜細亜の通信社三社のみが、総理が乗車する総理大臣専用車のセンチュリーを追いかけることが許され、新聞、テレビは別ルートで現場に行かなくてはならない。

都心から埋め立て地に向かう道路は事故渋滞していた。総理大臣専用車が通るとあって警察も焦っていたが、脇道に入ることもできない。

「運転手さん、ここで降ろしてくれ」

木澤はハイヤーを降り、走って事故現場を抜け、その先でタクシーを捕まえて先回りした。しばらくするとセンチュリーが到着した。日報と東報の車は離されたのかついてきていない。新聞、テレビの記者もいなかった。

「総理、一つよろしいでしょうか」視察現場に入る直前、坂井戸総理を呼び止めた。

「どうしたね、きみ、そんな血相を変えて」

坂井戸は怪訝な顔で足を止めた。

「今朝、官房長官が朝懇（朝食懇談会）で『今後は売上税について議論をしていかなくてはならない』とオフレコで述べたそうです。それって総理のお考えですか。記者たちはこれは大変なことだと、報道する模様です」

坂井戸の目つきが変わった。だがそれは気のせいだと感じたほど、笑みを混ぜて話し始めた。

「それはきみ、官房長官の……ッセだよ」

「マロングラッセ？」

「そういうことだから真剣に受け取らないように」

そう言って視察現場へと入っていった。

そこに猛スピードで走ってきたハイヤーが急ブレーキをかけて停車し、追随を許されている日報、東報の通信社二社、さらに別ルートを回った東都、毎朝、日西のハイヤーも到着し、記者たちがドアを開けて飛び出してきた。

「おい、木澤くん、総理はなんて言ってた」日報の記者に言われる。

「当然、官房長官のオフレコ発言、総理にぶつけたんだろ。なんて答えてた」

今度は東都の記者だった。隠すほどのことでもないと木澤は話すことにした。

「よく聞き取れなかったんですけどマロングラッセと言ってましたよ」

「なんだよ、それ」

東都も日報も首を傾げた。

「取材が甘いという意味かなと思ったんですけど、聞き返そうとした時には総理は歩き出してしまって」

そこで毎朝の記者がケラケラと笑った。

「それならバロンデッセだろ。フランス語で観測気球という意味だ。世間の反応を見るためにわざと流したってことだよ。無知な男は困るな」

その毎朝の記者は帝都大ドイツ語学科出身で、エリート志向が強く、足を使って取材する木澤を「行儀が悪い」と見下していた。

「ハハハ、なにがマロングラッセだから甘いだよ。勘違いにもほどがあるぞ」

麻雀仲間の大物議員に気に入られている木澤を面白く思っていない他紙の記者までが、声に出して笑った。

その年、米国のシュナイダー国務長官が来日、坂井戸総理と官邸で会談した。米国ナンバー2が日本を訪れ総理と会談。日米貿易摩擦は毎年のように問題化しており、米国がまた理不尽な要求をしてくるのではないかと、マスコミはいきり立った。

会談は十一時から一時間の予定だったが、十二時を過ぎても終わる気配はない。難渋しているのか。記者たちが待つ廊下を、ウエイターがカレーを運んできた。

「昼飯を食うなんて聞いてないぞ」

他紙のベテラン記者が尋ねるが、訊かれた秘書官も当惑している。アメリカ人相手に、日本のカレーライスを出したということは当初は昼食の予定はなく、会談が延びている証拠だ。

会談が終わったのは一時を過ぎていた。シュナイダー国務長官は「有意義な話し合いができた」と答えただけで去った。官邸の大きな階段を下りたところで、外務省北米一課長が記者を集めて、レクチャーをするのだが、北米一課長はペーパーを読むのに必死で、なにを言っているのかさっぱり分からない。

「もっと掻い摘んで説明してくれないか。こっちはもうすぐ締め切りなんだ」

中央新聞の記者が不満を言う。夕刊の締め切りは一時半、新聞各社は降版協定を結んでいて、それ以降は記事を突っ込むことはできない。

「そのペーパー見せてくださいよ、こっちで解釈するから」

毎朝新聞の記者が奪おうとするが、一課長は「それはできません」と抱え込むように隠した。

「なんとかしてくれ。このままじゃ夕刊に間に合わん」

他の記者からも嘆きが出た。一課長のレクチャーが終わったのは一時二十五分、降版に間に合わせるには、あと五分しかなかった。締め切り時間は各紙に配信する通信社も同じで、こういう時、記事を複数人で分担して書く政治記者は慌てる。だが少数部隊の亜細亜通信の木澤は、要点だけをまとめることに慣れていた。

全力疾走で番小屋と呼ばれる記者専用の電話ボックスに入り、黒電話のダイヤルを回した。出たデスクを相手に、原稿を書かずに頭の中で内容を整理し、勧進帳で送っていく。

「いいですか、言いますよ。坂井戸利光総理は三日午前、総理官邸で米国のシュナイダー国務長官と会談、日米同盟の強化や日米建設事業、米国製の携帯電話の関税撤廃など三項目で意見が一致した……」

どうにか一時半までに電話を終え、人心地《ひとごこち》つく。昼食を摂って、官邸クラブに戻ると「木澤くん」と呼び止められた。帝都大ドイツ語卒の毎朝の記者だった。彼は紙切れを持っている。それは亜細亜通信が配信した木澤の速報だった。

「きみは今日の会談の中身が日米同盟の強化と建設事業、携帯電話の関税撤廃の三つだと送ったようだけど、一課長の話から同盟強化と解釈するのは時期尚早ではないか」

得意顔で言うと、背後から東都新聞の記者も出てきて「それに携帯電話の関税撤廃については二カ月前の外相の電話会談で話は出ている。今回のテーマではないはずだ」と毎朝の記者に加担した。

全国紙の中には締め切りに間に合わなかった記者もいて、彼らは送ることができた木澤に難癖をつけてきたようだ。

「だから困るんだ、マロングラッセ記者は。通信社がしっかり報道してくれないと国民は間違った受け止め方をするじゃないか」

　毎朝のエリート記者は木澤の過去の失敗まで持ち出して侮蔑した。

　そこに日報通信の記者が口を出した。

「いや、木澤くんの解釈で正しいよ。うちも亜細亜通信とほぼ同じ内容を送ったよ」

「うちも同じです。今回の会談で一致したのはこの三つで間違いないです」

　東報通信の記者までが味方をしてくれた。どうやら通信社の三社は無事、送稿できたようだ。

　毎朝のエリート記者はゆで蛸のように顔を赤くしていた。木澤は黙っていられなくなった。

「あんたたちはいつも大上段に振りかぶって、なんでも物事を斜めに見ようとするから、肝心な時に一番大事な情報を取り出せないんだよ。バロンデッセを知ってたからなんだってんだ。あんたたちは大新聞の看板を背負っているというのに、こんな大事な局面で、まったく役立たずじゃないか」

　木澤が吐き捨てると、毎朝や、東都や日西、中央といった全国紙の記者たちは一様に、苦い顔をした。

第二章　八海山の合戦

1

翌日、裕子が午前七時にニュータカオカホテル別館のロビーに入ると、正面の柱の裏側から木澤の白髪がはみ出ていた。

「すみません、お待たせしました」

柱にもたれかかる木澤に駆け寄った。

「なんだ。メイクに時間がかかってるのかと思ったけど、そうでもねえんだな」

木澤は裕子の顔を眺めてそう言った。日焼け止めくらいで、ファンデーションも塗っていない。だからなんだと言うのだ。ひとこと言ってやりたいが、時間ギリギリにきたのは自分だと我慢した。

「今朝は三芳派の朝食会ですね」

「調べたか、それくらいググれば分かるわな」

木澤はそう言うが、そんな簡単に分かるものではなく、今は政治家の予定も大っぴらにされていない。裕子は前回の総裁選の直前、派閥会長の三芳源太《げんた》が朝食会で荘口弘を推すことに決めたという記事を見つけた。その記事の写真がこのホテルで撮られたものだった。

　三芳源太、昭和二十八年生まれの七十歳。衆院長崎×区、帝都大法学部卒、大蔵官僚を経て昭和五十八年（一九八三年）の衆議院選挙で初当選。三芳派会長。通産大臣、経済産業大臣、財務大臣など様々な要職を歴任。今の荘口政権では二度目の財務大臣となった。頭脳明晰で、党内きっての経済通と呼ばれている。「阿佐見三荘」の五派閥の領袖の中で七十一歳の荘口総理に次ぐ年長者である。当選十三回。

　朝早い時間とあって三階のフロアは静かだった。

「阿久津幹事長に続いて、三芳財務大臣を紹介してもらえるとは思ってもいませんでした」

「紹介？　よせや」

「違うんですか」

　三芳ではないのか。

「ここからはおまえ一人で行け。便所の陰に隠れていたら七時十五分頃、三芳は一人で小便に来る。数年前に前立腺癌をやったせいで小便が近えんだよ」

「トイレの前で待ち伏せするのですか」

「三芳は俺のことを恨んでるからな。俺と一緒だと、なにかと理由をつけて逃げられる」

「どうして恨んでるんですか」

「前回の総裁選、俺の言うことを聞いてなきゃ、総理になれたと勘違いしてんだよ。あの男の人望じゃ、佐土にも負けてたというのによ」

出馬を表明していた三芳源太が立候補を取りやめ、荘口と佐土啓太郎《けいたろう》元文科大臣との一騎打ちとなった。

「木澤さんが、三芳さんは出馬するな、荘口さんを総理にしろと説得したんですか」

「そんなこと言っても三芳は聞きやしねえよ。あいつは政治家の方が、新聞記者よりはるかに頭がいいと勘違いしてるからな」

「でしたらどうしたんですか」

「荘口、阿久津、三芳の三人の会食を、俺が荘口に頼まれたと言って赤坂のステーキ店でセッティングした。俺は三芳に『阿久津さんが総理をやらせてほしいと直訴してきたことに荘口さんが怒っている。このままだと党が割れるほど収拾がつかなくなる。三芳さん、どうか二人の間に入って好きなようにまとめてください』と頼んだんだ。間に入って好きなようにまとめてくれとは……分かるよな？」

「仲立ちして、自分推しになるよう、話を進めてくださいという意味ですか」

「三芳は完全にその気になっていた。それが乾杯するところで、阿久津が『私は荘口さんを推します』と言い出し、三芳は話が違うと面喰った。阿久津から『三芳先生、三人で荘口政権を実現させましょう』とグラスを近づけられ、ああとしか言えなかったらしい」

一記者がそこまで裏で糸を引いていただけでも驚きだが、木澤がしたのはそれだけではなかった。

「しかもその店がまた問題だった」

「店？」

「最初に俺が伝えたのは、荘口が贔屓《ひいき》の料亭だった。三芳はその点が気に入らず、店を変えてほしいと秘書を通じて頼んできた」

「盗聴でも仕込まれてると思ったのですか」

「そんなことは考えねえよ。単に荘口の奢りになるのは避けたかっただけだ。三芳は出席しないことも考えたが、直前になって、俺が『すみません、三芳先生が憂慮されるのもごもっともですね』とステーキ屋に変えた」

「もしかして、そのステーキ屋って」

「食後に、ムカムカしながらも店員に請求書を自分の事務所に回そうとしたら、阿久津先生がお支払いになってますと聞かされたんだ。その時になって三芳は初めて、荘口ではなく、阿久津に諮《はか》られたんだと気づいたわけだ」

阿久津の陰謀のように言ったが、すべて木澤が考えた。だから三芳は木澤を嫌悪しているのだ。

「帝都大卒なのに頭がいいのか悪いのか分からないですね」

したり顔の木澤に、裕子は合わせる。

「そういう時の撤退は早えよ。三芳はすぐさま自分のポスト狙いに切り替えた。戦争でいうなら兵士を最前線に置いたまま、真っ先に撤収する司令官だな」

結果、総裁選で勝利した荘口総裁のもとで三芳は財務大臣という重要ポストを得た。

今の五大派閥「阿佐見三荘」の一つ、見崎通文《みちふみ》も出馬せずに外務大臣続投となった。五派閥のトップで唯一、総裁選に出た佐土だけが無役だ。派閥からは副大臣、政務官が出ただけで、一人も大臣になれなかった。

「別に男便所に入って待ち伏せしてても構わねえぞ。取材には男も女も関係ないって、おまえ、便所のことで責め立てて、先輩記者を飛ばしたそうじゃねえか」

緩んだ目で言われる。木澤が言ったことの意味を裕子は即座に理解した。

「週刊誌時代のことを調べたんですか。さすが木澤さんですね」

「週刊トップにも知り合いがいるからな」

「別に私が飛ばしたわけではないです。当時の編集長が、彼は記者としてふさわしくないと判断したんです」

「愚かな男だよな。女の新人記者じゃ役に立たないからって、『張り込みに国枝を使うのはいいですけど、あんな場所にトイレはありませんよ』と大声で言って恥をかかせたそうじゃねえか。そのことにおまえは、どういう意味かと詰め寄った。スキャンダルを扱う週刊誌内でセクハラ問題が起きたなんて、よその週刊誌に漏れたら大ごとだと、そりゃ編集長も心配になるわな」

木澤が言ったことはほぼ事実だ。田園地帯で起きた乳児殺しの取材だった。

「調べたのなら納得されたと思いますけど、木澤さんが若手の頃ならまだしも、私が入社した時だから十年前です。トイレを借りれなくて困るのに、男も女もありません」

「立ちションなんてもうご法度《はっと》だもんな。だけどおまえが怒ったのはそっちじゃないだろ。女は毎月何日か、男にはない理由でトイレに行かなきゃならない。その男は、わざわざたくさんの男どもがいる前でそのことを大声で言ったと思ったんだろ」

目をぎょろりと剝き、口を歪めた。

腹立たしいが、裕子もあの時はそう受け取った。だから怒ったのは一緒になって笑った数人の男性記者に対しても同じだった。彼らとはその後も協力的に仕事はできなかった。次第に取材班から離れ、一人でやる連載記事を任されるようになった。

やに下がった木澤の顔に、我慢してきたものが決壊しかけ、目が吊り上がっていたのかもしれない。「やばい、やばい、俺も飛ばされちまうな」と言い、木澤は左肘を曲げて腕時計を確認してから「ぼやぼやしてると三芳が出てくるぞ」と顎をしゃくった。

裕子は強張らせた表情を解くことなく、トイレの方向へと歩いた。

灰色のスーツにノーネクタイの三芳源太は木澤が言った通り、七時十五分にトイレに入った。手洗いの水が流れる音が止まると、女子トイレの仕切りから男子トイレの外に回る。ズボンのベルトを締めながら三芳は出てきた。

「なんだ、ブンヤの待ち伏せか」

三芳は裕子の顔を見ただけで記者だと言い当てた。

顎のラインがなくなるほど口元がたるんだブルドッグ顔の三芳は、神経質でとっつきにくい印象がある。記者が鋭い質問をすると、すぐに目を真っ赤にして怒るせいで「赤鬼」というあだ名をつけられている。

「はい、日西新聞の国枝裕子と申します。実は海老沢一徳元総理の連載を書くことになりまして、近々、大臣にもお話を聞かせていただければと思って、失礼ながらご挨拶にきました」

用意していた言葉を一気に喋った。さすが総裁候補と呼ばれるだけあって、テレビで見る以上に貫禄を感じる。

「キザのところの記者か」鼻を鳴らす。「海老沢先生のことならキザに聞けばいいだろ。あいつは先生の子守歌なんだから」

「子守歌？」

訊き返したがなにも答えなかったので、守り神かなにかと言い間違えたのかと思った。

「木澤にはもちろん聞きますが、大臣からもお話を聞かせていただきたいのです。大臣は派閥が違いますが、海老沢先生と親しかったと聞いています。次回からはきちんと秘書を通しますのでよろしくお願いします」

「二度と顔を見せんな」

三芳は手にしていたハンカチをポケットにしまい、裕子の横を通り過ぎていった。


三階のロビーに木澤の姿はなかった。二階にもいない。木澤は一階のラウンジで新聞を読みながらコーヒーを飲んでいた。

裕子は木澤の向かい側に腰を下ろした。

「どうだったよ」

カップに口をつけながら、無精髭を生やした口の周りに皺を寄せる。

「二度と顔を見せんなと捨てゼリフを吐かれました。海老沢元総理の名前を出しても、キザに聞けと、けんもほろろでした」

「俺もステーキ屋での一件後に、二度と顔見せるなと言われたよ。だけど平気で派閥事務所に行った。あんたには出入り禁止を通達しただろと言われたが、顔は見せるなと言われましたけど出禁という意味とは思いませんでしたとケロッと言った。すると目を真っ赤にして怒った」

「今日もそうでした。なんであんなに赤いんですか。前の晩の酒が残ってるんですか」

「三芳は下戸だ。なのに怒ると目が血走って顔に出る。要はいくら頭は良くても感情の抑制が利かねえんだ。大昔の八幡知行と似てるな。八幡は酒は飲んでたけど」

　海老沢一徳と総裁を争った「八海山」の一人、八幡知行元総理の名を出す。本名は「ともゆき」だが、木澤は「ちこう」と音読みした。政治家はそういう呼び方をされる人が多く、海老沢一徳も「かずのり」だが「いっとく」と呼ばれている。

「派閥は違うが、八幡と三芳は帝都大卒の大蔵省トップ入省と経歴が同じで、人間性までよく似てるわな」

「木澤さんはどうして三芳さんのことが好きではないんですか」

「あんな器の小さい政治家、仲良くしたい記者は誰もいねえよ。老いたる馬は路を忘れずって言うけど、あんだけ威張ってると昔の経験もいいことしか覚えてねえだろうな」

「テレビに出演する時でも横柄ですね」

「取材でも同じだよ。毎日通う記者も初めて来る記者も同じ扱いで、玄関の外で十分間だけ取材に応じてシャンシャンだ。記者に土産話一つ持たせようというサービス精神すらない。そんなところまで八幡にそっくりだ」

「帝都大卒の国会議員はたくさんいますけど、大蔵省出身となるとエリート意識に拍車がかかるんですかね」

「かつての八幡は記者に必ず出身大学を聞いたよ。俺が初めて八幡に会ったのは、八幡邸での家《いえ》懇《こん》で、休んだ担当記者の代打《だいう》ちで行った。同じく初めて行った毎朝の記者が帝都大だと挨拶すると、学部や年次、だれだれと同級生だろうなどと話が盛り上がった。それなのに俺が慶和大ですと答えると、ふーんとそこで会話が終わった」

　慶和大も難関私大だが、八幡は洟《はな》も引っ掛けなかったのだろう。

「三芳も似たようなもんだ。大蔵省をやめて初当選した時、同期入省の仲間で当選祝いの会を開いた。同期全員を呼んだが、何人来たと思う」

「同期は何人いたんですか」

「二十八人だよ」

「でしたら二十人以上は集まったんじゃないですか」

「来たのはたった三人だ。三芳が抜けて出世頭になった男と、発起人の一人、あと一人はみんなが来るからと思い違いして来た。他は全員、用事があると言って逃げた」

「そんなことして、あとで三芳さんに反撃を食らわないんですか」

「財務省に入るキャリア官僚は、政治家なんて屁とも思ってねえよ。こっちが協力しなければ政権は持たない、教えてやる立場だ。それくらいの自信を持ってる」

「それでも八幡元総理も三芳さんも派閥を率いていますよね」

「代わりがいねえからだよ。三芳は派閥会長で頭打ちだ。もし間違って三芳が総理になったら民自覚がぶっ壊れて、また下野《げや》する。それこそ八幡に内閣不信任案が出て、五十五年体制が崩壊した時みたいにな」

この二人のエリート政治家を木澤はよほど嫌いらしい。木澤は再びカップを手に取り、コーヒーを飲みながら、ボストン型の眼鏡をずらして呟いた。

「そうは言っても佐土よりましだけどな」

無党派層の若者からとくに人気がある五十八歳の佐土啓太郎の名前を出した。

佐土の入閣は前の前、山岡譲二内閣の時のみ。あまり重要とは言われない文科大臣で、長期に及んだ山岡政権で一回きりだ。それでもテレビ番組によく出演し、爽やかな顔で、歯に衣着せぬ物言いで政権批判をするので、聞いていて気持ちがいい。

「どうして佐土さんはダメなんですか」

「あんな男、危なっかしくて任せられねえよ」

「党内批判をしますし、過去に強行採決を棄権したこともありますけど、言ってることは正しいような気もしますが」

「おまえ、佐土の好きな言葉を知ってるか」

「なんでしたっけ?」

「『これまでの民自党政治から脱却する』と『政治のダイナミズムを取り戻す』だ。壊れたテープレコーダーみたいにこの二つを繰り返す」

侮蔑を混ぜて笑った。

「それが若い世代に……」

ウケていると言いたかったが、話している途中に木澤の濁った声で遮られた。

「国の将来を考え、嫌なことでもやるのが政治家だよ。耳当たりのいいことしか言えないのは単なるポピュリストだ。あんな男、情報番組にしょっちゅう出てる社会学者や人権派弁護士と変わらねえ」

「令和の牛若丸、融通《ゆうずう》無碍《むげ》の人だと評した人もいましたよ」

そう言ったのは討論番組の司会もやるベテランの政治評論家だ。小柄で運動神経がよく、文科相時代のイベントで鉄棒の蹴上がりを披露した佐士を、牛若丸のように自在に動いて、民自党の守旧派を一撃する力があると評した。

「牛若丸は一人で弁慶に立ち向かったから評価されたんだろ。佐士は今や民自党では阿久津派に次ぐ第二派閥だぞ。あの男は政治家になってすぐ、政治は数集めだと理解した」

「確かに六十二人の派閥を率いて牛若丸はないですね」

裕子も話を合わせた。

「佐士の話はもういいや。それより三芳に顔見せは済んだんだから、次から一人で行けるわな」

「またトイレで待ち伏せするんですか」

「こんな手、一回しか使えねえよ。次からは堂々と正面から行けばいいんだよ。三芳は俺の悪口を言ってたろ」

「はい」

むしろ悪口しか言っていなかった。

「それを利用すんだよ。俺の悪口と、俺がどんな情報を持ってるか、荘口の次に俺が誰を総理にさせようとしてるかをちらつかせりゃいい。肉付きのいいぶっとい首を伸ばして、飛びついてくる」

「そんなことするわけないじゃないですか。木澤さんは同じ会社の先輩なのに」

「バカタレ。そんなこと言ってたら政治記者は務まらねえよ。情報が最大の土産だ。それを使って民自党という大河を上手に渡れ。有力どころに絞っても阿佐見三荘と派閥は五つもある。情報さえ持ってりゃ取材相手に困ることはない」

「はぁ」

曖昧に返事をにごした。確かに人の悪口ほど盛り上がることはないが、それが木澤の話となると、そのまま真に受けていいものか。そうしますと答えた途端、二度と取材に帯同させてもらえなくなる恐れがある。

「おまえ、次からは事務所に許可をもらってきますとか言ったんじゃないだろうな」

丸みのある眼鏡をずらして睨まれる。まるで会話を盗み聞きされていたかのようだ。

「すみません。言ってしまいました」

実際に口にしたのは「秘書を通す」だったが、同じことだ。またバカタレと一喝されると思った。木澤は得意げな顔をしている。

「秘書を通すのは、記者がすることだよ」

それではまるで自分たちは記事を書くのが仕事でないみたいだ。

だが木澤行成は誰よりも多くの情報を取り、永田町で起きたことを隅々まで知っているが、けっしてスクープ一辺倒の記者ではない。

新聞社の政治部には、記事は書かずに政治を動かす記者がいる——そのことは世間ではあまり知られていない。

2

夕方五時五十分に裕子は待ち合わせ場所に到着した。成城学園のイタリアンレストランだった。待ち合わせの十分前なのに木澤は到着していた。対面する席には一八〇センチを超える長身の男が座っていた。

「おっ、国枝、来たか」

その男が振り返って、裕子の苗字を呼んだ。広瀬《ひろせ》浩介《こうすけ》、日西新聞政治部の記者で裕子より二つ上の三十五歳、日西新聞では史上最年少の総理官邸キャップである。

ここ数年、幾度か希望退職者を募った日西新聞では四十代の中堅記者がごっそり抜けたせいもあるが、この年でキャップを任されるくらいだから、服部編集局長や政治部長の信任も厚く、社のエリートだ。

「連載とはいえ、キザさんのコネクションで幹事長と財務大臣の二人と会ったそうじゃないか。おまえだけずるいぞ。俺は官邸キャップになって三カ月だけど、どっちもサシで会ったことは一度もないというのに」

広瀬は口を尖らせた。

「ごめん、ごめん。広瀬くんにも断りを入れるべきだったね。服部局長が連絡してると思ったんだけど」

「なんだ、おまえたち知り合いなのか」

それだけの会話で木澤は察したようだ。

「同じ大学の同級生なんですよ。とはいえ俺は他の大学に行ってから入り直してるんで歳は二つ上ですけど」

「そういや広瀬も早武大だったな」

「はい、キザさんと同じ理工学部ですが」

広瀬は馴れ馴れしく話しかける。デスクでも腫れ物に触るように扱う存在の木澤にこうして話せるところが、広瀬が取材者として優れている点でもある。

裕子は広瀬の隣に座った。テーブルの上にはサラミやパテといった前菜の盛り合わせが並んでいた。

「僕は国枝の顔は知っていましたが、親しくなったのは就活の時です。ムカつくことに国枝はうちの最終面接を辞退して、聡文館《そうぶんかん》に入ったんですけど」

その会話の間も、木澤はフォカッチャにホイップバターをつけて頬張っていた。

「どうして出版社を選んだのか訊かないんですか？」

裕子が尋ねた。木澤は口に入れてクチャクチャと嚙んでは、飲み込んで次に手を伸ばす。阿久津にご馳走になったハヤシライスも裕子より早く平らげていた。六十九歳なのに驚くほどよく食う。

「聞かなくても分かってるよ。給料がいいからだろ？」

「それは否定しませんが」

聡文館の方が高かったのでそれは認めた。今度はどうして厚遇の出版社をやめて給料の安い日西新聞に転職したか聞かれると構えていたが、木澤はなにも言ってこなかった。裕子が男性社員と揉めたことも調べていたくらいだから、その後、編集部では浮いた存在で、居づらそうにしていたことまで聞いたのだろう。

「それよりキザさん、荘口総理、やばくないですか。最近は顔色まで悪くなってますよ」

出てきたカルボナーラと、カボチャのニョッキを広瀬が取り分けながら木澤に尋ねる。これから取材に行くからか、ニンニクの入っていないものだけを頼んでいた。

「荘口があそこまで総理向きではないことは俺も意外だったけどな。どうやら総理になったのだから謙虚に、そして誠実に国民と向き合うべきだと、親交のある坊さんに入れ知恵されたみたいだぞ」

「らしいですね」

「あの男の良さはそこじゃないだろ。俺が荘口を買ったのは筋を曲げることなく、徹底した態度で野党や左寄りのメディアをビビらせてきたところだよ」

「それなのに韓国、中国との外交を対話路線に変え、それでいて成果はなかったですし」

「あれなんか愚の骨頂だよ。ここ数年の総理は、対案を持ってこなけりゃ会う必要もないと突き放してきたのに。台無しにしやがって」

木澤は総理失格の烙印を押したように言う。

もっとも荘口にも同情の余地はある。コロナ禍の助成金を巡るスキャンダルを週刊誌にすっぱ抜かれ、国会は紛糾した。経済政策にしても、物価高騰を受けて幅広くと、大型の追加策を出したが、支持した経済界からは今頃になって、国民ウケのみに奔走したバラマキだったと批判されている。

「辞任は時間の問題かもしれませんね。若手議員の中では早くも荘口降ろしの声が出始めてるみたいですし」

広瀬がフォークでパスタを巻きながら言う。

「官邸キャップがそう思うならそうなんじゃねえのか」

木澤は素っ気なく答えた。

「僕がじゃないです。僕はキザさんがそう思ってると予想しています」

広瀬は木澤の本心を聞こうと必死になっている。

「広瀬は荘口の次は誰だと思ってんだ?」

「そりゃ自ずと絞られるんじゃないですか。次の総理には誰がふさわしいかのマスコミ各社の調査でも阿久津幹事長と佐土さんの二人が、見崎、三芳両大臣を大きく引き離していますから」

「二人?」

咀嚼していた木澤が眼鏡をずらして広瀬を睨む。

「いえ阿久津幹事長です。佐土さんを十ポイント以上、引き離してますし」

広瀬も木澤の佐土嫌いは知っている。

「だったらはっきり阿久津と言えや」

「はい、すみません」

阿久津は裕子の質問には出馬しないと答えた。それなのに木澤はそのことを話そうともしない。

「本命だから、国枝を真っ先に幹事長のもとに連れていったんですか？」

広瀬は裕子を一瞥してから、視線を再び木澤に戻した。

「違うよ。こいつが海老沢一徳の連載を書くというから、阿久津を紹介しただけだ」

「幹事長は、海老沢元総理の秘書出身でしたね」

「阿久津は書生の頃、便所掃除でも他の書生より見違えるほどきれいに掃除したらしいぞ」

「らしいですね」

「おまえ、なんでも『らしいですね』だな。それ、口癖か？」

「い、いえ、そんな」

知ったかぶりを指摘されたことで広瀬は狼狽《うろた》えた。調子よく話していたのが別人かと思うほど、喋らなくなった。

その後はたいした会話もなく、注文したすべてを食べ終えた。

「さて腹ごしらえも終えたし、仕事に行くか」

裕子はウエイトレスが持ってきた伝票を見た。一万五千円ほどだった。三分の一を払おうとトートバッグから財布を出す。

木澤に命じられた。

「国枝、おまえが払って領収書をもらっておけ」

「経費で請求するんですか」

「なんなら、木澤と打ち合わせと書いて出せや」

裕子が週刊トップに入る前は、どの社も仲間内の打ち合わせということにして経費で請求していたらしい。それがある社に税務署が入って、仲間内の会食は認められないと指摘されてからは、そうした理由での経費請求は認められなくなった。

「身内の打ち合わせなんて無理ですよ」

「阿久津と飯を食ったとか、三芳と一緒だったとかにすりゃいいだろ」

週刊トップ編集部では架空の会食相手を書いて請求する者もいたが、嘘だとバレる相手では、経理から突き返された。日西新聞は週刊誌より厳しく、奈良支局ではその会食でこの取材ができたと記事を添付しないことには認められなかった。

「誰でもいいんだよ。財布は一緒だ」

「大物の名前は経理に疑われます」

「そんな……」

財布は一緒——会社の金なのだから誰が使おうが同じだ、という意味かと解釈した。うんざりした思いが顔に出ていたのだろう。木澤が補足した。

「いい記者ってのは、みんな自腹を切ってんだ。自腹分のちょっとばかしに会社の金を使ったくらいじゃ、上はなんも言わねえよ」

裕子は自分のクレジットカードで精算し、宛名を日西新聞にして領収書をもらった。

見崎通文、昭和二十九年生まれの六十九歳。衆院愛媛×区、国立外語大英語科卒、帝国商事に入社後、元運輸大臣の父・見崎文男《ふみお》の秘書を経て、昭和五十八年（一九八三年）の衆議院選挙で初当選。見崎派会長。北海道・沖縄開発庁長官で初入閣し、外務大臣は山岡内閣から荘口内閣までで通算三期目と、外交のスペシャリストである。当選十三回。

温和な風貌に加え、国際会議で話す英語があまりに流暢なことから、一時は世論調査で総理候補の筆頭に名前が挙がったこともある。だが際立った政策もなく、言動も目立たなかったことから、見崎を総裁に推す声は党内からも世論からもあまり聞かれなくなった。

それでも阿久津派の一〇五人を除けば、二位の佐土派六十二人、三位の見崎派五十八人、四位の三芳派五十六人と二〜四位の差はない。阿久津が次も出馬しないのであれば、見崎総理になってもなんら不思議はない。

見崎は総理が辞職して行われた前回の総裁選は、「外務大臣として閣内で総理を支えてきた人間として、責任を取らずに総裁選に立候補するわけにはいかない」と辞退した。見崎は外務大臣に留任した他、見崎派からは他に三人が初入閣を果たした。

世田谷にある見崎の自宅はお屋敷と呼ぶにふさわしい豪邸だった。木澤がインターホンを押すと、家政婦らしき女性が出てきてドアを開けた。玄関近くの客間に通された。たくさんの絵が飾られている。マイセンのカップに入れたコーヒーを出された。ほどなくして白のサマーセーターを着た見崎通文が入ってきた。顔は年相応だが、爽やかな服装で、育ちの良さが滲み出ている。

「おや、キザさんが言ってた海老沢先生の連載は、官邸キャップが執筆するんですか」

見崎は広瀬とは親しいようだ。

「本当なら僕が担当になり、大臣のもとに頻繁に顔を出したいのですが、担当するのは彼女、国枝裕子です」

「国枝です、よろしくお願いします」広瀬の紹介で裕子は名刺を出した。

「広瀬くんは官邸を守らなきゃいけないからしょうがないでしょうな。そういや、日西新聞の外務省担当の記者、彼女はよくやってるよ。いい記者をつけてもらって私も仕事がしやすいよ」

半分はお世辞だろうが、こうした気配りができるのも見崎が外交で活躍できる秘訣だろう。

「それは大臣が高校、大学と海外に留学され、レディファーストが身についているからですよ。こう言っては他の先生に怒られますけど、選択的夫婦別姓制度に反対する議員が多いのは、それぞれの考えがあるから仕方がないにしても、記者懇などで今の時代ならアウトになりかねないセクハラ発言する先生も結構いますからね。今は『女性は』と頭につけただけで女性記者はピリピリします」

「だったら今、『女性記者は』と言ったきみの発言もアウトじゃないの?」

「あっ、すみません、思い切りレッドカードですね。さすが大臣、聞き逃しませんね」

広瀬は頭を掻きながら会話を進める。

おだてられたのが効いたのか、見崎は気をよくした。だが見崎にしたって、地元愛媛の補選では、過去に男性の議長に楯突いた女性候補を他の議員が反対しているからという理由で支援しなかった。男性優位を前提とした上でのフェミニスト気取りなのだ。

広瀬が再開した日韓交流や日米豪印が連携するクアッドの内容などを質問した。木澤がいるせいか見崎は新聞には出てない内容まで喋った。メモは取らなかった広瀬だが、頭の中でしっかり書き留めているはずだ。

「おい、国枝、なんでも広瀬任せじゃなくて自分から連載の趣旨を説明しろよ。おまえを紹介するために来たんだから」

名刺を切ったきり黙っていた裕子が口を開こうとした。だが見崎に先を越された。

「海老沢先生のことを書くのなら、いくらでも協力しますよ。私が父の秘書をしていた頃から先生はよく食事をご馳走してくれたり、勉強会に呼んでくれたり、お世話になりましたからね。派閥が違うのにあそこまで親切な人はなかなかいませんよ」

「大臣が秘書の頃というと……」

「海老沢先生が内山《うちやま》内閣の官房長官の時かな。大学生だったのに、親には内緒だぞと言われてお年玉をもらいました。当時は、海老沢先生が内山派を出るとは予想もしなかったなぁ。あの人、勝負師でしたよね。天下の内山英州《えいしゅう》に反旗を翻したんだから」

海老沢のことをベタ褒めするのは木澤がいるからだろう。木澤が相槌も打たないので余計に気を遣っている。

「うちの父は政局に関わるような大物ではなかったけど、海老沢先生とは釣りに行ったりしてたからね。写真が残ってるんじゃないかな。次に国枝さんに会う時までに用意しときますよ」

「お時間をいただき、お話を聞かせていただけると幸いです。公務でお忙しいと思いますが、三十分でもいただければ」

「三十分でいいのかよ」木澤に茶化されたが、見崎から「それくらいならなんとかしますよ。キザさんの頼みだし」と言われた。

「ただしうちの父は派閥が違ったから、海老沢派の先生方の持っているエピソードと比較したらたいしたことは知らないけど」

「構いません。ライバルから見た海老沢元総理というのも連載の読みどころになるので」

「ライバルねえ。でも『八海山』と言われていたけど、頭の良さでは海老沢先生が図抜けてたよね。うちの八幡先生のような勉強の出来ではないよ。地《じ》頭《あたま》という意味だけど」

見崎派の前身は八幡派、見崎はもちろん八幡派出身だ。

「坂井戸裁定によって『八海山』の戦いは終止符を打たれましたが、もし裁定ではなく、総裁選になってたらどうなってましたか」

広瀬が質問した。

「ニューリーダーの三人では、プリンスと呼ばれた山岡先生が人気だったけど、やっぱり海老沢先生が勝ってたんじゃないのかな」

そう言って見崎は木澤の反応を確認した。だが木澤は気にせずコーヒーを飲んでいる。

会話が止まったので、「八幡先生の芽はなかったですか」と裕子は八幡知行の名前を出した。

「自分のところのボスをけなすようだけど、総裁選になろうがなるまいが、あの段階での八幡先生はなかったな」

「どうしてですか」

「あの人、帝都大出の人としか付き合わないくらい変わり者だったもの。高学歴も時には邪魔になることもあるんだなと思ったよ。私も帝都大を受験したけど、落ちて二期校の外大で良かった」

まるで帝都大卒のライバル、三芳源太に当てこすりしているようにも聞こえた。

「さきほど大臣は、海老沢元総理は地頭が良かった、とおっしゃってましたけど、それって坂井戸裁定に海老沢先生が絡んでいたということですか」

　広瀬は近くに木澤がいるというのに気にせず、ずけずけと質問していく。こういう度胸があるところも広瀬が社内で評価されている秘訣だろう。

　坂井戸裁定とは、昭和六十二年（一九八七年）、坂井戸総理が八幡、海老沢、山岡の三人から海老沢を次の総裁に指名したことを指す。どうして次の総裁を前職の坂井戸が選ぶことになったのか、そして坂井戸がなぜ海老沢を指名したのか、政治記者の間では今も謎に包まれている。

「絡んでいたかどうかは私には分からないよ」

「では大臣は坂井戸裁定についてどう思っていますか？　なぜ総裁が次の総裁を指名することになったと見ていますか」

　裕子も質問した。

「山岡先生は海老沢先生に嵌められたと言ってたみたいだね。うちの八幡先生も同じことを言ってたな。裏では坂井戸先生と海老沢先生で話はついてたって。こんなことを、キザさんの前で言うのは気が引けるけど」

「気にしなくていいですよ。その説が有力なのは私も承知してますから」

　木澤がマイセンのカップに口を近づけながら言う。

「キザさんが言うならそうかもしれないね」

　見崎は安堵したような顔を見せる。

「私はあの頃、まだペーペー記者で、一応海老沢先生には可愛がってもらってましたけど、どこで誰がどう動いているのかは分かりませんでした。だから坂井戸総理が海老沢先生を指名した時はびっくり仰天でした」

「キザさんも意外だったんですか？」と見崎。

「私だけでなく、海老沢事務所にいた人間はみんな青天の霹靂だったんじゃないですかね。阿久津幹事長もそんな話をしてましたし」

「阿久津幹事長って次の選挙のホープと呼ばれてたのに、あの頃は宮城の県会議員をさせられてたんだよね」

「海老沢先生からなんの前触れもなしに出ろって言われて……本人は不満だったみたいですけど」

「ソツのない幹事長でもヘマをしたのかな」

「どうなんでしょうな。私もさすがにその話は聞けません。幹事長も聞かれたくないでしょうし」

二人の会話が噛み合い始めた。見崎がなおさら饒舌になったことで、再び広瀬が割って入り、次の日韓外相会談について質問した。見崎は日程までも答えた。裕子たち三人は一時間ほどで見崎邸を出た。

夜十一時を過ぎているのに蒸し暑かった。

エアコンが効いた見崎邸では袖から出た腕が肌寒く、途中からストールをかけていた裕子だが、外に出ると畳んでバッグに入れた。

世田谷の住宅地に虫の声が聞こえる。外務大臣から特ダネを頂戴したことに広瀬は興奮していたが、木澤はつまらなそうに口をすぼめた。

「いかにもおぼっちゃまって感じだったろ？」

「そうですかね。まぁ、人がいいから、日程まで喋ってくれたんでしょうけど」

「外務大臣をやって喜んでることじたい、見崎通文が総理になれない理由だよ」

「見崎大臣って総理になれないんですか」

その質問は裕子がした。

「外相というのは頻繁に外国に出かけては首脳と会談し、晩餐会に呼ばれたり、国際会議でスピーチしたりと脚光を浴びる憧れのポストだけど、国内を留守にしてる間に人間関係が希薄になんだよ。『八海山』の頃の山岡繁がまさにそうだった。見崎は派閥こそ違えど、山岡繁が忸怩《じくじ》たる思いで総裁に選ばれなかったのを見ていたのに、同じ失敗をしてる」

「外務大臣になると総理になれないなんて初めて聞きましたよ」

広瀬が口を挿《はさ》む。

「なれないとは言ってねえよ。外交に現を抜かしている間に、派閥内の切り崩しにあうから注意しなきゃいけねえってことだ。山岡繁は坂井戸内閣時代の外相で、多忙を極めているうちに海老沢一徳に党内を固められた」

「それで息子の山岡譲二元総理は外交好きなのに外務大臣にはならなかったんですか」

荘口の二つ前の総理の名を広瀬が出す。山岡譲二は外相どころか、幹事長から総理と一直線でトップに伸《の》し上がった。かといって外交を疎かにしたわけではなく、総理になって以降、「山岡外交」と呼ばれるほど力を入れた。

「父親の失敗を見てたからこそ、山岡譲二は外相のポストなんか目もくれなかった。見崎に与えてやったのさ」

「それが分かっていても受けてしまう魅力が外務大臣にはあるんですね」裕子が言う。

「仕事のやりがいは財務、経産だが、派手さはなんといっても外相だ。G7、G20にも呼ばれるし、外相会談はあるし、海外に招待されれば国賓級の扱いだ。昔から外相をやるのは目立ちたがり屋か政治の怖さを知らないボンボンに決まってる」

「今も党内では見崎外相は徐々に求心力を失ってるってことですか」と広瀬。

「見崎は人柄がいいけど、子分の面倒見がいいわけではない。入閣も三芳派より少ない四人、自分だけ外務大臣留任なんだからいい気なものだと不満に思ってる議員は多い」

「今後、見崎派から離脱する人間が出るってことですか。見崎派は草刈り場になると？」

裕子の質問には答えることなく、ポケットに両手を突っ込んだ木澤は、口笛を吹きながら夜空を見上げた。

「見崎大臣はそれを懸念して、前回の総裁選は降りたんですか？」

広瀬が思いついたように口にする。それには木澤は答えた。

「さすが日西新聞史上最年少の官邸キャップだけあるじゃねえか」

正解だったようだ。

「もしかして木澤さんが降ろしたとか？」

裕子が尋ねると、「ん」と尖った目を向けた。

「無理やり降ろしたりはしねえよ。見崎に大丈夫か、総裁選に出たはいいけど、派閥議員数より票が少なかったら大恥を掻くぞと忠告しただけだ。見崎も気になることがあったんだろう。出馬していたら間違いなく恥を掻いてた。翌日には荘口支持を表明して、派閥の引き締めを図った」

どうりで見崎がこの夜、木澤に気を遣っていた理由が分かった。腹立たしさもあるだろうが、体面を汚されずに済んだという恩義も感じているのだ。

「それなのに荘口に『外交は私は素人だから、見崎さんにお願いしたい』と頼まれたら三回目をやるんだから、やはりおぼっちゃまだ」

「キザさんがそこまでやっていたとは思いもしませんでした」広瀬が感嘆する。

「政治とは妥協の産物であり、可能性のアートである。ドイツの政治家、ビスマルクの言葉を知らないのか」

木澤は無精髭を生やした顎を擦った。確かに言い得て妙だ。可能性によって政治家はいくらでも変節できる。

「木澤さんはこれまでいくつ政権を作ったんですか」裕子が尋ねた。

「忘れたよ。付き合った女の数よりは少ないんじゃねえか」

「どんだけの女と付き合ったんですか」広瀬が茶々を入れる。

「そのうち、これは絶対に政権が取れると思って支援したのはいくつですか？」裕子が質問した。

「二、三個かな」

意外に少ない数字が出た。戦前の見立ては不利だったのに、総裁選では勝たせたという自慢か。

「負けた時はどうするんですか。指を咥えて次の総選挙を待つんですか。それとも知らんぷりして勝ち馬に乗り替えるとか」

「国枝、おまえ褒め殺しもうまいけど、怒らせるのも得意みたいじゃねえか。その手には乗らねえよ」

苦笑いで逃げられた。

「すみません」

「勝ち馬に乗るなんて恥晒しなことはしねえよ。だけど勝った人間を振り向かせようとはした。ほら、やっぱあんたには俺が必要だろと。いつまでも俺を敵に置いといたら、あんたの時代は長くは持たねえぞ、と」

木澤は得意げに顎をもたげた。

3

【実録　政治記者・木澤行成（その2）】

政治家に接近する手段は麻雀だけでなく、ゴルフも大きな武器だった。夏になると多くの政治家が記者を集めてコンペを開く。だが木澤はゴルフはやったことがなく、行ってもクラブハウスで待つだけ。そうなると一緒にラウンドした記者が、政治家から特ダネを聞き出して翌日に記事にすることもあった。

ある名門コースでは「プレーしないのでしたら」とクラブハウスから追い出された。その時もラウンドの合間に大きなネタを話す議員がいて、亜細亜通信は配信できなかった。

「木澤くん、困るよ、どうしてうちだけこんな大事なニュースを配信できないんだって、編集局長に叱られたよ」

デスクに不満を言われた。

「デスクだってゴルフをしないじゃないですか。俺だけの責任にしないでくださいよ」

「きみはまだ三十代じゃないか。これから十年、二十年と政治記者をするんだからゴルフくらいはできるようになった方がいい。なんなら経費でゴルフクラブを買っていいから」

「そこまでしてくれるのなら、始めますけど」

「だけど生半可な気持ちで始めたら痛い目に遭うぞ。打ちっぱなしで練習してからコースに出ろよ」

デスクが言いたいことなど、「麻雀外交」をしていた木澤は承知していた。当然「握り」がある、つまり金を賭けるのだ。

それからというもの朝駆け取材を終えると、神宮のゴルフ練習場に寄って、レッスンプロをつけて基礎から学んだ。最初は何度か記者仲間とコースに出て、すぐに百は切るようになった。さらに腕を磨いてから、麻雀で親しくなった政治家に声をかけた。

麻雀よりゴルフの方が大変だった。負けず嫌いの政治家は、負け金が増えると「プッシュだ」と賭け金を上乗せしてくる。十八番ホール、木澤がこのパットを沈めたら二十万円、だが外せばこれまでの十万円勝ちがチャラになる。そういう時はパターを握る手が震えた。

時には大負けして一ヵ月分の給料が吹っ飛んだこともあったが、負けた時は帰りに練習場に行き、悔しさを体に覚え込ませた。努力の甲斐あって、小遣い稼ぎができるようになった。

あるゴルフ場で二十万円勝った。風呂に入って着替え終えると、握った政治家から「木澤くん」と手招きされた。彼は長財布から万札を二十枚出した。

「先生、さすがにこの額は受け取れませんよ。半分にしときましょう」

十万だけ受け取ろうとしたが、その政治家は穏やかな表情を一変させた。

「きみは麻雀でも勝たないようにしてるらしいじゃないか」

「いえ、そんなことは……」

「今日だってそうだ。きみはいくつか入れられるパットを外した。本気でやっていたら、私は二十万の負けでは済まなかった」

どうやら見抜かれていたようだ。

「政治家が先生、先生と呼ばれて持ち上げられて喜んでると思うのは大間違いだ。記者にまで手抜きされたら馬鹿にされた気分になる」

「それは申し訳ございませんでした」

「記事だってそうだ。私らと親しく付き合っているからといって手心を加えて書かれたら、読者はどう思う。政治家が記者を懐柔してると思い、私ら政治家まで信頼を失うことになるんだぞ」

「有権者に馬鹿にされてしまいますね」

「有権者じゃないよ、納税者だよ、きみはちゃんと税金は払ってるよな」

「もちろんですよ。会社員ですから」

「その会社がちゃんと納税してるかは分からんけどな」

「えっ」

「それよりきみ、政治家が言ったことを記事にするだけが記者じゃないぞ。なんでも政治家任せにするのではなく、きみたちも国民のことを真剣に考え、政治家以上に勉強するんだ。政治家だって、この記者は本気でこの国を考えている、そう思える記者には本当のことを喋りたくなる。それが人情だ」

そう言い残してその政治家は引き揚げた。その男こそが、海老沢一徳だった。

その時の叱責が心のどこかで政治家を馬鹿にし、誰に師事するとも決めずに根無し草のように生きてきた木澤の心に刺さった。木澤は強烈に海老沢一徳に引き寄せられていく。

海老沢が全国遊説に出かけると必ずついていった。会社は新幹線なら指定席、特急では二等車の電車賃しか出してくれなかったが、グリーン車や一等車との差額を自腹で出して海老沢の近くに座った。家にも毎晩のように通った。最初は他社の記者同様、玄関先での応対だったが、たまに二人きりになった時に、「きみ一人なら入りなさい」と居間に通されるようになった。

海老沢の知遇を得た木澤は、家族のように扱われる。朝、他の記者が呼び鈴を押しても、夫人に「もうすぐ家を出ますのでお待ちください」と言われる。それが木澤の場合、「キザさん、どうぞ」と中に通され、朝食まで用意された。

四六時中ライバル社と行動を共にする新聞記者は嫉妬深い。家に入れない記者たちは、木澤が海老沢とどんな話をしているのか気が気でなかったはずだ。朝食を終え、和装からスーツに着替えた海老沢もそのことはよく分かっていて、「わしと出たらきみは袋叩きに遭うだろうから、ここに残って家内の相手をしてやってくれ」と気遣ってくれた。

木澤は当時のことをこう述懐している。

「海老沢先生は言っちゃ悪いが、田舎者で野暮ったかったからな。夫人は裕次郎の大ファンで、今でこそ髪も白くなり雰囲気は消えたけど、慶和ボーイの俺は都会的で洗練されてると、まさに夫人の好みだったんだ」

自分も地方出身であるのに木澤はそう言った。仮に夫人の好みだったとしても、間違いを起こすことはない。どんな政治家にも臆することなく接する木澤だが、こと女性に関しては奥手だった。海老沢もそうした性格を見抜いて、あまり構ってやれない妻の話し相手を頼んだのだろう。

その頃はタカ派の坂井戸政権が終焉へと近づいていき、「ニューリーダー」と呼ばれた八幡知行、海老沢一徳、山岡繁の「八海山」三名が、次の総理候補として頻繁に取り上げられていた。

そんな大物三人が、坂井戸総理と神奈川県の名門ゴルフ場でラウンドする機会が訪れた。

当然、木澤も報道陣の一人として四人について回った。

十八番ホールに着くと坂井戸が周囲を見渡し「素晴らしいコースですな。東京近郊でこれだけ緑があって、アップダウンの激しいコースを作るとはたいしたもんだ」と感嘆した。

「ここのオーナーはちゃんと税金を納めてるんですかね」

海老沢のひと言で随行していた記者団がざわついた。

納税に関するジョークは海老沢の常套句とはいえ、記者たちは笑えなかった。そのゴルフ場は、ここ数年、キングストンホテルなどリゾート地を次々と開発していた北関東鉄道がオーナーで、山岡の最大のスポンサーだったのだ。

「払ってるといっても微々たるもんでしょう」

八幡が含みのある物言いで苦笑いすると、ざわつきがいっそう激しくなる。

「払ってますよ。調べたらわかります」

外相として世界の首脳と会談してきた山岡繁が憤然とそう答えた。

山岡とキングストンホテルとの濃密な関係を知りながら、海老沢と八幡は社長が脱税しているのではないかと揺さぶったのだ。動揺した山岡はムキになってその挑発に乗った。たくさんのメディアがいる衆人環視の下で、そうした心理戦を繰り広げる政治家たちの度胸と邪知深さに、木澤は改めて感心した。

そのやりとりは、十万円のワンパットより緊張感があり、聞いているだけで体が痺れた。

＊

木澤行成が政治記者になってからというもの、東京地検特捜部による汚職事件の摘発が次々と行われた。報道各社も社会部の司法クラブ担当が検事から情報を収集し、疑惑が出た政治家を追及。大臣辞任、時には議員辞職にまで追いつめた。

その夜、木澤は海老沢派の元通産大臣、久保《くぼ》一秋《かずあき》の千代田区一番町にある３ＬＤＫのマンションに夜回りをかけた。大物議員は議員宿舎に入らず、東京に一軒家やマンションを持っていることが多い。

エレベーターで七階まで行き、ドアの前でインターホンを押す。当時では珍しいカメラタイプで、レンズを直視して「木澤です、よろしいですか」と声をかける。「あいよ」と聞こえ、ドアが開いた。玄関には久保のものとは思えない大きなサイズの靴があった。

「先客でしたか。言ってくれたら私は出直したのに」

リビングのソファーで水割りを飲んでいたのは、毎朝新聞の鍋島久《なべしまひさし》記者だった。

「鍋島くんに確認したら木澤くんなら共同戦線でいいと言うから入れたんだよ」と久保。

「なにか聞きたいことがあって来たわけではないんだ。だからキザちゃんがサシで先生と話したいのなら俺は離席するけど」

「俺もなんとなく先生と酒が飲みたかっただけだから、ナベキュウがよければ構わないよ」

毎朝新聞は、マロングラッセ記者と木澤を小馬鹿にした記者をはじめ、プライドの高い連中の集まりなのであまり好かない。だが地道に夜回り取材をする同じ年齢の鍋島久のことは、木澤は買っていた。

「特捜部はどこから摑んでくるんだろうね。頭にくるよ。次から次へと調べては、取り調べに呼ぶ前にメディアにリークするんだから」

久保はここ最近、新聞にリークされる政治家の汚職事件を愚痴っていた。

「こう言うと言い訳になりますが、その手のネタを持ってくるのは社会部なんです。社会部は情報漏洩を危惧して、僕ら政治部には内密にする連中が多くて」

鍋島が頭を搔く。

「まだ出てくると思いますよ。日本社会はいまだ高度成長期の余韻に浸り、政界全体が浮ついていますからね。陳情を通したお礼に少しばかりの袖の下をもらうことに、議員は罪悪感がなかったでしょうし」

木澤が言うと、久保は「私はそんなことはしなかったけどね」と手を振った。

そこでインターホンのチャイムが鳴った。

〈久保先生ですか、毎朝新聞の鈴木《すずき》と申します。少しお時間をいただけませんか〉

「毎朝新聞？」

久保は首を捻《ひね》り、ソファーの鍋島を見た。鍋島は青ざめていた。

「どういうことだね、鍋島くん」

「先生、電話中だと言って一度インターホンを切ってください」

声を潜めた鍋島から言われた通りに久保はインターホンに喋った。

「実は社会部が日商誉田《にっしょうほんだ》と政界との贈収賄を追いかけています。先生、二年前に日商誉田の専務から自動車部品の関税撤廃を頼まれ、その際、二百万円を受け取ってますね」

「いや、そんなことは……」

久保はしどろもどろになっている。

「否定しても無駄です。今来た記者は特捜部担当のエースで、特捜検事から情報を得ています」

「ナベキュウはそれを伝えるために来たのか」

木澤が訊くと、彼は小さく頷いた。彼としては社会部からなんとか聞き出した内容を、社会部の取材前に久保の耳に入れておこうとしたのだろう。

「どうすればいい、鍋島くん？」

久保は完全にあたふたしていた。鍋島も落ち着きを欠いていた。社会部の取材はもう少し時間を要し、鉢合わせにはならないと思っていたのだろう。

「先生、ここは腹を括って認めましょう」

木澤が言った。

「認めるって、そうなると私は収賄罪に問われるのでは」

「二年前というと通産大臣になる前ですよね。だから職務権限はなかった。二百万なら政治献金で言い通せます」

「分かった、そう言うよ」

久保はインターホンに向かう。

「ダメです。インターホン越しでは。記者を中に入れてください」

「部屋に入れるのか」

「記者だって人間です。インターホンや外で話すより、中に招いて、じっくり時間をとって丁寧に答える。そこに嘘やごまかしがなければ、武士の情けが出てきます」

「キザちゃん、中に入れるとなると俺はどうすりゃいいんだ。極秘情報を漏洩したとなれば社内での俺の立場はなくなる」

鍋島の顔からは滝のような汗が流れ出ていた。

「先生、ベランダ借ります」

木澤は机の上の飲みかけのグラスをベランダまで運び、玄関から自分と鍋島の革靴を持ってきた。

「ナベキュウ、なにぼやぼやしてんだ。荷物を全部持ってこい」と呼びつける。「先生、時間をかけると怪しまれます。早くインターホンに出て」

「わかった」

木澤は鍋島とともにベランダに出て、カーテンの陰に隠れるように端に座った。マンションの七階は冷たい風が巻くように吹いていた。

見るからに社会部の第一線で活躍していそうな目つきの鋭い記者が入ってきた。久保がソファーに座るよう促し、誠実に答えることで、緊迫した空気が緩むのが窓越しに感じ取れた。

「キザちゃん、またチャイムが鳴ったぞ」

記者が二人入ってくる。

「あれは日報通信と東都新聞の記者だ」

「こりゃ長くなりそうだな」

「しょうがねえよ、ナベキュウ。だけど一社の特ダネより他紙にも出た方が記事の扱いは小さくなる。久保さんにとってはラッキーだ」

持ってきた水割りを飲もうとするが、二月の寒気に襲われ、グラスを持つ手もかじかむ。体を温めてくれる酒はすぐに無くなった。

「ナベキュウ、寒いからこっちに来い。おしくら饅頭だ」

木澤と鍋島は身を寄せ合って寒さをしのいだ。

「キザちゃん、咄嗟にあそこまで久保先生にアドバイスをしたってことは、キザちゃんも特捜部の動きを知ってたんだろ」

「なんとなくだけどな」

「さすがだな。ここで嘘をつかなかったことで、久保先生の議員人生は首の皮一枚繋がっただろう。もちろん俺もだ。キザちゃん、この恩を俺は一生忘れないよ」

二時間してようやく社会部連中は帰り、木澤たちは中に入ることが許された。

「先生、すみませんが、風呂を沸かしてくれませんか。このままでは二人とも風邪を引きます」

その頃には雪山で遭難したかのように体は凍えていた。

*

兜《かぶと》町界隈は人が多かった。

東京証券取引所のあるこの地域は証券会社も多く、電光掲示板に灯る株価をサラリーマンが眺める。午後三時、ちょうど証券市場が閉まる時間帯だ。証券会社が多く並ぶ通りを過ぎ、木澤は日本橋川に架かる鎧橋を渡る。左岸に入って数分歩き、古い雑居ビルに入った。

階段で三階に上がると《名古屋経済研究所》と表札が出ていた。ブザーを押す。事務の女性がドアを開けてくれたので、中に入った。六畳ほどのリビングに置かれている古いソファーセットにトレンチコートの男たちがたむろしていた。彼らは怪訝な顔で木澤を見る。週刊誌や夕刊紙など、記者クラブに入っていない記者なので、クラブ員の木澤とは関わりはないが、いずれも敏腕なので顔は知っていた。

部屋には「金鳥・ゴン」のCMで人気の「もたいまさこ」そっくりの黒い眼鏡にひっつめ髪の事務員がいて、彼女に名前を呼ばれ、順番に執務室に入る。それまで木澤は床にあぐらを組み、ラックから取った経済新聞を流し読みして時間を潰した。

一時間ほどして、もたいまさこから呼ばれた。執務室では整髪料できっちり髪を横分けにし、色の入った眼鏡をかけた伊達男が座っていた。

「木澤くん。久しぶりじゃないか。元気だったか」

「はい、おかげさまです。ご無沙汰してすみません」

木澤は頭を下げた。その男、名古屋経済研究所、通称「メイケイ」の代表、今泉《いまいずみ》龍彦《たつひこ》と木澤が初めて会ったのは一年以上前だった。

兜町で情報誌を発行している者がいて、彼が持つネタに週刊誌記者たちが群がっている、名称こそ「経済研究所」と金融系シンクタンクのように名乗っているが、入ってくる情報は政治絡みだ……そうした噂を耳にしたのがきっかけだった。

今泉は豊富な情報を持っていたが、それらにはどこか危険な匂いが漂っていた。だから全国紙や通信社の記者は近寄らなかったが、木澤は違った。取材する価値のある人物であれば、その人物にたとえ前科があろうと接触した。

暖房の効いた室内なのにタートルネックを着た今泉は、手土産のない記者は短時間で追い返す。今泉の求める手土産とは菓子折りでも金品でもない。情報だ。

「今泉さん、次の総裁ですが、坂井戸総理は表向き『八海山』の誰かに禅譲すると言っていますが、その一方で、官房長官を推そうと画策してるようです。二人は昨晩、財界の人間を招いて食事をしていますが、客人が帰った後に、きみを推すことも考えていると、総理は話したそうです」

木澤が摑んできた情報を話す。

「ダメだ。あんな軽い男に総理は任せられん」

パイプを吸っていた今泉が紫煙を吐く。

「私も官房長官では総理に不適格だと思っています」

「坂井戸が総裁に選ばれる時だって、民自党内ではあんなオンボロ神輿を担いだら若手の不満が消えませんと反対された。それなのにその時の多数派が、ぼろい神輿でも修理すればなんとかなる、つまり使いやすいと総理にしたんだ」

「それだとますます坂井戸総理に院政を敷かせるわけにはいきませんね」

「木澤くん、それよりあんた、この前、久保一秋を救ってくれたそうだね」

収賄疑惑で社会部記者たちの突撃取材を受けた時のことを今泉は知っていた。

「どこからその情報を」

「久保は人がよすぎるけど、あれでも一回生の時から私が面倒見てきた男だ」

木澤の質問には答えなかったが、それよりも興味深いことを言った。

「日商誉田に頼まれて、金を議員たちに配ったのはなにを隠そうこの私なんだよ。もちろん議員本人に渡しゃしないよ。秘書を料亭に呼んで土産の佃煮と一緒に袋に入れた。領収書も受け取っていない」

「そうでしたか」

利害関係がない今泉が渡したのなら、罪に問われることはない。

「困ったものだよ。業界も政治家もなんでも私頼みだ。私ならどんな火中の栗も拾ってくれると勘違いしている」

それでも今泉が怪しい頼みを引き受けるのは、名古屋経済研究所が発行する月刊誌を購読してくれているからだ。Ａ４のレポート用紙数枚を綴じた簡素なものだが、政治家の事務所だけでなく一流企業の多くも購読していた。

「久保先生も税調の副会長を辞任しただけで済んで良かったです」

各紙一面に書かれたが、それ以上の続報はなく、捜査も秘書が取り調べを受けただけで済んだ。一方、記者の取材に虚偽のコメントをした他の議員はその後追及されて、挙句、秘書や政治家本人が収賄で逮捕された。検察というのは虚偽証言で開き直ると、本気になってかかってくる。検察はムキになると厄介だが上手に付き合えばなんてことはない、そう教えてくれたのも今泉だった。

「木澤くんはなぜ亜細亜通信に入ったんだね」

父が左翼活動をしていたこと、木澤自身も大学で学生運動に参加していたこと。テレビ、新聞、通信社の試験を、ほとんど最終で落ちたことを話した。

「そりゃきみ自身が、悪さしていたことが公安から流れたんだよ」

「僕が学生運動したのはたった四ヵ月ですよ」

「企業の身辺調査を甘く見たらいかんよ。とくにマスコミは口では平等だの差別はしないだのきれいごとを並べるが、左翼や新興宗教は絶対に入れないと血眼になってる。だけど良かったじゃないか。亜細亜通信で」

給料も安く、社内留保が百億円しかないのに毎年二十億円の赤字を垂れ流し、倒産するのも時間の問題だと言われていたのだ。ずいぶん皮肉を言うなと木澤は愛想笑いで返した。

今泉はそこで話題を変えた。

「ここ数年、どこからともなくきな臭い情報が流れては、それを検察が知ることとなり、多数の政治家に悪徳のレッテルが貼られ、政治不信へと繋がっている。こうした流れは誰が作っていると思うかね」

「一つは週刊誌じゃないですか？」

毎朝新聞、東都新聞、あるいは日報通信、ＮＨＫのスクープがきっかけになることもあるが、それより近年は週刊誌の方がはるかに多くのスクープを打っていた。

「その週刊誌のネタ元になっているのはどこだと思う？」

「米国でしょう」

内山英州元総理が逮捕された航空機汚職事件が米国発だった。内山が中国と国交正常化したことを面白く思っていない米国政府がＣＩＡを使って、航空機受注をめぐる政界汚職の情報をリークしたと噂されていた。

「その通りだよ。米国こそ我が国を動かしている闇の権力の一つだ。だけど一つだと言ったということは、まだあるってことだ」

木澤は今泉の色付きレンズを凝視した。答えてもいないのに今泉は表情を崩した。

「そうだ。裏社会の人間だよ」

そう答えると自分から「私のようにな」と口角を上げる。さすがに一緒に笑うことはできなかった。

「週刊誌と米国、裏社会だけが政局を作ってるわけではない。もう一つある。なんだと思う」

「私には分かりません。降参です」

頭を下げた。今泉は笑みを浮かべて顎をしゃくった。

「えっ、どういうことですか」

「きみがいる通信社だよ。本当は新聞を筆頭にしたメディアと言いたいところだが、今の新聞はダメだ。聞いたことをフィルターにかけて報じるから、国民をかき回すだけで、この国が悪い方に進んでいるのが自分たちのせいだという自覚もない」

「その点我々通信社は、ストレートニュースですからね」

「ああ、いくら毎朝新聞や中央新聞といったリベラル系が『我々こそが日本のクオリティペーパーだ』『社会的影響力は高い』と幅を利かせたところで、地方にいけば購読者数は地方紙に圧倒されている。その地方紙に記事を配信してるのは通信社なんだからな」

　通信社は全国紙のように紙面に記者の署名が出ることもない。一般国民には存在じたいがあまり知られていない地味な仕事だが、今泉が仕事を理解してくれたことに嬉しくなった。

「通信社、週刊誌、米国、そして我々を含めた裏社会、その菱形関係の中で、この国の伝統は保持され、経済発展が生まれる。けっして左翼化していいことなどない。今言った四つでもとくに週刊誌は注意した方がいい。週刊誌報道には必ずなにかしらのバイアスがかかっている。週刊誌に気になる記事が出た時は、私のところに来なさい。そうすればこの国で今なにが起きているかきみに教えることができる」

「そうした情報に触れることができるよう、身を粉にして働きます」

　木澤はそれからというもの、今泉の事務所に足繁く通ってお互いに持っている情報を交換し、闇の情報という泥濘にどっぷりと嵌っていった。

＊

「先生、まだ起きてらっしゃいましたか」

時計の長針と短針が頂点で重なったところで電話をかけた木澤に、海老沢一徳は声に出して笑った。

〈きみ、なにが起きてましたかだよ。毎晩電話をかけてくるのに〉

「そうでしたね」

木澤も笑いながら返した。

どんなに夜回りで忙しくても、木澤は深夜零時に海老沢一徳に電話をかけた。外出中の時は公衆電話からだ。小銭が必要だから、ズボンのポケットではいつも小銭がジャラジャラと音楽隊をやっていた。

「先生、今日八幡大臣が珍しく記者懇《きしやこん》をやったみたいです。どうせたいした食い物が出ないと記者たちは先にラーメン食ってから出かけたのに、珍しくフレンチのフルコースだったとか」

〈毎回手弁当で仕事をさせられると子分の不満が絶えない男が、ずいぶん太っ腹だな〉

「八幡さんの後援者の社長も同席していたようなので、一銭も払ってないでしょうが」

〈その社長はちゃんと納税してるのかね〉

「多少はごまかしてるでしょうね」

〈八幡もそんな人間と付き合ってたら痛い目に遭うぞ〉

吝嗇《りんしょく》家なのは八幡知行に限った話ではなく、「八海山」のもう一人、山岡繁も同じだった。中選挙区制だった当時は、湯水のごとく金が消えていくからだ。

その点、海老沢は子分の面倒見が良かった。「今太閤《いまたいこう》」と呼ばれた内山英州の派閥から、百人以上の議員を連れて独立したのだ。人心掌握術という点では三人の中で抜きん出ていた。それはエリートの八幡、温室育ちの山岡より金集めが上手だったことも大きい。

そんな海老沢にも欠点はあった。それは人一倍寂しがり屋だったことだ。家族を故郷の青森に帰したため、都内の豪邸で一人暮らし。秘書や書生はいたが、政治家にとって彼らは空気でしかない。政治家はどれだけ権力を持とうが、いつどこで寝首を掻かれるかと不安な日々を送っており、そうした不安から解放してくれる人間をつねに求めていた。

木澤は毎晩の電話で、山岡、八幡がどんな動きをしているのか……そうした情報を伝えることもあれば、たわいのない話で終わることもしばしばだった。翌日、海老沢の清々しい顔を見ると、電話後、すっきり眠れたのがよく分かった。

ある時、海老沢事務所にいくと、顔立ちの整ったスラッとした男が声をかけてきた。

「オヤジがいくら銀座で気持ちよく飲んでいても、毎晩、十一時半になると帰ると言うのが不思議で仕方なかったんですけど、オヤジはキザさんの電話を待っていたんですね」

海老沢の秘書である阿久津諭だった。

「取材してるだけですよ。仕事なんでね」

政治家になるにはやや色男すぎるその男を木澤は軽視していた。

「キザさんの電話がオヤジの子守歌代わりになってるんだから、感謝しないといけませんね。きっとオヤジが総裁になるための入れ知恵をしてくれてるんでしょう」

会って会話を重ねていくうち、次第にこの男の有能さが分かってきた。頭が切れる。なんといっても度胸がある。秘書たちは「先生」と呼ぶのに、この男は自分も政治家になったかのように「オヤジ」と呼んでいた。

「総裁選で山岡先生と八幡先生がタッグを組み、総理を順番でやろうと決めたら、オヤジは太刀打ちできなくなります」

阿久津が苦い顔をした。

「民自党にある五派閥で、数の上では海老沢派が一番多い。最低二派閥、いや一つでも味方につければ勝つよ」

木澤は自信を持っていた。だが阿久津は慎重だった。

「キザさん、選挙は投票箱を開けてみないと分かりませんよ。最悪の事態も考えておかないと」

五歳下の意見に木澤は猛省した。政治とは裏切りの連鎖である。今日の味方が明日の敵になる。その敵をどう味方に戻すかで結果は変わる。すぐに人を信頼する人間は生き残れない。

昭和六十一年（一九八六年）の衆院選挙で民自党が圧勝したため、二期だった総裁任期が特例で延長され、坂井戸政権は翌六十二年まで延長された。

次の総裁はニューリーダーと呼ばれる「八海山」の誰か。派閥事務所は週に一度、定例会議が行われる程度で閑散としていたのだが、政局が近づくと、どの派閥も有力議員が集まって作戦を練り始める。木澤もそこに顔を出したが、彼らはなにか作戦を練っているわけではなかった。ライバル陣営から切り崩しがないか、仲間同士で見張り合いをしていたのだ。

木澤の一番の取材先は、名古屋経済研究所の今泉龍彦だった。

「ゴルバチョフが出てきてからの米ソの新冷戦、急激な円高にニューヨーク株価の暴落などで国民の関心が海外に向き始めています。今のムードでは外交経験豊富で国民に人気のある山岡さんで大勢が決するでしょう」

「数の論理なら海老沢だが、なにより八幡が山岡を担ごうとしている。今回は山岡に譲ることで、次回は自分という算段だ」

　阿久津が危惧したことと同じことを言った。

「二位・三位連合というヤツですね。日本人というのはそういう弱者が手を組んで強者をやっつけるのに弱いですからね」

「海老沢は味方も多いが、海老沢だけは総裁にしたくない内山派の残党が背後で動いてる」

「逆に海老沢さんは、ハト派の八幡だけにはしたくないと言っています。八幡が総理になったら、外交面でも米中の両方に聞こえがいいことを言って、機嫌を取るだけだと」

「私だって八幡は好かんよ。エリート面して、汚れ仕事は露いささかもやらないんだから。あんな男が総裁になったら民自党は潰れる」

「では山岡・八幡連合は阻止しましょう」

「しかし、木澤くんはどうしてそこまで海老沢に肩入れをするんだね」

「それは海老沢先生には一度決めたことは曲げないという信念があるからです。坂井戸内閣が売上税を持ち出して世論の支持を失いかけているというのに、先生は自分が政権を取った折には必ず増税するつもりでいます。あの人は口数も少なく、一見すると不決断に見えますが、世論が増税やむなしとグラついたところで方針を明らかにするはずです。その証拠に坂井戸内閣の売上税案に一切批判をしてません。八幡さんや山岡さんのように国民の顔色を窺って政治をしている人とは違います」

「そうは言っても、今のままだと海老沢は負けるぞ」

「でしたらこのまま山岡さん、八幡さんをリードさせましょう。そして最後に逆転する。山岡さんと八幡さんが考えている二位・三位連合を利用して、その二位か三位かに海老沢先生を入れるんです。それこそ日本人が好きなドラマチックな逆転劇です」

「入れるってどうするんだよ。数の上では海老沢が一位なのに」

「順番くらいいくらでも変えられますよ」

木澤はここ数日脳みそが溶けるほど考えてきたことを話した。それには生き馬の目を抜くとも言われてきた今泉も言葉を失った。

ゴールデンウィークの最中、中央新聞が《新海山《しんかいざん》の三派連合結成》と報じた。

「八海山」ではなく「新海山」。当時の五派閥の一つである新堂保夫《しんどうやすお》率いる新堂派が、山岡を総理にするために海老沢派、山岡派と組むという報道だった。

この報道に八幡知行は焦った。このままでは八幡は次の次の総理にもなれないどころか、新内閣の組閣でも冷や飯を食わされる。なによりも山岡が自分を裏切り、海老沢と手を組んだのではないかと疑心暗鬼になった。この報道で両者に溝ができ、山岡・八幡連合の芽は潰えた。

七月になると宮内庁発のニュースが中心となった。吐瀉《としゃ》を繰り返していた昭和天皇が、「腸閉塞」と発表され、九月に歴代天皇では初めての開腹手術を受けた。

民自党の重鎮たちからは「陛下がこのようなお苦しみの最中に党内闘争をしていいのか、ここは政治休戦にすべきではないか」と意見が出始めた。

そんな時に、新堂保夫が「この際、坂井戸総理に決めてもらうのはいかがか」と提案した。これが坂井戸裁定の発端である。

新堂発言から時を置かずして、東報通信が《八幡総裁案、急浮上》と発信した。

誤報がほとんどない通信社の記事だけに、加盟社の東洋新聞や東日テレビなどが追随した。自分が坂井戸に選ばれると思った八幡は、坂井戸裁定に賛成に傾いたが、山岡はそうではなかった。

あくる晩、山岡は木澤を自宅に呼び出した。

贅を尽くしたリビングに木澤が入ると、山岡が怒り出した。

「きみが海老沢くんを総理にしようと坂井戸裁定なるものを企んだんだろ。そうなると最初に反対するのが八幡さんだ。そこで八幡総裁案急浮上と東報通信に流し、八幡さんをその気にさせた。全部きみがやったことだ」

プリンスと呼ばれる恭《うやうや》しい男が、過去に見たことがないほど目を吊りあげていた。

「私ごときの若造がそんなことできるわけがないじゃないですか」

「いや、きみだ。そもそも最初に中央新聞が新海山結成と書き、さも二派から支援を受けた私が有利だというムードを作った。あれもきみの仕業だろ」

「山岡先生は人気がありますから、有利説はずっと流れてます。私は関係ありません」

六十三歳の山岡繁相手に、三十三歳の木澤は一歩も引かなかった。

「総理は以前に話した時、次の総裁にまで首を突っ込む気はないとおっしゃっていた。新堂さんに坂井戸裁定を提案させたのだって、きみの差し金だ。きみ以外は考えられん」

　いくら言っても納得しない山岡に木澤は「山岡先生、電話をお借りしてもいいですか」と尋ねた。

「いいけど、どこにかけるんだね」

「坂井戸総理です」

「総理だと」

「はい、そこまで信じてもらえないのであれば確認するのが一番だと思うので」

　振り返ってサイドテーブルに置かれた電話の受話器を握り、記憶している総理公邸の直通番号を押していく。

「もしもし、工藤《くどう》秘書官ですか。亜細亜通信の木澤です。夜分に申し訳ございませんが、総理に代わっていただけますでしょうか。はい、大事な要件です」

　ひと呼吸置いて木澤は喋り始めた。

「総理こんな時間に大変失礼いたします。今、ある議員のお宅にお邪魔しているのですが、その方が今回の坂井戸裁定は、新堂先生ではなく、私の発案だと疑っておられるのです。その説が本当なら私が、総理に調整役を頼んだことになります。私のような一介の記者が、一国の宰相にそんな大事なことをお願いするなんてあるはずがないのに」

　木澤は「はい」「そうですよね」と相槌を打ち「陛下の御不例《ごふれい》のため、総理がお考えになられたことですよね」と言い、受話器から口を離した。

「代わられますか？」

声は出さずに口だけ動かす。山岡は逡巡してから首を横に振った。

「はい、総理の考えであるとその方に伝えておきます。それではこれで失礼します。夜分に大変申し訳ございませんでした」

丁寧にそう述べ、電話を切った。

「これで納得していただけましたでしょうか」

山岡はなにも言わなかった。

「誤解が解けたなら良かったです。では失礼します」

木澤がリビングを出た後も、山岡はしばらくの間、電話機を眺めていた。

＊

それから数日後、「八海山」の三人それぞれが候補辞退届を提出した。坂井戸に次期総裁の決定を託したのだ。

坂井戸はまず総裁室で、元総理など党の重鎮たちの意見を聞いた。深夜になって坂井戸から結果を知らされた政調会長が、別室で待つ三名に坂井戸が書いた文書を読み上げた。

「民自党総裁に海老沢一徳くんを指名する」

海老沢が国会の首班指名を受けた後、組閣や党人事など、重要項目の多くを亜細亜通信がスクープした。

木澤は人事のアドバイスも行った。八幡や山岡を追い出そうとした海老沢に、木澤は「こういう時こそ挙国一致内閣が必要です」と訴え、海老沢は山岡を幹事長に、八幡を副総理に任命した。さらに自派閥とほぼ同等数、八幡派、山岡派から入閣させた。

入閣した海老沢派の議員が銀座の高級寿司屋で内輪の祝勝会を開いた。その大臣は「海老沢が総理になったのは私が陰で汗をかいたからだ」と自分の手柄のように挨拶した。マスコミでは一人だけ呼ばれていた木澤は、最後の巻物が出たところで「仕事がありますんで」と店を出た。

「待ってくださいよ、キザさん」

後ろから呼び止められた。同じ祝勝会に呼ばれていた、前年に宮城県議に当選した阿久津諭だった。

「どうした、阿久津さん。あんただって次は国政に出るんだろ？　先生方に顔売っとかなくていいのかよ」

「もう充分売りましたよ」

涼しい顔で言う。

「それなら寿司でも食いに行くか」

「寿司はもう食べたじゃないですか」

ポーカーフェイスの阿久津も驚きを隠せないでいる。

「あんなまずい寿司、食った気しねえだろ。なんも知らねえくせに自分が海老沢政権を作ったとほざきやがって。あんなお調子者を大臣にするとは海老沢先生も躾がなってない」

二軒隣の大衆的な寿司屋の暖簾をくぐると、阿久津も入ってきた。一人前の高級寿司を平らげたというのに、二人は一人前ずつ頼んだ。

「ゴールデンウィークに中央新聞に新海山の三派連合をリークして、八幡派を焦らせたのはキザさんでしょう」

阿久津が中トロを頬張りながら尋ねた。木澤は答えずに咀嚼している。

「坂井戸裁定じたい、キザさんが坂井戸総理の側近と新堂先生を使って動かしたんですよね。坂井戸裁定に反対しそうな八幡先生を懐柔するため、東報通信に《八幡総裁案、急浮上》とリークしたのもキザさんだ。あれが加盟社の多い日報通信なら毎朝や東都、ＮＨＫも後追いして、八幡総理で世論が盛り上がっていたかもしれないけど、東報通信というのがいい塩梅でした」

「亜細亜通信ならインパクトがなさ過ぎてどこも追いかけてこなかっただろうけどな」

木澤はガリを摘まんで口に入れて認めた。

「やはりキザさんの仕業だったんですね」

「だとしたら俺に、永田町アカデミー賞の脚本賞でも贈呈してくれるか」

「あげたいところですが、キザさんにふさわしいのは主演男優賞でしょう。なにせ山岡先生の家で、坂井戸総理に電話をかけたんですから」

阿久津は口の周りに皺を寄せる。

「あれは足が震えたよ。あんな一世一代の大芝居、打ったことがなかったからな」

「やっぱり芝居だったんですね」

「電話は芝居じゃないさ。電話をかけてもいいかと山岡に許可をもらうまでが、俺にとっては大芝居だったんだ。山岡が電話を使わせてくれなければ坂井戸総理に確認できなかった。山岡は候補辞退届を出さず、海老沢先生は負けていたんだから」

「本当ですか。山岡先生の側近からは、キザの電話は嘘だった、あの日、電話をかけた時間、総理は官邸から公邸に移動している最中だったという疑惑が出てますよ」

「確かに電話をかけずに、空言で済ませようかという考えも頭を過ったよ。だけどさすが山岡の豪邸だ。最新のプッシュホンでリダイヤル機能がついていた。このボタンを押されたら終わりだと腹を括って総理に電話をしたんだよ。総理もよく出てくれたよ。俺が総理に電話したのは初めてだったから」

「初めてかけたんですか？」

「陛下の御不例だから総理が考えられたと言った時は、胸が痛んだけどな」

「キザさんでも胸が痛むことがあるんだ」

阿久津は出てきたウニの軍艦巻きを口に入れた。そこで並んで立つ木澤へ、黒目を動かした。

「やっぱりかけてないんじゃないですか。キザさんは最初から山岡先生はリダイヤルボタンなど押さないと思ってた。だってそうでしょう。ボタンを押して、本当に総理秘書官が出たらどうするんですか？　総理を疑っているという議員が、自分だと白状するようなものですよ」

「総理大臣の座がかかってんだ。かけるだろうよ」

「怪しいなぁ」

「疑うなら、坂井戸総理に聞いてみりゃいいじゃねえか」

「そんなこと聞けませんよ。電電公社で調べた方がいいと言った山岡先生の側近もいたようですけど、いまさらやっても後の祭りだと諦めたようです」

木澤もウニの軍艦巻きを摘まんだ。高級店より味はこっちが上だった。

「それよりキザさん、最近白髪が増えたんじゃないですか」

お茶を啜りながら阿久津が横目で見た。

「俺だって足りない頭でああだこうだと悩んでんだ。白髪だって増えるさ」

黒々していた髪が白くなった。最初は毛抜きで抜いていたが面倒臭くなりやめた。

「頭が真っ白になるまで考えてください。私も真っ先にキザさんに相談しますから」

「阿久津諭という将来の総理大臣を先物買いしたんだ。これほど心強いことはないよ」

その晩以降、木澤が阿久津と二人で飯を食う機会が増えた。

ちなみにそれから数年後、木澤の電話の噂を知ったテレビ局が、坂井戸にインタビューを試みた。坂井戸はあの晩、記者からそのような電話はなかったと答えた。

坂井戸が嘘を言っているのか、それとも木澤が山岡の前で大芝居を打ったのか……今も永田町には二つの説が存在している。

第三章　裏切りの街

1

裕子は党本部の個室で取材をしていた。

応じてくれたのは阿久津派の重鎮で、通産大臣、国対委員長などを歴任した久保一秋というベテラン議員だ。次の選挙には出馬しないと、引退を表明している。

海老沢が総理になる前の時代を知る数少ない現職の国会議員である久保が取材を快諾してくれたのは、電話で木澤の名前を出したからだ。

〈キザさんが了承してるんであれば、協力しないわけにはいかんでしょう〉

そう言って党本部に呼んでくれた。

用意された個室はエアコンの利きが悪いのか、それとも久保は冷風が苦手で温度設定を高めにしているのか蒸し暑かったため、ハンカチで汗を押さえながら質問した。

「海老沢先生はなによりも役人の話をよく聞いていたね。とくにエリート意識が高く政治家を見下していた大蔵官僚とうまく付き合っていたよ。一度仕事をしたら必ず名前を聞いて、次回からは若い官僚でも○○さんと名前を呼ぶんだから、官僚だって嬉しいだろ。閣僚が不動産会社の未公開株を受け取っていなかったら、当面海老沢政権が続いて、日本はもっといい国になったと思うよ」

久保の話を裕子はノートに書き留めていく。昨日までは民自党の次期総裁候補、阿久津諭幹事長、三芳源太財相、見崎通文外相に挨拶した程度だったが、この日からやっと、本来の目的である海老沢一徳、いや木澤行成の過去を探る取材に入ることができる。

「大蔵官僚が海老沢総理に協力的だったのは、大蔵省の永年の希望だった消費税導入を、海老沢先生が実行したからではないですか」

三パーセントの消費税をスタートさせたのが海老沢政権だった。

「もちろんそうさ。だけど坂井戸先生が導入について発言しただけで大きく支持率を下げた消費税を、海老沢先生がやるとは正直思わなかったよ。我々の前でも先生はなにも言ってなかったし」

「派閥の皆さんは反対しなかったんですか。地元からも反発を招くし、次の選挙が心配になりますよね」

「びっくりはしたけど、親分がやると言ったら、ついていくのが子分だからね」

「共に戦ったわけですね」

「海老沢先生は、ぼそぼそと喋るから話し上手というわけではなかったけど、話題は豊富で、それも退屈しかけたところに、唐突に大事な話をするもんだから、派閥の懇談会でも気が抜けなかったよ。先生の話のネタが尽きなかったのは、裏にキザさんがいたからなんだけど」

「木澤がスピーチライターをしてたとか」

「キザさんは面倒くさがりだから書くまではしてなかっただろうけど、情報の宝庫だったからネタを提供してたのは間違いないよ。当時はちょうど中選挙区制から小選挙区制へと変わる過渡期で、それまでのように金がかかる政治、すなわち派閥の領袖が所属議員に資金面で応援する時代は終わりに向かっていた。代わりに一つの選挙区で民自党と野党が真っ向勝負するわけだ。公認を得るのにまず党内のライバルを蹴落とさなくてはならない。そのためには相手の欠点をいち早く見つけて叩く。金より情報が価値を生む時代に変化していったんだ」

「その変化によってそれまで以上に求められたのが、亜細亜通信にいた木澤の情報力だったんですね」

「あの人はまさに壁に耳あり障子に目ありで、どこからこんな話を持ってくるんだって、毎回驚かされたな」

「名古屋経済研究所の今泉龍彦さんが情報源だったのでは」

裕子が訊くと、それまで調子よく喋っていた久保が硬直した。

「きみ、怖いことを聞くね」

蒸し暑さの中でも汗一つかかずに話していた久保が初めてハンカチを出した。

「いえ、本とかで政界の黒幕の一人だったと読んだことがあったので。海老沢政権と近かったとも書いてありましたし」

「否定しないけど、私はパーティーで数回挨拶した程度だから、詳しいことは分からない。あまり近づいてはいけない人と聞いてたし」

「近づいてはいけないとは」

「そこは察してくれよ。知りたかったらキザさんに聞けばいい。あの人は噂で人を避けたりしなかったから」

「はい、そうします」

「なんとなくの印象だけどキザさんと今泉さんって似てたね。考え方でもそうだし、生き方もそうだし」

「生き方ですか？」

「裏切り者は絶対に許さないということでも二人は一致していた。岩嵜豪なんて二人の共通の天敵だよ」

　元海老沢派で、四十代で幹事長に就任した。海老沢の後押しがあったからだが、岩嵜はその後、海老沢派を割って出たばかりか、当時の野党が提出した八幡内閣不信任案に賛成し、民自党を下野させた。

「ということは、木澤は岩嵜さんに大激怒したってことですね」

「海老沢先生は自分も内山派を出たものだから、出ていく人間を引き留めることはできなかったみたいだけど、キザさんは腸《はらわた》が煮えくりかえっていたな。民自党を裏切った連中は全員許さないと息巻いていたよ」

「全員ですか」

「そうだけど、なにか」

　久保が目を見開く。

「いえ、岩嵜さんと党を出たメンバーには阿久津幹事長もいたんですよね」

当時三十四歳、一回生だった阿久津も岩嵜と行動を共にした。

「幹事長はその後、海老沢派に復帰して、キザさんと元サヤに戻ったんだよな。そのことだったらキザさんに聞きなさいよ。二人がどのような関係で、離党や復帰の際にどんな話をしたかまでは私は聞いてないよ」

「久保先生が木澤を信頼するのはどうしてですか」

「そりゃ有能だからだよ」

「有能な記者なら他にいたんじゃないですか。先生は四十年以上、議員をされているわけですし」

少し眉間に皺を寄せて悩んでいたが、久保は口を開いた。

「他の記者は特ダネだと思うと、正義感を振りかざして、書かないと約束した話でも平気で記事にした。だけどキザさんは違ったよ。自分の評価より、それまでの人間関係を重視した」

「そこでさっきの今泉さんと同じ生き方に繋がるんですね。裏切り者は許さないと」

「そういうことだけど」

久保はまずいことでも口走ったように口が重くなった。

「すみません。海老沢先生の話をしてたのに、木澤の話になってしまいましたね」

「まぁ、いいけど。海老沢先生とキザさんは切っても切れない関係だから」

その後の久保の話にも木澤が出てきた。ただそれは新聞記者というより政界フィクサーとしての役割だった。新聞記者の仕事を逸脱したものばかりで、得体《えたい》の知れない忌《い》まわしさがこみ上げてくる。一時間の予定が一時間半に及んだ。

取材が終わった裕子は、木澤が広瀬を連れて取材している議員会館に向かう。

議員会館の入り口で衛視に用件を問われた裕子は、木澤に電話を入れた。

「取材」と書けばいいのだろうが、衛視から訪問先の厚生労働部会の議員に電話が入るので「国枝なんて記者が取材に来ることは聞いていない」と言われたら入館できない。元より裕子はそこに来いと言われたから行くのであって、議員とアポイントを取っているわけではない。

念のために木澤に電話をすると〈陳情と書いておけばいいんだよ〉と言われた。

「取材ではなく陳情ですか」

聞き直したが、電話口から〈勘弁してくださいよ、キザさん、昔のことを蒸し返すのは〉と議員の嘆き声が聞こえてきた。その議員は以前、愛人のホステスを深夜の議員宿舎に入れて問題になった。その時、マスコミに言った理由が、コロナ禍の緊急事態宣言で銀座の店はこれ以上持たなくなるという「陳情」に来たと説明したのだ。本人の前で皮肉を言っても許されるのだから、その議員は木澤に頭が上がらないのだろう。

三階の議員事務所に入ると木澤が「邪魔したな。また来るわ」と席を立つところだった。

同席した広瀬が「先生、素晴らしいレクありがとうございました。うちの厚労担当にちゃんと伝えて記事にしますから」といかにもお愛想だと分かることを言った。

「広瀬くん、いい記事を書いてくれよ。厚労省の職員だって、国民に申し訳ない気持ちで夜を徹してやってるんだから」両手で拝む。

今、荘口内閣で問題になっている、一人親家庭への支援金支給について話したようだ。この問題も荘口が総裁選で公約に掲げたが、踏み込んだ内容にまで進んでいない。

「新聞なんて今は世間の信頼がないから書いたところで火に油を注ぐようなもんだぞ。国民と一緒になって厚労省叩きをした方が効果はある」

　木澤が嘴を容れる。

「頼みますよ、キザさん。せめて親しい記者くらい味方してくれないと。野党が批判するのは仕方がないにしても、国民や党内からも批判が出始めて、委員会は四面楚歌ですので」

　この取材は議員から頼んだのだろう。阿久津幹事長は新聞記者の役目を「時として水をぶっ掛ける役目にならないといけない」と言い、総裁選に出馬しなかったことを批判した木澤を「いつもの愛だと思いましたよ」と話した。この議員は阿久津ほど記者の使い方を分かっていない。

　裕子は名刺を出して挨拶だけして、木澤と広瀬とともに議員会館の一階まで降りた。衛視の立つ出入口を抜けると、車が止まり「ああ、木澤さんじゃないですか。こんなところで珍しい」と高いトーンの声がした。

　民自党主要五派閥「阿佐見三荘」の一つを率いる、佐土啓太郎元文科相だった。

「なんだ、あんたかよ」

　木澤は迷惑そうに眉をひそめる。

　出入り禁止を告げられた事務所にも平気で行く木澤が、佐土に対しては関わりたくないといった態度で先を急ごうとする。

「急いで帰らなくてもいいでしょう。たまにはうちの事務所でお茶でも飲んでってくださいよ」

　佐土が議員会館の上階を見上げた。

「いいよ、俺はそんなに暇じゃねえんだ」

木澤は取り合おうとしなかった。


佐土啓太郎、昭和三十九年生まれ五十八歳。衆院埼玉×区、日本理科大卒、平成八年（一九九六年）の衆議院選挙で初当選。佐土派会長。党青年局長、元文科大臣。当選九回。


「彼女は政治部に配属になったばかりですが、今度、うちの紙面で海老沢先生の連載をやるんです」

裕子が一礼すると、佐土が広瀬に「彼女は？」と聞いた。

話しぶりから広瀬は佐土をよく知っているらしい。裕子は名刺を出して挨拶した。

「なるほど、それで木澤さんも一緒なのですね。最近は昭和の政治史とかが人気みたいですものね。内山英州本も次々発売されて、売れてるみたいだし」

「先生は海老沢先生についてなにかエピソードはありませんか」

裕子が余計なことを訊いたため、早く去ろうとしていた木澤が足を止め、顔をしかめた。

「私は一九九六年が初当選ですからね。先生はその頃は体調を崩されていて、国会にもあまり出ておられなかったし」

佐土は、「阿佐見三荘」では唯一の五十代だ。入閣したのも一回だけだが、今は七、八回議員でも入閣できない待機組がいるだけに珍しいことでもない。

日本理科大学から、通信会社に入ったが、衆院議員だった父親が体を壊したことで退職し、国会議員になった。選挙期間中は、地元は妻や後援会任せで他の候補者の応援演説に回るが、毎回圧勝。阿久津と並んで選挙に圧倒的に強い議員として名を馳せている。

マスクもいい。短めのすっきりした髪型で、若さを感じる。

佐土の最大の持ち味は党の上層部にも遠慮なく物を言う発言力だろう。これまでも「新しい世代が民自党の中心にならないことには、若い人はいつまで経っても日本の政治に興味を持たない」などと、まるで重鎮たちは退場してくれと言わんばかりに人心一新を訴え、若い世代から支持を得てきた。

内閣や党運営を批判するたびに、党執行部や先輩議員から呼び出しを受けて注意されているが、直言《ちょくげん》居士《こじ》の態度を改めない。

同じように女性人気がある阿久津は、前回の総裁選に出馬しなかったことで、「陰の実力者」と評価を落とした。

対して佐土はいち早く立候補を宣言したが、大敗が予想された。議員票では荘口の四分の一も取れなかったが、地方票では荘口を上回った。メディアは「佐土の乱」と呼び、発足直後の荘口内閣の支持率が、ご祝儀相場と呼ばれるほど高くならなかったのは、総裁選で佐土がかき回したからだと言われている。

実直な政治スタイルに、裕子も佐土には好印象を抱いていた。ただテレビ同様、よく喋る。しかも余計なことまで。

「私は海老沢先生とは逆の政治手法で、金を配るのももらうのも苦手ですからね。まぁ、そんなことを言ってるから、佐土は仲間思いの振りをしているだけで実はドライだ、くっついてる議員はよそを追い出されたならず者ばかり、まとまりもなければ、佐土への忠誠心などないに等しい。そうやって木澤さんに悪口を書かれるんでしょうけどね。幹事長ほど人望はないかもしれませんが、私は党を出てったりはしません」

海老沢一徳に対する皮肉だと思ったら、途中から木澤と阿久津に矛先が変わった。

「忠誠心がないのと金は関係ないだろう。あんたに人望がないのは、党内で決めた採決を平気で棄権するからだよ」

「納得できないことに賛成するのは、自分の政治観とは合わないからですよ」

「あんたは自分が投票しなくても可決されるのが分かって棄権してんだろ？　そういうのを姑息と言うんだよ。民主主義は小さな同意の集まりだ。政策に納得がいかなきゃ、部会で本気になって反対して不成立にしろよ。それで負けたら党の総意として受け入れろ。ゴネるだけじゃ、なにやっても文句だけ言う野党と同じだ」

「参りましたね。自分から呼び止めてお説教食らうとは思いませんでしたよ。これでは藪をつついて蛇を出すですね」

笑顔まで爽やかだが、あざとさのようなものも感じた。

「あんたと話すといつも話が脱線して長くなる」

木澤はそう言い捨てて歩き出した。広瀬と裕子も一礼して続いた。佐土は呑気に手を振っていた。こういう仕草も他のお堅い議員とは違う。

「キザさんでも苦手な人がいるんですね」

タクシーに乗ると、木澤の隣に座った広瀬が尋ねた。

「なにが政治観だよ。こういう行動を採れば自分が目立つと思ってやってるだけで、ただの戦略家じゃねえか」

助手席に座った裕子はバックミラーから木澤の表情を窺った。垂れ目が若干吊り上がり、機嫌は直っていなかった。

「問題発言は多いですけど、佐土さんの事務所に行くと、いろいろ新しいアイデアを出してくれて記事にはなりますし、新聞記者的にはありがたい存在なんですけどね」

木澤が気分を害しているのに広瀬は平気で佐土を称える。

これも官邸キャップを任されるまで社内で評価されていった彼の武器だ。空気を読まずに失礼な質問をするのも記者の取材手法の一つで、機嫌が悪いからと遠慮していては、相手の印象にも残らない。週刊トップでもスクープを取ってくる記者は厚かましかった。

「前回の総裁選でも佐土はこのままでは日本は国民から政治に興味を持たれない国になると言ってた。だから民自党の古い部分から壊していきたいと言ったけど、あんなの昔の雫石圭介の受け売りだろ」

二〇〇〇年代初頭の総理の名を出す。雫石も変わり者だった。民自党を壊すと劇場型政治を展開し、国民の人気は絶大だった。

「今の国民の政治不信を打破するにはそれくらいのことを言わなきゃ、ついてこないですよ。ずっと投票率は低いですし」

「バカタレ。選挙に行かない人間はその時点で国民の義務を放棄してんだよ。そんな人間を面白半分で投票に行かせる方が問題だろ」

「今はどれだけ無党派層を取り込むかがカギですよ」

「俺は無党派層を言ってんじゃねえ。無関心層のことだ」

「キザさんが言うように、人気投票で投票所に行かれたら堪りませんけどね。有名人や奇抜な意見を言った者勝ちになりますし」

「それに政治をぶっ壊すというのは社会をぶっ壊すことになるんだ。そんなことして国がよくなるはずはないじゃねえか。佐土がやろうとしているのは単なる政界遊泳なんだよ。だからあいつには任せられねえんだ」

　バックミラーで後部座席の木澤と目が合った。広瀬だけに言わせておまえは意見がねえのか、そう言われているような気がして言葉を探す。いい質問を思いついた。

「今、木澤さんは佐土さんには任せられないって言いましたけど、それでも佐土元文科大臣は、阿久津幹事長に次ぐ人気ですし、派閥の人数にしたって阿久津派に次ぐ第二位です。総裁選になったら総理になる可能性がないわけではないですよね？」

「それは相手によるだろ」

「阿久津幹事長次第ってことですか。幹事長は人気を落としてますし、地方票だけなら、佐土さんは阿久津幹事長を上回るんじゃないですかね」

　木澤がむっとしたのが分かった。だが裕子はやめなかった。

「幹事長はジェントルマンですが、佐土さんはエグゼクティブファッション誌のモデルみたいなイケメンですものね。服の着こなしも議員ぽくなくて、垢抜けてますし」

　今日も青のシャンブレーの半袖シャツに、白のパンツを穿きこなしていた。

　バックミラーに映る白髪頭が窓の外を向き、そして呟いた。

「だからこそ誰かが阻止しなきゃいけねえんだよ」

「誰かって、キザさんがですか。でもどうやって」

　その方法を聞きたかったのに、広瀬が余計な口出しをしてくる。

「当たり前だろ、国枝。荘口総理だってキザさんが決めたようなものなのだから」

　広瀬のせいで聞きそびれた。

「一度総理になったら簡単にやめさせられねえ。両院総会、つまり国会議員の力だけで総理を失脚させるのは無理だ。国民に耳当たりのいいことばかり言うからどんどん調子に乗って、反対する人間が全員悪者になる」

「かつて雫石さんが総理になれたのはなぜですか」

「ポピュリズムだよ。あの頃は言葉として国民に浸透していなかったポピュリズムに、地方票まで動かされるとは誰も想像もしてなかった。雫石だけに先見の明があり、他は見誤ったということだ」

「では佐土さんになったら木澤さんはどうするんですか？　汚職だとかスキャンダルを見つけて追い出すんですか」

　広瀬の口出しで訊けなかったことが、裕子はやっと訊けた。

「おまえらで潰せよ」

「えっ、私たちでですか」

「ああ、探してこいよ、佐土の欠点を」

「スキャンダルをですか。だけど佐土さんは愛妻家だし、政治資金もクリーンだし」

広瀬も慌てふためく。木澤はそれ以上言ってこず、佐土の話題はそこで終わった。

木澤は精算があると言うので、タクシーは日西新聞の本社ビル前に着いた。

そのままエレベーターに乗るものかと思ったが、木澤は「佐土の厄払いに、飯でも食っていくか」と地下にある役員たちがよく使う日本料理店に入る。天婦羅定食、刺身定食と札が貼ってあるが、どれも二千円以上するから昼飯としては高価だ。

「いいっすね。国枝、ご馳走様」

広瀬が調子よく言う。

「これも経費で切れって言うの？　そんなことをしたら私が服部局長に怒られるよ」

「なんとでも言い訳はつくだろう。財布は一緒、ねっ、キザさん」

広瀬は機嫌を取ろうとそう言ったのだろう。

最初からそのつもりだったのか、木澤は一番奥の席に座り、ランチで一番高い、鰻重を頼んだ。

2

翌日の裕子は、政治部席の一角で、午前中から昼過ぎまでかかった民自党事務局の元職員への取材のテープ起こしをしていた。

そのＯＢは海老沢政権時代から勤務をし、その後は事務方トップの事務局長にもなった、民自党の生き字引のような人物だった。

とはいえ出てきた話はたいしたものではなく、木澤が同行した時に聞く話と比較すれば、取るに足らない内容ばかりだった。

「国枝、会社でそんな仕事をしてないで、出かけたらどうだ。きみだって退屈だろう」

中西《なかにし》デスクから言われた。政治部は須田《すだ》部長の下にデスクが五人いて、中西は筆頭格だ。

「一応忘れないうちにデータに起こしておきたいのでやっていますが、終わったらすぐに取材に出ます」

「連載はそんなに気張らなくていいんだぞ」

「えっ」

中西も裕子の任務を聞いたのかと思ったが、違った。

「連載も大事だけど、俺たちとしては国枝がキザさんに密着してくれた方がありがたいんだ。あの人が部下をつけてもいいと言ったのはここ数年なかったことだから」

「そうだったんですか」

「上席編集委員という特別待遇である以上、こっちからああしてください、こうしてくださいと言えないからな。それでいてキザさんは知ってることの一割も書かない。そんなキザさんが珍しくうちの記者の同行を許して、いろいろ紹介してくれてんだろ？　そのうちのいくつかを国枝が自分のネタ元にして、荘口政権が倒閣した時は、一人で回れるようになってくれると、社としてもありがたいからな」

「そうなれるように頑張りますけど、今は広瀬くんもついていていますよ」

官邸キャップの広瀬は、見崎通文宅に行って以来、木澤につきっきりだ。だが中西の眉が曇った。

「キザさんが一緒だと大物と一社で会えるって、あいつは官邸をほっぽり出して、舞い上がってる。まさかそんなことはないと思うけど、キザさんに感化されて、広瀬からも大事な記事が出なくなったら、うちの政治面はすっからかんになっちまう」

新聞は毎日、紙面を埋めなくてはならない。日西新聞は右手でページをめくった二面、三面が政治面だが、一面もほぼ毎日、なにかしらの政治記事が掲載される。

毎朝、東都は四十〜五十人いる政治部員だが、日西新聞は二十人余りだ。そのうち官邸クラブは広瀬キャップ以下六名。若手三人は総理番で、これが政治部に配属になった若手記者が最初にやらされる仕事だ。ほかに官房長官番が一人、国務大臣番がいて総理直轄の行政改革担当相やデジタル担当相を兼ねる。

政治部でもう一つの重要部署が、平河クラブに所属する与党担当だ。他紙は九派閥（グループも含む）全部に担当がいるが、日西新聞は与党キャップ、サブキャップ以下、「阿佐見三荘」の主要五派閥には担当記者を置き、他は手の空いた人間がフォローしている。

他に野党クラブに所属する記者が三人（東都、毎朝等は五人程度）、さらに外務省、防衛省、厚労省、総務省が政治部の受け持ちである。

それだけの人数がいても、社会部のように日々事故、事件が起きるわけではなく、官邸、官庁の動きもない土日などに紙面を埋めるのは大変だろう。奈良支局のデスクも、以前ボツにした記者コラムをパソコンから探し、手直しして掲載していた。

「中西デスク、国枝さんも来たばっかりで慣れてないんだ。彼女のペースで仕事をやらせてあげなさい」

政治部のシマのすぐ近くにある編集局長席から服部が言った。

「局長がそう言うなら構いませんけど」

知っていることの一割も書かないと言っても、これまで日西新聞が書いてきた政治スクープのほとんどが木澤のネタだ。木澤からはそのネタをどこから聞き、どうやって裏取りしたのかも、教えてもらえないらしい。それくらい日西新聞は木澤一人に依存してきた。

木澤とまともに会話ができるのは社内では服部だけ。今いる中西たち五人のデスクも、政治記者になりたての新米時代に木澤に顎で使われ、そのうち見放されたとか。木澤は人使いが荒く、なにかと難癖をつけてダメ出しする。裕子だって海老沢一徳の連載がなければ、とうに相手にされなくなっていたはずだ。

「局長は、キザさんが亜細亜通信に在籍していた頃から知っていたのですか」

筆頭デスクの中西がペットボトルの緑茶を飲みながら服部に尋ねた。まだ三時の紙面会議まで一時間以上あるので、デスクも余裕がある。

「キザさんが亜細亜にいた頃は、私は社会部で地検担当をしていたから直接は知らないよ。だけど噂で、亜細亜通信に政治家、とくに海老沢一徳に家族のように信頼されてる名物記者がいるというのは聞いていた。そしたらその人がうちの会社に来るって聞いたもんだからびっくりしたよ」

「キザさんがうちの会社に移籍したのって確か一九九五年でしたっけ？　僕は当時中学生です」

「私もまだ三十一歳だったよ。どんな人なのか興味が湧いて、たまに司法記者クラブから会社に戻った時に局内を探したけど、一度も顔を見たことがなかったな。知り合いの政治部の先輩からは髪の毛が真っ白だからすぐわかると言われたけど、キザさんは取材ばかりしていて、会社には寄り付かなかったみたいだ」

「じゃあ顔も知らなかったんですか」

「初めて顔を見たのは、三十四歳で希望していた政治部への異動が出て、総理番で、官邸の出入口で四六時中、人の出入りを見張ってた時だ」

「首相動静は僕もやらされました。先輩からは権力監視の基本だと言われて、プレッシャーをかけられたんで、総理の様子に変化がないか、ずっとピリピリしてましたね」

　中西は懐かしそうに言った。官邸や公邸の入り口は複数あるため、後になって重要人物と会った、会っていないと総理と記者の間で論争が起きることもある。その時に頼りになるのが記者のメモで、新人にとっては大変な仕事だ。

　裕子は服部の判断で、政治記者の登竜門である総理番から免れることができた。いっぱしの政治記者になるには、本来は経験した方が良かっただろうが。

「一年総理番をやって、官房長官番に格上げされた。まぁうちでは普通の流れだな」

　官房長官番になると毎日午前午後の二度の会見に出席する。その後は官房長官からレクを受けて、法案の中身などの説明を受けたりする。

「そこで官房長官にえぐい質問をしてキザさんに認められたってことですか」

「私はそんな有能な記者でもガツガツした記者でもなかったよ。だけどキザさんは、たまにふらりと官邸クラブにやってきて、クラブのソファーを独占して昼寝をしていた。先輩たちはみんな怖がってキザさんに口が利けないけど、私はキザさんの寝起きに近寄って、コーヒー飲みますかとか声をかけたんだよ。そういうのが何度かあって、キザさんがダイドーのブラックしか飲まないのを覚えて、頼まれてもないのにそれを買ってきたら、翌日、昼飯に誘われた」

「局長は菅波専務が政治部長だった頃からも猛獣使いって呼ばれていますものね」

猛獣使いという呼称は週刊トップでもよく使われた。手に負えない人の懐に入ってなんだかんだと手懐ける人という、ある種の褒め言葉だ。

「まぁ、このビルも、キザさんが建てたようなもんですしね」

日西新聞は十五年前に社屋を移転した。国有地の払い下げで、当初有力だったのはテレビ局だったが、日西新聞が購入できた。木澤が六十九歳になってもいまだ高給を与えられ、上席編集委員の地位が与えられているのは、この時の暗躍も関係している。

「国枝も訊いておいた方がいいんじゃないのか」

中西から振られた。

「なに泡食った顔をしてんだよ。これからもキザさんと行動するんだろ。キザさんに訊けないことでも局長になら訊けるだろ」

「そうですね」少し頭を巡らせる。「木澤さんって、亜細亜通信時代の話をよくされるんですが、それはどうしてですか」

「今日《こんにち》の政治記者・木澤行成の原点が亜細亜通信だからだろ。日報通信、東報通信の半分以下の人員で、真っ向勝負していたんだから。亜細亜はうちよりも少数部隊だったみたいだし」中西が口を挿む。

「そういう意味ではなくて、新聞より通信社の方がはるかに大事な仕事を担っているというようなことを言っていました」

「国枝さんに言ったことは私も昔よく聞いたよ。すべての政局は新聞報道に基づいている、そう言いたいところだけど、政局を作っているという点では通信社の方がはるかに勝っているのは、キザさんの言う通り、悔しいけど事実ではあるよ」

潔いほど服部は認めた。

「そんなに違いがありますかね」

中西は不服なのか聞き質す。

「今、民自党は衆院で二六五議席あって、連立を組まなくても単独過半数だ。それはこれまで数回の選挙で勝ち過ぎてきただけで、次は最低でも二十は議席を減らして二四五くらいになるだろう」

「それでも単独過半数ですけどね」と中西。

定数が四六五だから、二三三で過半数に達する。ここに連立を組む公正党の二十〜三十議席と党に属さない保守系無所属が加わるから国会運営はもっと楽になる。

「だけど二十議席も減らすんだぞ。それを『惨敗』と報じるか『衆院で単独過半数を堅持』と報じるかで世間の印象は変わってくる。後者なら責任論どころか、論功行賞で選対議員たちは揃って出世する」

「速報ってことですか。それだったら今はテレビ局の方が早いじゃないですか。開票締め切りの『八時ドン』で流すんですから」

「テレビ局だって通信社と契約している。通信社からは大概、事前に予定稿が来る。テレビ局が与党を倒そうと無理やり『民自党惨敗』と速報を打ったとしても、通信社から『事実上勝利』『荘口政権、当分は安泰』と来てみろ。テレビは自分たちだけが迷走していると慌てて差し替える。通信社報道に左右されるのは我々新聞も同じだ。なによりも通信社の先には、全国津々浦々に地方紙がいる」

「東京一極集中というけど、選挙で投票に行くのは田舎の人が圧倒的に多いですからね。紅白歌合戦に出ると日本中で名前が売れるのと同じで、大都市部より地方に広く名前が知れ渡る方が政治家は大事ですし」

「そういうことだよ、中西。そこまで踏まえて、こう書けばこう大局観が見えると的確にジャッジして政治をリードする記者を、通信社は必ず作ってきた。一方、我々全国紙は、自分たちこそ第四の権力だと大上段に構え、驕ってきたことを大いに反省しなくてはならない」

　二人のやりとりを裕子は胸に刻みながら聞いていた。

　新聞、テレビが通信社の速報頼りとは情けなく思ったが、それは前職の週刊誌も同じだった。週刊誌もその速報を基に、読者ウケのいい記事ばかり考えた。自分たちの記事が政治の行方、すなわち国民生活にどう関係するかなど、ほとんど考えない。

「それに政治家だって馬鹿じゃない。どういうタイミングで解散し、なにを国民に問う選挙にするか、それによって通信社が第一報をどう報じるかまで念頭に置いている。彼らの考えているのはつねにアジェンダセッティングだ。世論をどうやってリードしていくか。そのために政治家が通信社記者に相談することは珍しくない」

「そう言えば数年前、通信社の有名記者が総理秘書官になって物議を醸しましたね」中西が思い出したように呟いた。

「あれなんか私は見事だと思ったよ。どう動けば通信社が自分たちの意向に沿った第一報を流すか、調査するにはうってつけの人物だ」

「木澤さんも情報をあやつる一人だったということですね」

「キザさんのことを嫌ってる政治家もいたから、すべての政権がキザさんを頼りにしたとは言えないけどな。八幡知行などは、キザさんの顔を見るだけで蕁麻疹が出たらしい」

「キザさんもエリート系の政治家は嫌いですからね」中西が言う。

「そんなこと言ってなかったか、国枝さん」

服部に訊かれた。

「はい。八幡元総理はすぐに大学名を聞いてきて、帝都大出しか興味を持たない。三芳大臣のことは、記者に土産話一つ持たせようというサービス精神すらない。そんなところまで八幡知行にそっくりだと言っていました」

「私も八幡さんのエリート風には参ったな。私が岐阜国大出身と答えたのに、『そこは国立大なんですか、私大なんですか』って聞かれたから」

服部も苦笑いを浮かべた。

「お話し中すみません、服部局長、お客さまです」

編集局長席の内線電話機を握った社員が遠くから声をかけてきた。

「分かった、今行く」服部はそう言ってから「いろいろ伝説が絶えない記者だから国枝さんが戸惑うのも仕方がない。だけど中西デスクが言っているように、新聞は知ってて書かないわけにはいかない。うまく入り込んでキザさんから情報を聞き出してくれ」と続けた。

「はい、分かりました」

「頼むぞ、国枝」

　中西からも言われ、裕子は自席に戻った。


　この晩、木澤が待ち合わせ場所にしたのは蕎麦屋だった。古民家を改築した立派なつくりで、外に出ていたメニューを覗いたが、ざるそばだけでも千二百円もした。

　店の脇から聞き覚えのある声がした。覗いてみると木澤が電話をしていた。

「荘口総理は九月解散も考えている。解散のタイミングを逃すと党内から反発が出るからな。今なら負けても、いって二十七減、たぶん二十〜二十三程度で済む、だからあんたはテレビで解散間近と言えばいいんだよ。なんなら荘口をよく知る記者から聞いたと言えばいい。九月解散なんてどこにも出てないから、あんたが言えば明日の新聞は大騒ぎになる」

　木澤と目が合ったので目礼した。木澤が先に入ってろと顎をしゃくったので、裕子は先に店に入った。広瀬は席に着いていた。

「木澤さん、誰と電話してんの？」

　広瀬に尋ねた。

「テレビに出ている他社のベテラン記者だよ。自分では取材しないで、しょっちゅうキザさんに電話してくるみたいだな」

「テレビでは自分にはネタ元がいっぱいいるみたいな言い方をしてるけど、そうじゃなかったんだ」

「中には自力で取材している記者もいるだろうけど、朝から晩までテレビに出てたらそんな暇もないだろうよ」

テレビで内情を話している記者や評論家も木澤を頼りにしているのだ。だとしたら政治家から聞いた話を木澤なりにアレンジして、いくらでも世論操作ができることになる。

「だけど官邸キャップは、いつまで官邸を留守にしてんのよ。会社も心配してたよ」

隣の席に座った裕子は、中西の名前は出さずに注意しておく。

「そう言うなよ。官邸キャップをしてても大物相手に顔を売るチャンスは滅多にないんだから。もしかして邪魔か？」

「邪魔ってわけではないけど、後輩記者は困ってんじゃないの？」

「そこはうまくやるって。昼間のうちに部下には取材の指示を出しているし、明日の一面も確保した」

新聞社に来て驚いたことだが、官邸だけでなく、社会部の警視庁キャップでも司法キャップでも、キャップの名が付く者は普段ほとんど記事を書かない。出番があるのは、官邸番なら総理が退任した時や総選挙後の総括などよほどの有事に《記者の目》を書く時だ。キャップの仕事とは部下に指示を出し、デスクに連絡して他の担当より大きな紙面を取ること。同じ会社なのに日々紙面の取り合いをしているところにも新聞社の古さを感じる。

木澤が戻ってきた。スマホはテーブルの上に置いた。

「注文したか」

「いえ、まだですが」

「俺はしたよ、とろろ蕎麦にした。キザさんはすだち蕎麦だ」

「私もすだち蕎麦にします」

出てきた給仕に伝えた。数分して蕎麦がくる。連日の暑さに食欲も失せていたが、冷たい蕎麦にすだちの爽やかな香りが利き、喉を通る。

一人だけ小ビールを頼んだ木澤がグラスに口をつけながら聞いてきた。

「で、今日はどこに行きたいんだよ」

「誰でも結構です」

広瀬が先に答えた。

「なんだよ、取材したい人間も選べねえのかよ。日西新聞の将来も知れてるな」

「キザさんのネタ元はどれも大物ですからね。一人でも僕が引き継ぎたいくらいですよ」

「バカタレ。私の後継者ですと紹介したところでネタ元は引き継げるものじゃねえよ。記者と取材相手の関係は、人対人だ」

「それは分かってます」

「阿久津幹事長がいいです」

裕子が声を出すと、再びビールを飲もうとした木澤が噴き出しそうになった。

「どうしましたか、木澤さん？」

「おまえが唐突に主張するからだよ。どうしたんだよ。今までなんも言わなかったのに」

「これまで『阿佐見三荘』のうちの四人に会いましたけど、一番手応えを感じたのが阿久津幹事長でしたので」

「幹事長にうちだけで会えるんですか」

広瀬が声を昂ぶらせた。

3

【実録　政治記者・木澤行成（その3）】

年号が平成に変わる少し前、木澤は朝一の飛行機で宮崎に降り立った。

空港からはタクシーで青島海岸に向かう。穏やかな白波が立つ午前中の砂浜で、若いカップルが水浴びしている。昭和四〇年代は新婚旅行のメッカと言われていたが、最近の新婚旅行はハワイなど海外が当たり前になっていて、宮崎に来る新婚客は少ない。土産屋もシャッターを閉めて閑散としているが、毎年二月にはプロ野球のジャイアンツがここでキャンプをするのでその頃には多くの観光客が集まるのだろう。ただし今はまだ十一月、秋の臨時国会の会期中だ。

青島にある一番有名なホテルに着く。正面の駐車場には車はなかった。裏の駐車場には右前のバンパーが、自走不能だったのではと思うほど大きく凹んだ「わ」ナンバーのクラウンが停車していた。

「待ってましたよ、ずいぶん遅かったですね」

ホテルから髪をリーゼント風に固めた三十代の男と、けばけばしい化粧をした水商売風の女が出てきた。

男は山本貫《やまもとかん》という栃木の選挙区から父親の地盤を引き継いで当選した一年生議員だった。木澤のことは知らないようだ。

亜細亜通信の木澤だと名乗ると、山本は怪訝な顔をした。

「なんで記者が来るんだよ」

記事にされると思ったのか動揺している。男は昨夜、宮崎の海沿いの有料道路を運転中、道路脇のフェンスに接触事故を起こした。空港から青島に来るまで、木澤は運転手にその場所を通るように伝えて視察してきたが、ブレーキ痕とともにフェンスに長々と擦れた傷跡が残っていた。

人身事故ではないのだから警察に届ければ済む話だったが、それができなかったのは会期中に国会を休んだこと、同乗していた女が不倫関係にある銀座のホステスで、二人で宮崎にゴルフに来ていたからだ。

「もしかして山本さんは、裏社会の人間がやって来てもみ消してくれると思ってましたか」

「いえ、てっきり警察の方かと」

木澤が急に目つきを強めたことで、最初の生意気さは消えていた。

「警察がこんな危ない橋を渡るわけがないでしょ。それよりあなたは下戸なんだよね。酔っ払ったわけでもないのに、どうしてハンドル操作を誤ったのですか」

「それは……」

横を見た山本の視線を木澤も追いかけた。そっぽを向いた女が思い切り煙草の煙を吐いていた。

「あんたがやってくれと言ったからでしょう。こっちはハンドルに頭をぶつけたんだからね」

派手な顔の女が後頭部に手を当てて怒る。運転中に卑猥な行為をしていたようだ。

「ではこれから警察に行って事情を話してください」

「えっ、俺に自首しろと言うんですか」

「私はこれまでの話を聞いていなかったことにします。だから誰が事故を起こしたのか、一切関知しません。二人で相談して、もう一度、私に話してください」

山本はぽかんと口を開けていた。女の方が先に理解したようだ。顔が気色ばんだ。

「私に身代わりになれって言うの」

「私は関知しないと言ったじゃないですか。だけどこの先生、実家は地元では有名な建設会社で、今はお兄さんが継いでいますけど、専務として高い給与をもらっています。これからは政治家としても国民のために立派に働いてくれるでしょう。あなた、いい人とお付き合いしましたね」

「どこがいい人よ」

女の太い眉毛が吊り上がった。

「いいチャンスが巡ってきたと言った方がいいのかな。あなた、今はチーママですって？　雇われの身も大変でしょう。そろそろ独立したいんじゃないですか」

ぶすっとしていた女の顔が欲深いものに変わり、そこで二人は木澤に背を向け話し合いを始めた。「えっ、そんな大金かよ」「当たり前じゃない、二本くらいなきゃ銀座で店は出せないし」「せめて一五《いちご》にしてくれよ。開店したら毎月、百は使うから」「いいけど、それだったらあとで誓約書を書いてよ」そんなやりとりが続く。

「誓約書はやめた方がいい。女性の言うように二本にしときなさい」

ポケットに両手を突っ込み、海岸線を眺めていた木澤が呟く。

「えっ」

「あとで面倒なことはごめんだろ」

山本に言う。

「分かった。二本な」

「店にもちゃんと来てよ」

「分かってるって」

二人が木澤に向き直った。

「私が運転していました」女はあっさりと言った。「警察にはなんて言えばいいんですか。逃げた理由を聞かれますよね。お酒飲んでたと疑われてしまうのでは」

「飲んでたのですか」

「いいえ、彼が酒臭い女を抱くのは嫌だと言うから一滴も飲んでません。昨夜、クエ鍋を食べた割烹に訊いてもらえばわかります」

「だったらムジナが出たと言えばいい」

「ムジナって？」

女ではなく山本が聞き返す。

「狸《たぬき》ってことですか？　でもそんなの有料道路に出るのかな」山本が言い、「鹿とかじゃないの？」「宮崎に鹿なんていないだろう。犬か猫だよ」とまた二人で言い合っている。

「そういうのも総じてムジナと言うんですよ。とにかく目の前をムジナが走った。それで焦ってハンドル操作を誤った。怖くなって逃げたが、今朝目が覚めてとても申し訳ないことをしたと反省し、出頭することにした。人を殺したわけでも傷つけたわけでもないんです。一日くらいは泊まらされることはあっても、あなただったら新聞に報じられることもなくすぐに銀座に戻れるでしょう。二本の約束については私が責任を持って、彼に出させますから」

そう言うと、そのまま視線を山本に移した。

「あなたは今すぐ支度をして東京に帰り、午後からでも国会に出席しなさい。わざとらしくない程度に変装して。途中で見つかったらそれこそ人生が台無しになりますよ」

「は、はい」

木澤の眼光に気圧《けお》されたのか、二人とも大きく頷いた。

*

発足した海老沢内閣は、翌年には念願の消費税導入を柱とする税制改革法案を成立させた。木澤が思っていた通り、海老沢は日本の将来の財政を賄うには消費税導入は不可欠だと決めていた。ただ決めながらも内閣発足後は口にせず、マスコミから聞かれても適当な話で論点をすり替えた。はっきりしない言動にマスコミの方が耐え切れず、《海老沢内閣、消費税導入へ》などと先行記事を書き始めた。

「しっかり与野党で議論するなどと、記者のぶら下がりで答えた方がいいんじゃないですか」

木澤はアドバイスした。

「そんなことやっても無駄だよ。誰だって税金は払いたくないんだから」

どれだけ批判されても海老沢は動じない。

「いつまでも消費税導入の意義を訴えないことには、リベラル系の新聞やテレビは貧困者にスポットを当て、間接税は貧富の格差を招いて、苦しむのは低所得者層だと煽《あお》り続けますよ」

「木澤くん、政治というのはセンチメンタルな人情に動かされたらいかんのだよ。そういう軽い人間は政治に関わる資格はない」

そうこうしているうちに識者の間でも直間比率の改正は必要で、消費税を導入すべきだという声が上がってきた。そのタイミングで海老沢は法案提出を決め、国会が大荒れになりながらも、消費税法は成立した。

海老沢は頑固だったが、人の話はよく聞き、いいと思うものはすぐに採り入れた。

順風満帆に思われた海老沢内閣だが、前政権から引きずる傷口が膿となってじわじわと浸潤してくる。それが未公開株事件だった。

不動産会社の上場前の株をもらった閣僚が相次いで発覚し、そのたびに国会で海老沢が追及される。人心一新を図って内閣改造を行うのだが、新内閣も発足初日には閣僚二人が闇献金を受けていたことが発覚し、更迭された。党内融和を図った海老沢だったが、それが仇となり、閣内に入れる自派閥外の人間をしっかり身体検査できていなかった。

国会は空転し、平成元年（一九八九年）六月、海老沢内閣は総辞職した。

海老沢にとっての災難はそれだけではなかった。総理を辞任した二年後、鉄壁を誇った海老沢派に綻びが生じる。若くして幹事長を務めた岩嵜豪がおよそ四十人の議員を連れて、海老沢派を出ようとしたのだ。

木澤は岩嵜豪のことは、元より買っていなかった。

「岩嵜は実力はあるが、人間としては欠陥だらけだ。世話になった先輩議員が選挙に苦戦していても負けると思ったら応援にも行かない。そればかりか頭の中では次の選挙を考えていて、新たな候補を用意し、あなたは選挙に弱いからお引き取りくださいと通告する。そういう非情な人間には、誰もついてこなくなる」

岩嵜の人間性を批判していた木澤は、岩嵜が党を出ることはどうでもよかった。ただ派閥離脱者の中に一人の男がいたことには衝撃を受けた。

「阿久津さん、あんたも出るつもりなのか。せっかく民自党の未来のエースとして、青年局長にも起用されているのに……こんな時に海老沢先生を裏切るなんてありえないぞ」

岩嵜グループの会合終わりに阿久津の腕を摑み、そう叱責した。

「キザさんだから話すけど、最近、私はオヤジとうまくいってないんだよ」

「あんた、海老沢先生の後援者の娘と結婚したんじゃないのか」

「私が断ると言ったら、オヤジが『俺の顔を潰す気か』と激怒するもんだから、縁談を受けただけです。今時、政略結婚はないでしょう。だいたい私には好きな女性がいたんですよ」

「それでも言われた通り結婚したんだろ。これであんたが政治資金で一生苦労することはない。それに将来、総理を目指すのならそんな甘いことは言っていられない。海老沢一徳は執念深いから、一度怒りを買ったら、次の選挙で対抗馬を立てられるぞ」

「そうなったら私は堂々と戦って勝ってみせますよ。これからは今までのように族議員だとか、当選回数によるだとか、そういった派閥均衡型の政治をしていれば、それこそ堕ちていく一方です」

「だからって岩嵜豪について行くことはないだろ。自分のことしか考えていないあんな男にくっついても、引っかき回されるだけだ」

「私だって岩嵜先生を全面的に信用しているわけではありません。それでも今回は岩嵜先生と行動を共にすることを決めたんです」

「あんたがそこまで言うなら、これ以上はなにも言わない。俺は阿久津諭という政治家が好きだが、民自党を出ていくとなったら応援はできん。それだけは肝に銘じてくれ」

「民自党を出たのにキザさんに応援してほしいなんて図々しいことは言いませんよ。私も木澤行成という新聞記者に相談できないのは大きな痛手です。だけどもあなたがなんと思おうが、私の中ではあなたは友人だ」

「今の言葉、胸に沁みたよ」

木澤は険しい表情を解いて鼻を啜った。

海老沢派を出た岩嵜は、平成五年（一九九三年）、野党が提出した八幡総理への不信任案に賛成、解散総選挙後に非民自の連立を組んで、政権交代を果たした。それは民自党が結党した一九五五年から続いたいわゆる五十五年体制が三十八年目にして崩れ、民自党が初めて下野した日だった。

岩嵜は閣内に入らず、新党の幹事長に就任した。

そして当選一回にもかかわらず、阿久津も副幹事長に就任した。

＊

国民から大きな期待を受けて発足した非民自連立政権だが、思想が左から右まで異なる寄合所帯とあって、なにを決めるにしても政策はまとまるはずがない。どうせ長くは持たないだろうと木澤は甘く見ていた。

ところが野党に転落した民自党議員たちはそうは感じていなかった。それまで官僚に聞けば政策や外交情報がいくらでも手に入ったのが、それが困難になった。政権を握るということは甘い汁を吸うことだ。結党以来、初めて政権交代の屈辱を味わった民自党内部はガタガタになり、水面下で岩嵜による激しい引き剝がしが行われた。

なによりも向こうには岩嵜という選挙の顔になる人気者がいる。対抗馬を立てられ、彼らに選挙区に応援に入られたら、民自党議員はこれまで保持してきた議席を失う。

木澤は出ていこうとする者を必死に説得した。その一人が元毎朝新聞の記者で、その後父親の地盤を継いで衆議院選挙で勝利した鍋島久だった。

「ナベキュウ、おまえまでなんだよ。おまえの家は三代続けての民自党議員の名家じゃないか。毎朝新聞に入って、思想が感化されたとかいうんじゃないだろうな」

「そんなことはないよ。俺は中国もロシアも信用していない。韓国だって今の政権は左寄りで眉唾物だ」

「記者を経験して、虚虚実実を目に焼き付けてきただろ。だったらなおさらどうしてだ。おまえは毎朝の記者時代から、海老沢先生をはじめ民自党の先輩たちに世話になってきたじゃないか」

「キザちゃんの言う通りだ。だけどこれまでのように民自党の古い踏襲に縛られていては、政治家は生き残れなくなる。小選挙区制になり、新しい時代がすぐそこまで来てるんだよ。これからはリベラルな支持者を取り込んでいき、民自党に対抗できる保守中道の政党を作り、アメリカのように二大政党が政権交代をすることがこの国にとっても望ましいことだよ」

「そんなの理想論に過ぎない。非民自の連立政権なんてタカ派もいれば、共産党並みの左もいる。空中分解するに決まってる」

「俺は前回の選挙だって、岩嵜先生には選挙区に入ってもらったけど、海老沢先生には来てもらっていない」

「金はもらったろ?」

「そりゃ……」口ごもるが「それは全員同じだ。海老沢先生に特段世話になったわけではない」と言い張る。

「先生には世話になってなくても俺には世話になってる。ナベキュウが毎朝の社会部記者を裏切った時、俺までが真冬のベランダで、震えて過ごすことはなかったんだ」

「あのことは今でも感謝しているよ。キザちゃんが気を利かしてくれなかったら、俺は毎朝で閑職に回されていた。政界進出したって、こんなに順調にいかなかった」

「あの時、ナベキュウは、この恩を俺は一生忘れないと言ったよな。だったら今回だけは俺の言うことを聞け。そしたらあの件はチャラだ。それだけでなく俺は今後もナベキュウのために一役でも二役でも買う。俺が約束を守る男だというのはナベキュウも知ってるだろ」

鍋島は相当長い時間逡巡していたが、「分かったよ。俺は民自党に残る」と了解した。

もう一人、必死に引き留めようとしたのは山本貫だ。国会会期中に女と宮崎で事故を起こし、木澤が善後策を考えてやった男だった。

山本はその後、心を入れ替えていろいろな勉強会に出席した。とくに防衛面のスペシャリストとして、自衛隊制服組からも一目置かれる存在になった。自衛隊の内部情報を知る男が、中国や北朝鮮に近づこうとする左派政党が入る連立政権に加われば、それこそ日本の防衛情報が敵国に筒抜けとなる。

何度も木澤は電話するが、山本は出ない。仕方なく阿久津に会った。

「俺は阿久津さんが民自党を出ることは承知したけど、社会主義党と連立を組むとは想像もしていなかった。民自党を倒すには四の五の言っていられないと岩嵜に唆されたのだろうが、あの男は一将功成りて万骨枯るの典型的な男だ。部下の苦労など平気で踏み躙《にじ》り、いざという時も火中の栗は拾わない」

岩嵜批判をぶちまけた。

「キザさん、私はそこまで岩嵜先生に心酔しているわけではないと言ったでしょ。あの人は狡猾だよ。そして自分の心の中は簡単にさらさない」

「それが分かってるならどうして言うことを聞く。俺はあんたがいずれ民自党に潰されて死屍累々に加わることを心配してんだ」

「厳しい未来が待っていたとしても私は、ここで民自党が分裂することは、この国の政治史をのちに振り返った時、必ず良かったと言える分岐点になると思っています。この先どこまで連立政権が続くか分からないけど、今回のことは必ず教訓としてこの国の未来に生きてくるはずです」

「そんなことあるか。国はグダグダになるだけだ。俺はあんたが出ていくのを一度は容認した身だから、あんたらがどの政党と組もうが文句は言えねえ。だけどこれ以上、民自党から引っ張っていくのはやめてくれ」

「いくらキザさんの頼みでもそれは個人の自由でしょ。民自党だって我々の仲間を引き抜こうとしてますよ」

「裏切りは世の常だ。永田町は毎日どこかで引き抜き工作が行われている裏切りの街と呼んでもいいくらいだ」

「政治が数の勝負である以上、人の奪い合いになるのは仕方がないと思いますよ」

　丁々発止がしばらく続いた。木澤は長いため息をついた。

「分かったよ、阿久津さん。だけどヤマ貫だけは置いてってくれ」

「キザさんはどうして山本さんにこだわるんですか」

「ヤマ貫が国会をすっぽかして女と旅行をして事故を起こした時、俺が現地に行って助けたんだ。俺というより今泉龍彦だ。今泉さんが、一緒にいるのは銀座のホステスで、自分の店を出したがっているという情報を一晩で調べ上げ、店を出すことを交換条件に女に身代わりになるように俺が仕向けた。今回の岩嵜の行動に今泉さんは怒り心頭だ。ヤマ貫が裏切ったら、俺よりあの人が許さないだろう」

　それまで間を置くことなく反論してきた阿久津も神妙な面持ちとなった。岩嵜は新党に来る報償として、山本には防衛庁の政務次官級を約束したようだ。国の安全保障を担う立場の政治家が、女を身代わりにして道路交通法違反をしていたことが表に出たら、連立政権はその場で揺らぐ。

「それなら山本さんは連れていきません。同志が一人減るのは残念ですが、山本さんの道交法違反にしたって、よく今のタイミングで話してくれたと感謝しなくてはいけませんね」

「あんたじゃなければ、俺はヤマ貫が出世してから記事にするよ。連立政権の爆弾とまではいかないが、導火線くらいにはなったろう」

「いつもながらキザさんには感謝しかない」

「話が分かる阿久津諭が相手でよかった。連立政権であんたが今後、どれだけ力を握るのか、この目でじっと見させてもらうよ」

眼鏡の隙間から指を入れて目を大きく見開いた。阿久津も口の周りに皺を寄せた。

*

民自党が下野した後に、民自党から離党したのは四名、木澤の力でなんとか最低限にとどめた。それでも民自党議員だけでなく、木澤たち民自党を取材していた旧与党番記者たちにとっても暗黒時代だった。

政治記者というのは人対人、それも何十年も変わらず関係を作り、信頼関係を築いていく。民自党べったりだった木澤のような男を、岩嵜をはじめ連立政権の幹部たちが受け入れるはずがない。

どこに行っても無視され、「海老沢一徳の犬のくせに記者面するな」と面罵されたこともあった。

だが、木澤は臆することなく、それまでと同じ行動をとった。白昼堂々と岩嵜のいる政党本部に顔を出し、幹事長室から出てくると他の番記者に交じって岩嵜の傍に寄り、真横から厳しい質問をぶつける。岩嵜は声の主が木澤と分かると、他の記者からの質問も一切無視して、足早に立ち去った。

木澤はどこまで書くことが許されるのか、試してみることにした。

デスクに頼んで「55年体制崩壊による夜明け」と連立政権を持ち上げるようなタイトルの連載をもらい、中身は徹底的にこき下ろしたのだ。

《これまでの政界汚職事件では岩嵜幹事長の周辺にも多額の献金が渡っていた。それをほっかむりしてきたのに、自分は潔癖であるかのように金権政治から脱却するとは、開いた口が塞がらない。かつては小選挙区制に反対していたのに、それが今や小選挙区制で二大政党制を目指すという、岩嵜幹事長の発言は嘘のオンパレードではないか。岩嵜グループの議員には選挙で大金が配られている。その金の出どころを幹事長は明らかにしていない……》

亜細亜通信には岩嵜事務所から内容証明書付きの抗議文が送られてきた。亜細亜通信の上層部は周章狼狽していたが、木澤は無視した。内容は間違っていないから告訴はされなかった。

連立政権に入った議員からは冷たくされたが、それは表面的であり、木澤が議事堂内のトイレに行くと、移籍した元民自党議員がついてきて耳元で囁く。

「キザちゃん、今夜、電話してよ」

そう頼まれたので夜に電話をかける。

〈岩嵜さんからキザちゃんがいじめられてるのを見てたら可哀そうになってさ〉

同情した振りをするが、なんのことはない。彼らは他の議員が岩嵜の手法をどう思っているのか、そうした内部情報を木澤に求めていたのだった。岩嵜の独裁ぶりは目に余り、要職から外されている者が徒党を組んで、早くも仲間割れを起こし始めていた。

他にも方々から情報が入った。そういう人間は岩嵜だけでなく、新政権の番記者にも不満を持っていた。新しい与党記者たちもまた長い野党暮らしで、政府の発言を記事にすることがどう影響力を与えるのか分かっておらず、聞いたことはすぐに書いてしまう。ふとしたリップサービスが仇となって、国会で追及されることもしばしば起きた。

次第に木澤は悟った。どれだけ嫌われようが、世の中には喋りたい人間はいる。

愚痴を聞かされるだけのこともあるが、辛抱して長話に付き合っていくと、どこかで自分が探し求めている情報に必ずぶち当たる。そうして集めた、本来なら身内しか知りえない不祥事のネタを、表に出せるレベルまで証拠集めしていく。話してくれた元民自党議員に迷惑が掛からないよう出所の形跡を消し、今度は野党に転落した民自党から舌鋒鋭い議員を呼び出し、こっそりと教えて国会質問させる。

全国中継されるテレビの前で、これまで受け身一辺倒だった民自党議員が、まるで正義のヒーローのように振る舞って与党の不正を斬っていくのだ。連立政権の閣僚たちも慣れない追及にタジタジとなり、ボロを出して国会は紛糾した。ネタをもらった議員は木澤に大いに恩義を感じた。

海老沢のもとへも頻繁に通った。岩嵜たちの反乱に遭い、一時は元気を失った海老沢だが、選挙では圧倒的な得票数で当選していた。

その日は連立政権が誕生してから一年が過ぎた平成六年（一九九四年）の夏だった。

海老沢事務所に来た木澤は、執務室で海老沢と雑談していた。その間にも秘書や側近議員がやってきては、資料を渡したり、打ち合わせをしたりする。木澤がいても彼らは気にしていなかった。

政治記者である木澤との間に一線は引かれていて、秘書らも、そしてそれを受け取った海老沢も、資料をそのまま木澤に見せることはしない。木澤の方から見せてほしいと頼むこともなかった。

「ちょっと便所に行ってくるよ」

海老沢がそう言って席を立つ。見ていた資料は机の上に置いたままだ。

海老沢が執務室のドアを閉めると、木澤はソファーから立ち上がり、海老沢が見ていた資料を開いた。

予想した通り、岩嵜豪にまつわる資料だった。

岩嵜には数億円に及ぶ隠し資産があった。これは岩嵜を追い込む道具になる。海老沢がこの場に置きっぱなしにしたということは、木澤に調べろと示唆しているのだ。

海老沢が席を外した時に、置いてある資料を自由に見るのは木澤と海老沢の暗黙の了解だった。ただし持ち出しや写真撮影はしない。メモに書き取り、海老沢が帰ってきたときには元あったようにきちんと戻しておく。

木澤はポケットから帳面を出し、日付と金額を殴り書きしていく。そこで突然、ドアが開いた。

「あっ、悪いことをしてる！」

扉のところに立っていたのは背の高いパンツスーツの女性だった。

松《まつ》井《い》貴《き》美《み》子《こ》。海老沢が高く買っている私設秘書である。

木澤より九歳下の三十一歳だった彼女は、米国の大学を卒業して民自党の他の議員秘書として勤務。その後、海老沢事務所に移ってきた。

「いや、これは、ちょっと……」

悪戯っぽい笑みを広げて寄ってきた松井貴美子に木澤は動揺した。だが松井貴美子は躊躇なく木澤の隣に座り、体を摺り寄せるように木澤が遠ざけようとする資料を覗き見してくる。木澤はすっかりペースを乱された。

「これって岩嵜先生の隠し資産のリストじゃないの？」

「松井さん、まずいよ、そんな大きな声を出したら」

「木澤さん、これを写そうとしているの？」

ペンを持ち帳面を開いていたことにそう思ったのだろう。

「あぁ、まぁ……」

「私にも紙を一枚頂戴、手伝ってあげるから」

「えっ、いいのか」

木澤は帳面から一枚破り取った。

「私はこれを写すから、木澤さんはこっちを」

日付、金額、場所などを書き留めていく。

速書きには自信はあったが、彼女も速記をマスターしているようであっという間に書き終えていく。

彼女は一枚目を書き終えた。木澤もペンを走らせる。エアコンが効いているのに、汗が止まらない。執務室の外のトイレが流れる音がした。

そこでドアの外から海老沢と親しい議員の声がした。

「先生、少しお時間よろしいでしょうか。お伝えしたいことがありまして」

まずい、側近議員といえども、海老沢の執務室で記者が資料を写しているのを見られるわけにはいかない。

「松井さん、一旦中止だ、戻して」

資料を元に戻して、木澤は座っていた席に戻ろうとする。

「じゃあ、そこのソファーで聞こうか」

聞こえてきた海老沢の声に、木澤と松井貴美子は顔を見合わせた。助かった。これでもう少し時間が取れる。

彼女に新たに破った帳面を渡し、二人で残りのページも書き留める。数分してドアが開き、海老沢が入ってきた。

その時には元通りに資料を揃え、木澤は松井貴美子と並んで行儀よく座っていた。

「なんだ、松井くんもいたのか」

「はい。木澤さんにいろいろ教えてもらっていたんです」

「木澤くん、彼女は将来有望でいい女性議員になるぞ。いろいろ教えてやってくれ、頼むよ」

「よく勉強されているので、私が教えることなんてありませんよ」

「木澤くんとは経験が違うだろ」

「それでしたら松井さん、これからも政界のことはなんでも聞いてください。海老沢先生の頼みであれば、いくらでも協力します」

ハンカチで顔の汗を拭いながら隣の松井貴美子に顔を向けた。

「それは心強いです。よろしくお願いします」

彼女の顔にも玉の汗が浮かんでいた。なのに彼女は涼しげな顔を作って手を揃えてお辞儀をする。

その後は三人で談笑した。

どんな内容だったのか覚えていないほど、松井貴美子も木澤も、しばらく動悸が治まらなかった。

第四章　情報交差点

1

永田町駅からほど近い平河町はビジネスマンが多く、とてもここが政治の中心であるという雰囲気は感じられない。ホテルがあり、都道府県会館があり、大学があり、大手出版社がある。かつてはこの所在地に民自党本部があったことから、各社の民自党担当記者が加盟するクラブを「平河クラブ」、与党キャップを「平河キャップ」とも呼ぶ。

本社政治部に異動して二週間が過ぎた七月三十一日午後、裕子は木澤と官邸キャップの広瀬浩介とともに阿久津派事務所に向かって歩いていた。木澤の話では阿久津幹事長とアポイントが取れたらしい。

木澤の白い髪が夏の陽でいっそう輝いていた。猛暑日になると朝から気象予報士が注意をしていたくらいで、待ち合わせた喫茶店から阿久津事務所までは百メートルほどなのにその距離を移動しただけで汗だくになった。

木澤はネクタイをしていないが、広瀬は幹事長と会うと聞いてネクタイを締め、ジャケットを手に持っている。裕子もスーツだ。午前中から一人で連載取材に回っていて、その時から何度もハンカチで汗を拭った。取材が長引いたせいで化粧直しをする時間がなく、日焼けが気になる。だがそんなことを言えば、木澤が「まったく女は……」と皮肉を言ってきそうなので我慢している。

エレベーターで阿久津派事務所が入るフロアに到着すると奥から秘書が飛び出てきた。

「キザさん。せっかく来ていただいたのですが、さっき幹事長から電話があって来られなくなったんです」

「なにか急な案件でもあったのか」

「詳しくは聞いてないんですけど」

「しゃあねえ。幹事長になるといろいろあるわな」

木澤が行くぞというので、引き返す。

「飯でも食っていくか」

タクシーに乗り、ニュータカオカホテルのカフェレストランに入った。またホテルの高い食事代を経費で落とせと言われるのではないかと裕子は気もそぞろだった。

「奥の席にしてくれ」

木澤がウエイターに命じると、奥の席から「木澤さん」と声がした。木澤は露骨に嫌な顔をした。その声の主が佐土啓太郎だったからだ。

秘書と二人でコーヒーを飲んでいた佐土から「ご一緒しましょうよ」と言われた。木澤は乗り気でなかったが、広瀬が「よろしいんですか」と即答したため、木澤は「仕方ねえな」と近寄っていく。佐土の秘書が立ち上がってウエイターを呼び、テーブルをつけるよう頼んだ。広瀬は佐土の正面の席に、裕子は佐土の秘書と向かい合って座り、木澤は佐土から一番離れた席に無表情で腰掛けた。

佐土と秘書はコーヒーだった。そのため裕子も広瀬もドリンクメニューを見ていたが、注文を取りに来たウエイターに木澤が「Aランチを一つ」とメンチカツなどが載ったメニューを指した。

「えっ、飯食うんですか」と広瀬。

「そのために来たんだろ？」

「どうぞ、気にせず食事をしてください。私はこの後、外国人技能実習制度の改正についての勉強会があるんですよ。こっちはまずい折詰弁当が出るんで。あっ、そんなことをマスコミの人の前で言っちゃダメか。飯なしで会議ができるだろと怒られてしまう」

甘いマスクで苦笑いする。阿久津の精悍な顔とは違う。奨学金で大学を出て海老沢の秘書になった阿久津に対し、二世議員の佐土は育ちの良さを感じる。それでも同じ二世の見崎外相ほど脇の甘さは見えない。

昨日の取材の合間に木澤と入った和食屋で、佐土が出演していたBSの夜の報道番組を見た。荘口総理の次世代原発検討発言について質問された佐土は、「総理はもっと国民が見えるオープンな場で議論すべきです」と苦言を呈した。

——また始まったよ。あいつほど狡賢《ずるがしこ》い男はいないな。

——佐土さんのどこが狡賢いんですか。

——なにがオープンな場だよ。部会は国会や委員会前の打ち合わせの場だぞ。テレビカメラを入れた途端、誰もが遠慮して言いたいことを言えなくなるじゃねえか。

――今は密室談合は嫌われますよ。

――どの会議にも事前打ち合わせは必要だろ。テレビ局だって番組前の打ち合わせで、プロデューサーが「スポンサーが怒るのでこれには触れないでください」って言うところを映さねえじゃねえか。

佐土への批判がテレビ批判に変わった。木澤はテレビには絶対出演しない。一度尋ねたが「切り取られて使われるのが気に食わねえんだよ」と言った。「生放送ならいいんじゃないですか」とも訊いたが「最初から番組の方向性が決まってるところに出て悪役にされることもねえだろ」とも。確かに今はたくさんの情報、報道番組があるが、ＭＣがあらかじめ答えを誘導する質問が多く、出演者の発言も限られる。与党を擁護する発言をすれば「民自党に擦り寄っている記者」と印象操作される。

木澤は佐土を嫌う理由に「党で決めた方針に反して平気で採決を棄権する」ことも挙げていた。昨日の番組を見ていた時も「裏切りというのは癖になんだよ」と言った。

「毎朝新聞の世論調査で、荘口総理の支持率が五ポイント、政党支持率が三ポイント下がりました。内閣支持率と政党支持率が足して五十ポイントを切りましたから、いよいよ危険水域突入ですね」

和風パスタを頼んだ広瀬が、昔から言われている内閣の安定度を示す方式を出した。なにか面白い発言でも聞き出せないか、意図的に荘口政権に批判的なことを口にしたのだろう。

同じパスタを頼んだ裕子は佐土の反応を見ていたが、佐土は「世論調査の数字なんて当てになりません。テレビ記者に聞きましたが、好きな政党も内閣評価も、だいたいの人は分からないって答えているらしいです。そこで『強いてあげれば』と訊くか訊かないかで、十ポイントくらい違うそうですから」とどこ吹く風だった。

「総理の次世代原発の発言についても、先生は不満のようですね」

広瀬もその番組を見ていたようだ。

「不満ではないですよ。私はとくにパブリックトラストなるものは国民が見えるところで話し合うべきであり、それが我が党には伝統的に欠けていると言っただけです。都合の悪いことを隠すから、後々になってハレーションが起きるのです」

「まるで荘口総理には無理でも、自分なら国民の信頼を得る政権運営ができるって言い方だな」

メンチカツをナイフとフォークで切っていた木澤が、雑な物言いで口を出してきた。

「木澤さんは、私には無理だと思ってるんですよね」

佐土も負けていなかった。

「無理とは思ってねえよ。あんたはそれが政策だろうが原発だろうが、作るより壊す方が得意だと思ってるだけだ」

強烈な皮肉を贈る。

「壊してるつもりはありませんが、世論を意識していることは否定しませんよ。皆さん、国民に理解を得るのが下手すぎるんですよ。三芳先生も見崎先生もいろんな討論番組に呼ばれているのに、断ってばかりだし」

「みんな失言を恐れてんだよ。今はちょっとした発言が炎上する時代だから」

「私も気を付けてますよ」

「あんたとは役者が違うよ。三芳は元エリート官僚らしい上から目線だし、見崎は英語は得意だが、日本語になるとからっきし訳が分からなくなる。二人とも庶民に寄り添ったことがないから言葉に優しさがねえんだな」

「恵まれて育ったのは私だって同じです。だけど阿久津幹事長は演説上手だし、弁も立つでしょう。実家は町工場という苦労人だけあって、庶民的な話もできるし、慎重な性格だから失言もしません」

「幹事長はテレビに出て大衆迎合するのが政治でないことが、よく分かってんだ」

「でしたら私もテレビ出演を控えなきゃいけませんね。近々なにか予定があったっけ」

眉を寄せて、隣の秘書に尋ねる。秘書が日曜夜のＢＳの番組を挙げた。

「それ断っておいてください。木澤さんに叱られるから」

木澤に言われた程度で出演をキャンセルされたらテレビ局も堪ったものではないだろう。二人からは親密さは感じないが、会話がポンポンと成立していることが意外だった。

「では会合があるので私は先に」

佐土が立ち上がった。日西新聞の伝票も一緒に摑んだ。

「あっ、先生、それは」

裕子が言ったが、「いいですよ、これくらい」と佐土は軽く手を上げて出ていった。

「いいんですか、木澤さん」

「いいもなにも、おまえだって最初に幹事長にもご馳走になったじゃねえか」

「そうなんですけど、でも……」

「国枝、いちいち、割り勘にしてたら手間がかかって仕方がないだろ」

広瀬も調子に乗って言う。裕子も週刊誌にいた時、取材相手から奢られた経験はあるが、木澤はあまりに露骨すぎる。

「木澤さんが出すことだってあるんですよね」裕子は訊いた。

「俺が出すことはねえよ」恥じらいもなくそう答えた。「あったとしてもそれはどうしても俺が食いたかった時だ。昔、寿司屋の帰りに阿久津と寿司屋に入ったことがあったな。そういう時は俺の払いだ」

「寿司屋の後ですか。よっぽど安い寿司屋だったのですか」

広瀬が間髪を容れずに言うと、木澤は答えることなく小鼻をうごめかした。

「政治家の払いはだいたいツケなんだよ。月々まとめて事務所に請求書が回ってくる」

「そう言えば払わないでいきましたね」

「御用達の高級料亭はおよそ年払いだ。年払いだから店も余計なことを言って未払いになったら困ると客の秘密を守る。昔の花街のシステムと同じだな」

「政治資金規正法では、誰と食事をしたか記載しないといけないんですよね」

「だから国枝、そんなのいちいち誰と食ったかなんて細かいことなど覚えちゃいねえし調べようもねえんだよ。それともおまえは、自分の名前が政治資金収支報告書に載ることを心配してんのか。おまえ、さいたま市内の武蔵野線沿線だものな」

そう言って駅名まで出した。

「私の家が佐土さんの選挙区だと知ってたんですか？」

公職選挙法第一九九条で、候補者等の寄附は禁止されている。

「それくらい調べるだろ」

木澤が情報を大切にすることは知っていたが、さすがに気味の悪さを覚えた。一回のランチで佐土が追及されることはないだろうが、裕子までが木澤に弱みを握られた気になる。

「政治家にしてみたらマスコミには毎回奢るけれど、奢ってもらったことはまずないと文句を言ってるさ。なんだかんだと政治資金規正法には抜け穴がある。だけどそんなことでいちいち目くじらを立ててたら、こっちは取材活動ができなくなる」

店を出るといつものように木澤は消えた。

「木澤さんはいい身分だわ」

裕子は思わず愚痴が出た。

「本当だよ、服部さんは編集局長になって三年だけど、歴代の局長もずっと許してきたものな。高い給料を払ってるのに」

広瀬も口をすぼめた。とはいえ裕子も木澤にくっついたこの二週間、まともな記事はほとんど書いていないのだから偉そうなことは言えないのだが。

「たまに持ってくるのが大スクープだから、木澤さんが重宝されるのは当然だけどな。社長や専務が総理や幹事長と飯が食えるのも木澤さんのセッティングだし」と広瀬。

「そんなんで喜ぶ社長や専務も情けないけど」

「そっちはまだ日西新聞に来て間もないから、新聞社の事情が分かってないんだよ。スクープを飛ばすのは新聞より週刊誌の方が圧倒的に多くなったけど、それだって新聞記者なしでは成立してないんだぜ」

「そんなの分かってるよ。私だって十年近く週刊誌で仕事をしてきたんだから」

政治家の不正や企みというのは、政治家の近くにいないと分からない。元秘書や後援会幹部などの内部告発が元になるケースがあるが、《国会記者証》《記者クラブ証》という手形をもらって会見や懇談会に出席できる記者からのタレコミも多くある。

謝礼は一本一万〜三万円。彼らはそれをポケットマネーにしている。週刊トップに配属になった直後は、新聞記者がこんな安い報酬で情報を売っていることに裕子は驚いた。

ただ中にはその謝礼を断っている記者もいる。聡文館にいた頃、経理部に配属された同期に調べてもらった。週刊トップの記者は間違いなく木澤からネタをもらっていた。それなのに木澤への支払いは過去に一度もなかった。

「今日は官邸を空けられないから俺はここらへんで引き揚げるわ。また夜な」

広瀬は手を上げて去った。


夜は七時にニュータカオカホテルで待ち合わせた。

木澤から引退した議員の家に行くと、急に呼び出しを受けたのだ。その元議員はもう九十歳だが、木澤が若い頃の国対委員長で、木澤とは麻雀仲間だったようなので懐かしさを覚えたのかもしれない。

広瀬にも連絡を入れたが、新入り記者の原稿の手直しに手間取っているといって現れなかった。

本音は引退議員なら意味はないと思ったのだろう。木澤は機嫌が良かった。麻雀で勝ったのか、珍しく定食屋の夕食代を出してくれた。タクシーに乗る。いつもは手ぶらの木澤が、この日は三越の手提げ袋をさげていた。

「渋谷区南平台《なんぺいだい》……」

「えっ、近藤博信《こんどうひろのぶ》元議員の家に行くのではないんですか」

その元議員宅は中央区だから、渋谷は反対方向だ。

「南平台というともしかして」

「阿久津幹事長の家だよ。馬鹿だな、広瀬は。なにが起きるか分からねえのが政治の世界なのに」

木澤は曇った眼鏡をクロスで拭きながら嗤《わら》っていた。

一度インターホンを押すが、妻なのか娘なのか、モニターから女性の声で〈まだ帰っていません〉と聞こえた。「外で待たせてもらいます」と木澤はインターホンから離れた。

「木澤さんでもこうやって待つんですね」

「そりゃ待つだろう。若い頃は五時間も六時間も待った。締め切り時間が来るまで帰ることもできず、真冬は凍死寸前、大雨の日には濡れねずみになってブルブル震えたよ」

木澤が片手に手提げ袋を持ったまま、ポケットからフリスクを出した。

「上席編集委員になってからはやっていないと思っていました」

「昔より少なくなったけど、やる時はやるさ。足で稼ぎ、会えるまで耐えるのが記者だ」

木澤がしていることには嫌悪感を覚えるが、こうして毎日のように取材に出ることには感心する。他紙にも過去に名だたるスクープを手にし、定年後も雇われている名物記者がいるが、取材を始めて二週間、現場で見たことはない。昨日、今日と日中は三十五度を超えたが、真っ白な髪を光らせ、平気で歩く。汗をかいているのも見た記憶がないほど、暑さに強い。

ヘッドライトが光り、黒のアルファードがスピードを緩めた。阿久津が帰ってきたようだ。運転手が裕子を見て目を光らせたが、隣にいるのが木澤だと分かって、目つきを和らげた。スライドドアから阿久津が降りる。ネクタイこそ締めていないが、紺のスーツを着て、ダンディな雰囲気は相変わらずだ。

「これはキザさん、うちに来るなんて珍しいじゃない。申し訳ないけど今日は……」

「娘さんの誕生日でしょ？　時間は取らせませんよ」木澤は持っていた手提げ袋を渡す。「プリザーブドフラワーと呼ぶのかな。娘さん、十八だよな。こういうの喜ぶかどうかわからないけど」

「ませてきたから大喜びですよ。いつもすみませんね。キザさんは子供たちだけでなく、ワイフの誕生日にもプレゼントをくれるし」

「そんなの安いもんだよ」

「今日の午前中、キザさんとの約束をすっぽかしてしまったんでしたね。議員から急な相談があって」

「いいよ、隠さなくて。幹事長は昨日の朝一番に佐々木容子《ささきようこ》と会った。最近、厚労大臣が相次ぐ失態続きだから、次の打診を総理から頼まれた、そうだろ？」

佐々木容子は将来の女性総理候補の一人と言われている。まだ総裁選立候補に必要な二十人には足りないが、佐々木グループを率いている。

「その通りですよ」あっさり認めた。

「佐々木容子はもちろん前向きに返答をした。しかし幹事長がその返答を総理に伝えるために面会しようとしたところ、総理秘書官から、総理の体調が悪くなったと伝えられた」

その説明には裕子が動揺した。

総理の体調が悪ければ騒ぎになってもおかしくない。昼間は会社にいたが、官邸キャップの広瀬や与党キャップからもそのような報告はなかった。

「さすが地獄耳ですねえ。ちょっと調子が悪いだけみたいですけどね」

「発熱か？　まさかおかしなウイルスをもらったとか」

「熱が出たとは聞いてません。腹痛と聞いたから胃腸じゃないかな。総理は七十を過ぎてなおすごい食欲ですからね。それで私も幹事長室を出ることができなかったんですよ」

「食う量を控えてるって聞いたけど」

「前よりはでしょ？　以前は三百グラムのステーキをペロリと平らげていた人ですよ」

「医者は呼ばなかったみたいだな」

「来てたら総理番が大騒ぎしてますよ。今のところ痛みは引いたとかで様子見です」

二人はそう話しながらも、お互いがどこまで知っているのか腹の中を探り合っているようだった。

阿久津が顔を裕子に向けた。降車した時にお辞儀をしたが、見ていなかったようなので「この前、グランドホテルでランチをご馳走になった国枝です」ともう一度挨拶した。

「キザさんだから喋ったんであって、今のは内緒ですよ。たぶん現時点で、記者で気づいているのはキザさんとあなただけです」

裕子は苦笑いで濁した。書くなと言われてもそう簡単に返事はするな、週刊トップでもそう教えられてきた。

「書いた時はこうですからね」

阿久津は右肘を立て、手を振り下ろした。

トマホークチョップ。

阿久津のダンディな佇まいに似合わないそのポーズは、二度目でも慣れなかった。

「今晩はここで。娘に怒られてしまうので」

そう言って軽く手を上げる。後に続いた秘書が洋菓子店の袋を両手で抱えるように持っていたから、そこに大きなケーキが入っているのだろう。

「国枝。今のこと、広瀬に伝えといてやれ」

「えっ、いいんですか」

書いたらトマホークチョップだと言われたばかりだ。

「バカタレ。子供の使いじゃあるまいし」

「そうですね」

こうやって広瀬に花を持たせてあげるのか。広瀬から政治部デスクに連絡が入れば官邸キャップとしての顔も立つ。

「広瀬には誰にも言うなと言っておけよ。記事にするなんてもってのほかだ」

「デスクや部長にもですか」

「当たり前だ。この件に関しては俺と国枝と広瀬、知ってるのは三人だけだ」

知っていても書くことはできない。阿久津は他に誰も知らないと話していたが、他の記者がどこからか入手して明日の新聞で記事にするかもしれないのに。

裕子は無理やり時限爆弾を抱えさせられたようなおぞましい気分になった。

2

【実録　政治記者・木澤行成（その４）】

「スウェーデンでは、一九七〇年代から国政選挙に一定の割合の女性を入れる制度を導入したことで、今ではおよそ四十パーセントまで女性議員の数が増えています。他にもドイツでは八七年の選挙で女性が増え、保守派の影響力がいまだ残る英国、米国でも女性議員の増加傾向がみられています。一方では日本の女性議員は少なく、三パーセント未満、これは全世界で百五十位ほどで、男尊女卑の国と見られています。まずは政治家の数で男女差を埋めないことには、社会はいつまで経っても男性優位のまま、日本は女性では物事を決められない国だと、世界から冷めた目で見られるでしょう。私は女性が政界進出しやすい制度作りに、国が本気で取り掛かる時期に来ていると考えています」

「以上、アメリカのロニー・ウィルソン財団元研究員の松井貴美子さんでした」

アナウンスされると《公平な社会と女性の人権》と壇上にパネルが掲げられた会場から多数の

拍手が送られた。

この後、女性議員や大学教授など大物の講演が控えていたが、木澤は舞台の袖まで行き、松井貴美子を出迎えた。民自党が下野して以降、こうした女性をテーマにした講演やシンポジウムが各地で行われるようになった。松井貴美子ははきはきした口調で、理路整然と話すので、講演によく呼ばれた。

「松井さん、素晴らしいスピーチでしたよ。これだけの聴衆がいる前でも動じないし、言葉に力がありました」

「木澤さんに褒めていただけるなんて思ってもいませんでした。海老沢先生におかしなことを言わないか監視して来いって言われたんでしょ」

「私の意思で来たんですよ。というより取材です。ぜひ今の話を記事にさせてください。この後、大物議員や活動家があなた以上に私の心を打つスピーチをしたら別ですけど」

「でしたらその可能性が高いんじゃないかしら。私なんて実体験が不足してますし」

「あなたは冒頭に、今、海老沢元総理の下で勉強していますと堂々と名乗りました。私のすぐそばに社会主義党の上田《うえだ》すみえ議員がいましたけど、こめかみがピクピク動いてましたよ」

「私が言わなかったら、あとで木澤さんが、海老沢一徳の秘書が、身分を隠してシンポジウムに参加していると暴露するんでしょ」

「まぁ、それが我々の仕事ですからね」

木澤は冗談で返した。

海老沢事務所で資料を書き写して以来、木澤が海老沢事務所を訪れる機会が増えた。彼女に会えば話しかけ、どうして海老沢事務所に入ったのか、次の選挙で出馬するのかを尋ねたが、本人だけでなく秘書や事務員にも聞いて回った。古い政治家である海老沢事務所が、快活で言いたいことをズバズバと口にする女性を採用したことが、木澤には新鮮で気になったのだ。

松井貴美子と話していると、シンポジウムの主催者らしき女性が割り込んできた。

「松井さん、とても力強いお話でした。次の甲府の市議会選挙では我々、さくらの会から立候補してくださいよ」

「いえ、私なんてまだまだ若輩者ですし、時期尚早ですよ」

「そんなことないですよ。あなたは山梨出身ですし、市議を一期やればすぐに県政にチャレンジできますよ」

主催者が口説くのを木澤は呆れて聞いていた。彼女は市議や県議に置いておくレベルではない。地方議員を飛ばして最初から国政に出られる逸材だ。木澤は本気でそう思っていた。

松井貴美子は上国大文学部新聞学科を卒業後に米国に留学、ニューヨーク大学でジャーナリズムを、その後は多数の政治家を輩出しているジョージタウン大学で政治学を学んだ。講演でアナウンスされた財団は在学時に研究員として入ることが許されたシンクタンクだ。

とくに彼女が力を入れていたのが七〇年代にノルウェーで生まれたクオータ制という女性の議員を一定割合入れる制度の導入だった。発祥地のノルウェーや実際に採用して議員数を増やしたスウェーデンにも自費で訪問し、勉強していた。

木澤は海老沢が派閥の勢いをつけるため、次の国政選挙で彼女を比例代表の名簿に入れるのだと予想していた。昵懇の間柄である海老沢もそのことはなかなか口を割らなかったが、一度だけ答えた。

「私は彼女を比例代表で国政に送るつもりはない。選挙区で勝たなければこの先苦労する」

「となると山梨ですか？　でも山梨だと衆参ともに空いている選挙区はないでしょう」

「別に地元でなくていいだろ」

「もしや先生の選挙区ですか」

海老沢には後継者がいなかった。そういう場合は秘書や県会議員が継ぐのが通例で、落下傘候補者は地元から反対される。しかし松井貴美子ならそうした反対を一掃し、海老沢が長く守った地盤を受け継ぐことができるだろう。問題は七十歳になる海老沢にまったく引退する気がないことだった。

彼女もまだ三十一歳、国政に出るには若干早いし、もうしばらく海老沢の下で経験を積んでもいい。ただし亡くなった後では秘書や親戚が出てきて、骨肉の争いになるから、海老沢もそのうち後継指名をするのではないか。木澤は薄ぼんやりとそう考えた。

「私は海老沢先生が一番望ましいという選択に従うつもりですよ。まだこの年ですし、政治家になる前にもっといろんな国に出かけて、たくさん話を聞いて、政治家としての下地を作りたいと思っています」

松井貴美子もとくに急いで政治家になろうとはしていなかった。

「立派な考えだと思います。そうした小さな努力が、選挙の一票に繋がっていきます。逆に経歴を誇張するような人間は、すぐに鍍金《めっき》が剝がれます」

「木澤さんが言うからにはその通りなんでしょうね。木澤さんはこれまでたくさんの政治家を間近で見てきて政治に精通されているのに、どうして政治家にならないんですか」

「欲得を絡めたら政治ではなくなってしまいますからね。俗欲だらけの俺には無理です」

「違うでしょ、政治家より記者の仕事が好きだからでしょ」

「それは当たっています。俺は生涯一記者で生きて行きたいと思ってます」

「木澤さんは天性の記者です。でも私はどうかしら。いくら海老沢先生の支持があったとしても、政治家になるには何よりも覚悟が必要です。その覚悟が私にあるかどうか」

「あなたの美貌ならメディアからも注目を浴び、当選できますよ」

「私はそういう考え方も日本の男女平等の意識を遅らせていると思いますよ」

松井貴美子が眉を動かしたことに、木澤は咳払いした。

「これは失礼しました。私も古い体質から脱却できてないですね。記者としてお恥ずかしい限りです」

木澤が素直に頭を下げたことに、松井貴美子も笑った。

女性を苦手としていた木澤だが、彼女の前ではなんでも喋った。

木澤は自分の結婚生活がうまくいかなかったことも話した。大学の同級生だった相手に三年で浮気をされた。木澤も女房も煙草を吸わないのに、ベッドの脇にデュポンのライターを発見したのが元女房を疑うきっかけだった。

間男の存在を察した木澤が問い詰めると、元女房はあっさり認めた。あろうことか浮気相手は木澤がリンチを受けて死にかけた時にセクトにいた男だった。頭に血がのぼり、木澤は元妻に手を上げた。元女房は子供の養育費も要らないと吐き捨て、家を出た。噂だと今はその男と暮らしているらしい。

　同情してもらえるものだと思って木澤は話したようだが、松井貴美子の反応は厳しかった。

「それは木澤さんに問題があります。どんな理由があるにせよ、体力差がある男性が暴力を振るうのは、アンフェアです」

「松井さんは男女平等をうたっているわけでしょ。浮気をしたのは彼女だし、彼女が投げた物が、俺の額に当たったこともあるんですよ。力があるからという理由だけで、男性のみが悪いとされるのは、逆差別になりませんかね」

「近い将来、男性が女性を暴力やセクシャルハラスメントで訴える時代が来るでしょう。でも今は転換期です。バランスを整えるには、極端なくらいの政策を取り、女性蔑視も、セクシャルハラスメントも一切、口にしてはいけない。冗談でも周りから猛攻撃を受ける。それくらい極端な社会を作らなければ、長年積み重なった男尊女卑の問題は解決しません」

　彼女の説明はブレないため、木澤はなにも反論できなかった。

　お茶を飲みながら政治談議に花を咲かせることはあったが、世の中のカップルが行くような場所に木澤が誘うことはなかった。

　木澤がもう恋愛も結婚も御免だと思っていたことも要因の一つだったが、彼女は小さな子供がいる既婚者だったからだ。相手は米国の留学先で知り合った五大商社の一つである紀世《きせい》物産の商社マンである。

　木澤にとっても松井貴美子にとっても、同志という気持ちの方が近かった。

　だからこそ木澤は、彼女には政権交代が起きた今の政治を憂うだけではなく、自分がどうして記者になったのか、誰から情報の大切さを学び、それをどう活かすことで民自党内に人脈を築いたのか。またその原点になっているのは、農業を隠れ蓑に諜報活動をしていた父親で、その姿を見ていたからこそ今の自分があることまで、他の記者には話さない内容をとうとうと語った。

＊

ある時、木澤の説得で民自党に残った鍋島久から声をかけられた。

「キザちゃん、いつまで亜細亜通信にいる気だよ」

「雇ってもらえているうちはいるけど」

「そういう意味じゃない。亜細亜はじきに潰れるぞ。安月給でこきつかわれているのに、泥船が沈むのを待つこともあるまい」

「辞めたら失業しちまうよ」

「他紙に移れと言ってるんだよ」

「俺なんかどこが採ってくれるんだ。みんな俺のことを嫌ってるのに」

木澤のように独自の取材網を持つ記者は、日報や東報、全国紙やテレビ局にもいた。だが食い込んでいるといっても民自党の非主流派やもはや終わった老害と呼ばれる長老に対してで、民自党の中枢を握っていた木澤は、他社のエース記者を相手にしなかった。

「実は日西新聞が有能な政治記者を欲しがってるんだよ。編集局長出身の社長とこの前、会食した時に相談されたんで、俺はキザちゃんしかいないと推しといたよ。日西新聞は毎朝や東都新聞ほどではないけど、亜細亜通信と比べたらはるかに給料はいいぞ」

毎朝時代の鍋島とはお互いの給料を教え合っていた。木澤が四百万の時に鍋島は八百万あった。亜細亜の最高給は七百万円ほどだが、鍋島が毎朝に残っていたら将来、千五百万円も夢ではないと話していた。日西新聞でも最高で一千万円近くはいくだろう。

それでも木澤は全国紙の記者になりたいとは思わなかった。いくら社長が欲しがったとしても、先輩記者が快く受け入れてくれるとは思えず、今のように自由に動くことは許されない。デスクに指図されるのは御免だった。

「俺は通信社が肌に合ってる。亜細亜通信が潰れたらその時はフリージャーナリストにでもなって、細々とやるさ」

鍋島の誘いは断ったが、同じことを八幡派の議員の万田《まんだ》博光《ひろみつ》からも言われた。万田はなにか面白いネタがあると木澤に電話をくれる情報源の一人だった。それは八幡知行内閣時代のことが関係している。

八幡が総理だった時、万田は政務次官になっていても不思議ではなかったが、人事面で冷遇されていた。

それは万田の学歴に問題があった。高校時代から自主映画の撮影に夢中になっていた万田は、大学に進学せずに映画監督を目指した。それが議員だった父が心不全で急逝、子供の頃から世話になった秘書や後援者のために、映画監督の夢を諦めて政界入りした。

万田は政治を一から勉強して、辻立ちをしたり小集会を開いたりして支援者を増やした。八幡が総理になる前も総理になってからも、八幡のために誰よりも汗をかいていた。それなのに学歴を重視する八幡派では重要なポジションに就けない。木澤は我慢できず、ある時、八幡に面会を申し入れた。

――総理、どうか万田さんを次官にしてやってくれませんか。万田さんは地方行政や情報通信について熱心に勉強しています。そして総理が国民から批判を受けていた時も、みんなが嫌がる中、テレビ番組に出て総理を庇《かば》い、野党議員から袋叩きに遭っていました。そんな男気のある議員、八幡派では万田さんをおいて他にいませんよ。

――万田くんが勉強しているのは知っているよ。だけどうちの派閥には、有能な議員が他にもたくさんいるんだ。勉強するのはうちでは当たり前だから。

木澤を警戒していた八幡は、そう言ってお茶を濁そうとしたが、木澤は諦めなかった。

――総理は万田さんが高卒なのはもちろんご存じですよね。あれは新橋の居酒屋で飲んだ時の帰り道でした。タクシーが捉まらないものだから、カップ酒片手に二人で議員宿舎まで歩いて戻ったんですが、万田さん、私にポツリと言いました。木澤くん、高等小学校卒で総理になった内山英州の時代ならまだしも、今は高卒じゃ無理だよな。八幡派には立派な学歴を持った先生方がたくさんいる。だから俺は陰で八幡先生を支えていくんだって。

情に薄いと言われる八幡も、その時は眉間に深い縦皺を二本入れ、熟考した。

――木澤くんもズルい男だな。エリート風を吹かせていると揶揄されてる私の前で、高卒だから政務次官にもなれないなんて言うんだから。そんな話をされたら私は万田くんを政務次官にせざるをえないじゃないか。

八幡は約束通り、万田を政務次官にした。まもなくして政権交代したため期間は短かったが、政務次官時代の評判は良く、民自党が政権を奪還すれば、大臣ポストも見えてくる。

　その万田からも日西新聞入りを勧められた。

「キザちゃん、鍋島先生から聞いたぞ。日西新聞に行くべきだよ。日西の社長なら俺も知ってるから、日西の同年齢の記者と同じ給与にするように頼んでおくし、今まで通り、自由に取材できるように約束させる。キザちゃんは俺の恩人だから」

「俺は全国紙は……」

　断ろうとしたが、万田に肩を叩かれ遮られた。

「最近、海老沢先生のところの秘書と付き合ってるそうじゃないか。女嫌いのキザちゃんがほれ込んでるって噂だぞ」

「そんな関係じゃないですよ。それに彼女は既婚者ですし」

「その夫とうまくいってなくて別居してんだろ？」

「そうなんですか」

　初耳だった。そう言えば育児の話は出ても、夫の話はほとんど出てきたことがない。

「そんなことも聞いてないのかよ。相変わらず女相手だとキザちゃんは初心《うぶ》だな」

「確かにいい女ですよ。だけど俺は結婚には向いてませんし」

「俺の前でそう突っ張るなって。再婚することにでもなれば、亜細亜通信の安月給では女房、子供は養いきれないぞ。そうだ、結婚式での乾杯の音頭は俺にやらしてくれ、木澤くんは私の大恩人です、永田町には自分と同じように木澤くんに恩義を感じてる議員がたくさんいますと明かして祝福するよ」

松井貴美子との将来を考えたわけではないだろうが、木澤は日西新聞の社長と政治部長と面会し、翌年の平成七年（一九九五年）の四月に移籍を決めた。

＊

「私は子供を迎えに行く時間なので」

二人で勉強会をしていても、夕方になると松井貴美子はそう言って帰っていく。

別居していたことはその後、彼女に確認した。旦那の浮気などではなく、単に価値観が合わなくなった。ニューヨーク大学在学中に結婚した夫は、帰国後にジャーナリストの仕事を続けることは認めていたが、政治家の事務所に入って政界入りを目指すことには反対だったようだ。民自党議員の事務所に入った時点で夫婦関係はぎくしゃくし、離婚は時間の問題だったと松井貴美子は話した。

同年六月に離婚が成立すると、小学校に上がる前の子供を持つシングルマザーであることも堂々と明かすようになった。

その頃には民自党の女性国会議員も少しずつだが増え、女性閣僚も毎回一人程度出るようになったが、彼女は納得していなかった。ジェンダー平等については日本は先進国の中でも極めて低水準だ、選挙制度から大胆に改革する必要があるなどと、木澤の前でいつも訴えていた。彼女の考えは革新系の野党議員に近かった。海老沢派の古参議員からは嫌味を言われたことはあるようだが、肝心の海老沢が注意しないものだから、あらぬ方向で噂が立った。

「キザちゃんはさすがだな。松井さんとよく会ってるみたいだけど、プライベートには踏み込まないそうじゃないか」

旧知の海老沢派議員から木澤は言われた。

「プライベートってなんですか？」

「結婚生活とか子供のこととかだよ。彼女、子供が生まれた時はもう夫婦関係は壊れていたんだろ」

「それだったら俺だって同じですよ。元女房が妊娠した時から、喧嘩ばかりしてたし」

「俺が言ってるのはそういう意味ではないよ。昔のことさ」

「誰だって過去はありますよ。終わったことを根掘り葉掘り聞くのは失礼でしょ」

真面目に答える木澤を、その議員は下卑た笑みを混ぜた目で見ていた。

「それがいいよ。深入りすると海老沢先生の怒りを買うだろうし」

「どうして先生が怒るんですか」

「なんだよ、知ってるくせに」

「知らないですよ。気になることばかり言ってないで、はっきり教えてくださいよ」

「俺が言ったことにするつもりかよ。それはズルいよ。でも男と女になった理由なんて本人たちだって分からないことがあるものな。聞かないのが一番。キザちゃんのポリシーで間違ってない」

相変わらず下衆に話す議員の顔を見ながら、点在していた疑問が線で繋がった。

海老沢は松井貴美子を自分の後継者にしようと考えている。彼女は海老沢一徳の愛人で、娘は海老沢の子だというのか？

木澤はその後、腹を割って話せる海老沢派議員を探してはその情報の真偽を確かめた。

「海老沢先生と松井さん、関係あるわけないだろ？　先生がいくつだと思ってんだよ。その気になっても無理だよ」

一方でこう話す議員もいたらしい。

「選対が次の総選挙で、岩嵜豪の対抗馬に彼女を担ごうとしたらしい。岩嵜の長野なら、彼女の出身の山梨とそう離れてないし、彼女なら岩嵜を追い詰めることができるって。だけど海老沢先生がそんな負け戦《いくさ》に彼女を出せるかと烈火のごとく怒っておじゃんになったんだよ」

当時の海老沢派で、松井貴美子は海老沢一徳の愛人だと噂する者は何人かいたが、木澤には真偽は分からなかった。

3

〈たった今、荘口弘首相を乗せた救急車が総理公邸を出ました。これより慶和大病院に向かうと思われます〉

ヘリから生中継しているＮＨＫのニュースを、裕子は社内のテレビの前でかじりつくように見ていた。隣には服部編集局長、二人のデスク、ほかにも待機要員にされた政治部員が動向を見つめている。

《荘口首相体調不良か》

今朝の東都新聞にスクープ記事が出ていた。ただし一面でも政治面でもなく、社会面左ページだった。《体調不良か》という疑問形の見出しからも、どこまで確信しているのかは分からなかった。

「官房長官会見が始まるらしいぞ」

電話を受けた中西デスクが言うと、そのタイミングでテレビも官邸に切り替わった。官房長官が出てきて淡々と話す。

〈荘口総理は今朝から体調が思わしくなく、夫人が作った朝食は摂らなかったとのことです。自室で休んでいたのですが九時頃に腹部に痛みを感じ……〉

最後まで読み上げると官邸記者が質問する。

〈昨夜の様子はどうだったのですか〉

〈違和感はあったとは聞いています〉

〈そのことは、官房長官は報告を受けていたのですか〉

〈私が昨夜、最後にお話しした時はそのようなことは聞いておりません〉

〈でしたらその後に違和感が出たということですか〉

〈詳しいことは承知しておりませんが、そういうことだと思っています〉

「嘘です」

テレビ画面を見ていた裕子は思わず声を出した。

「嘘って、おまえ、なにが嘘なんだ」

中西デスクから聞かれた。

「い、いえ、私が思ったのとは違うニュアンスだったので」

「違うって、おまえ、キザさんからなにか聞いてんだろ」

裕子は返答できなかった。荘口が腹部に異常を感じたのは昨日の午前中だ。だから阿久津は裕子たちとの約束をキャンセルし、幹事長室に待機していたと話した。当然、官房長官にも連絡は入っていたはずだ。

「国枝までキザさんに感化されてどうすんだよ」

もう一人の栗原《くりはら》デスクからも叱られた。

「デスク、ここでカッカしても仕方がないだろう」服部が咎める。

「ですが局長、キザさん、肝心なことはうちらになにも連絡しないんだから参りますよ。完全に抜かれました」栗原は口を尖らせた。

「東都もあやふやな形でしか出せなかったんだ。さすがのキザさんも裏が取れなかったんじゃないのか」

局長と二人のデスクとのやりとりを裕子はそうではないと心の中で叫びながら聞いていた。裏を取れなかったどころか、しっかり確認していた。昨夜は入院するほどではなかったのかもしれないが、体調不良で幹事長との会談が中止になったことまでは聞いたのだ。いつから異常を感じたかも触れていない東都新聞より、濃い内容の記事は書けた。

裕子は木澤に命じられるまま昨夜のうちに広瀬に連絡し、「キザさんがデスクにも報告するなと言っている」と伝えた。広瀬はそれを守ったがために東都に抜かれ、早朝から取材に追われているのだ。

社内ではまさかの事態に備え、整理部員が《荘口首相死去》という号外用の予定稿を組んでいる。官房長官は「緊急搬送中も総理の意識はしっかりしている」と伝えたが、どこまで事実かは摑めていない。

テレビ画面では官房長官のもとに、秘書官がメモを運んできた。

〈ただいま担当医師から連絡がありました。急性胃潰瘍の疑いがあると。手術するかについては未定。この後検査予定です〉

「おい、荘口総理に胃の持病なんてあったか？」と中西デスク。

「聞いたことはありません」政治部の記者が答えた。

「これだけ支持率が下がると、ストレスで小さな潰瘍が一つ二つできてもおかしくないんじゃないですか」違う記者が言う。

「予想でものを言うなよ」中西が叱る。

「仕方ないじゃないですか。荘口総理って就任してからてのひらを返したように記者に冷たくなって、総理会見もかれこれ一カ月はやってないんですから」

「それよりキザさんはどうしてんだ」

服部局長が中西デスクに尋ねた。

「何度も電話してますけど、朝、東都の記事が事実かどうか調べてみると呆けたことを言ったのを最後に、電話に出てくれなくて」

「あの人、本当に俺たちを舐めてるよな。高い給与もらってるのに」

他の記者も木澤への不満が止まない。

「国枝、キザさんの居所知ってるか？」

中西に振られた。

「私はなにも……」

この日も午前中に取材の約束をしていて、永田町の民自党本部前で待ち合わせをしていた。向かっている途中にデスクからの電話で社に戻って来いと言われ、木澤には電話で断った。

「どうして国枝を戻したんですか。キザさんにくっつけとけば随時、キザさんがどこの誰を取材しているか分かったのに」

栗原デスクが中西デスクに不満を言った。

「取材要員を増やしといた方がいいと思ったんだよ。なにが起きるか分からないし」

「人なんてどうにでもなるでしょう」

デスク二人の言い合いになったが、服部が「二人ともいい加減にしろ。デスクがばたついていたら下はどう動いていいか困る」と諌めた。木澤のせいで部の雰囲気まで最悪だ。

「国枝は聖ルチア医大の教授に電話してくれるか。その教授、メディアに話してくれるから」

「はい」

教えられた番号にかける。定かではないので口外しないでと断った上で、昨日の昼間に会談が中止になった噂があることまで伝えた。テレビに頻繁に出演しているその医師はよく喋った。

〈あなたが言うように昨日の昼間の時点で会談をキャンセルするほど状態が悪かったとしたら、病院に行かなかったのが疑問です。胃潰瘍なら完全に痛みは治まらないとは思うんですよね〉

「他に考えられる病気ってありますか」

「それはいろいろです。食道裂孔ヘルニア、胃静脈瘤、メネトリエ病の可能性もあります」

「メネトリエ病とは？」

〈巨大肥厚性胃炎です。胃の壁が大きくなって蛋白が体外に出てしまう病気で、過形成性胃炎とも呼ばれています。メネトリエ病になった患者の一割が胃癌を併発します〉

「つまり胃癌もありうると」

〈胃癌という病名は使わないでくださいね。言葉が独り歩きしたら大変ですから〉

「注意して書きます」

　それらをメモに取り、電話を切った。デスクに報告する。

「胃癌という語句は使わないでほしいと言ってましたけど」

「癌を併発する可能性があるくらいならいいだろう。決めつけてるわけじゃないし」

　医師が困らないように《メネトリエ病は一割の可能性で癌を併発するが、担当医の発表を聞かないと分からない》と誤解を生まないようにパソコンで打って送稿した。


　午後からは木澤を捜すようにデスクに命じられた。とりあえず各派閥の事務所に向かうが、木澤の姿はない。普段は閑散としている派閥事務所は、灰色のスーツを着た男たちが集まり、どこもすし詰め状態だった。

　三芳事務所では、最悪の事態を想定して、議員と三芳派贔屓の他社の記者とが会話していた。

「首相降板なら総裁選となるが、次の国会までもう時間がないし、非常事態で総裁選なんて呑気なことは言ってられない。秘密裡で決まるんじゃないか」と議員が言った。

「前回、幹事長は真っ先に身を引いて、荘口さんを推したんでしょ。当然、荘口派との間で、次は阿久津さんでと約束があるんじゃないですか」と記者。

「うちはどうすりゃいいんだよ。見崎派と組んでも、阿久津・荘口連合には敵《かな》わないぞ」

「それより佐土派ですよ。地方票でどれだけ持ってくか予測がつかないんですから」

二人はまるで総理の辞任が決まったような口ぶりで会話している。

「いっそのこと、阿久津派に対抗して、三芳・見崎・佐土連合でいけばいいんじゃないか。三人では三芳先生が一番年上だ。ショートリリーフの危機管理内閣でいいという条件で三芳先生を立てるように頼むべきだよ」と記者。

「そんなこと佐土が許すわけがないよ。そういう密約をあの男は一番嫌うから」

「そうだよ。阿久津幹事長を敵に回して負けるようなことがあったら、俺たちは一生冷や飯食いだぞ」別の議員まで加わった。

自分たちのことしか考えていない会話に辟易し、裕子は次に見崎派事務所に移動した。その途中に再び開かれた官房長官会見の詳細が分かった。胃潰瘍の疑いだったのが、胆石症が濃厚になって、それが右の肋骨あたりの強い痛みに繋がっていると発表された。

見崎派事務所でも議員と記者が似たような会話をしていて、そこで一人の議員が「あなたはどこの社?」と裕子の存在に気づいた。見崎派の万田博光総務大臣だった。自己紹介する。

「そう言えば、キザちゃんが海老沢先生の連載をやるとか言ってたな」

「今月中に始める予定でしたが、それどころではなくなって」

「こんな状況で、呑気に昔話なんか載せられないわな」

「先生の名前は出しませんから、なにか情報を教えていただけませんか」

「キザちゃんのところの記者なら協力はするけど、こういう時は情報が錯綜するんだ。総理の容態については分からない」

「でしたら見崎派全体の動きだけでもいいです。各派では総裁選に向けての議論が始まっています。見崎派ではどのような意見が出ていますか」

「そりゃ万が一の事態に備えて、いろんな声が出るさ。だけど官房長官が痛みは胆石が原因だと発表したんだ。私としては今、おかしな動きをして、それが総理の周辺の耳に入ったら、総理だって不愉快だ。もう少し状況を見守ってから考えようとみんなを鎮めているところだよ」

　大臣にまで出世しただけあって万田は冷静だった。見崎派の番頭として頻繁に報道番組にも出演し、見崎を次の総理に推している。当然、総理にするにはどういう方法がベストか、綿密なシミュレーションはしているはずだ。

　裕子が万田について知っていることは数多い。大臣になれたのは木澤のおかげだし、木澤が亜細亜通信から日西新聞に移ったのは万田のアドバイスがあったからだ。亜細亜通信は木澤が去った半年後に倒産した。万田とは、阿久津派の鍋島久と同様に、記者と議員の関係を超えた昵懇の仲と言える。

「キザちゃんは今、どこにいるんだ？」

「私も朝から探してるんですけど、どこの事務所にも見当たらなくて」

「電話してみればいいじゃないか」

「さっきまでは鳴ったんですが、あまりにしつこくみんながかけるせいか、今は電源が切られているんです。会社には午前中に一度だけ電話をかけてきたらしいんですが」

身内の恥と思いながらも万田ならいいだろうと話した。

「昔からキザちゃんはゴルゴ13みたいな男だったからな」

意味が分からずに黙っている。

「女の子はゴルゴ13なんて読まないか」そう言った万田は「依頼者からの連絡は受け付けない。連絡するのはこちらからのみってやつだよ。相変わらずそんなことをしてんだな。スマホ一本で繋がる時代だというのに」と眉を下げた。

「木澤さん、午後は麻雀と言ってましたけど、どこでやってるかご存じですか。私は麻雀はやらないんで」

「やれやれ、あなたみたいな真面目な記者がどうしてキザちゃんについてんだよ」

「そう言われるとなにも言えませんが」

木澤につくなら一緒に麻雀を打って、金を摺《す》ってこい、そう言ってるのかと思った。

「さすがのキザちゃんも今の時代、麻雀なんかやってないんじゃないか」

「昨日は勝ったとポケットを膨らませていましたよ」

「じゃあ昨日はたまたま打ったんだろ。でも毎日ってことはないさ。政治家も麻雀をやる人間が減った。昼間から麻雀三昧だと週刊誌に書かれてえらいことになる」

「今も取材をしてるってことですか」

「どうかな。家で休んでるんじゃないのか」

それは少し理解できた。朝から夜中まで動き回っている。年齢的な負担もあるだろう。

「私はこれで」

万田は見崎派事務所から出ていこうとした。ふと思い出して裕子は「万田大臣」と呼んだ。万田は足を止めて踵を返した。

「あの、もし荘口総理の症状が悪くなり、総理交代となったとします。今の主要五派閥では阿久津幹事長と佐土さんの人気が高いですが、見崎先生が総理になるにはどうすべきだと考えておられますか。阿久津派、または佐土派との連携はありえますでしょうか」

万田は朗らかな顔で近づいてきた。耳打ちされるのかと思ったが、視界から消える手前で目つきが変わった。

「きみ、そういうセンシティブな質問は白昼堂々とするものではない。誰がどこで耳をそば立てているか分からないだろ」

耳元で呟かれる。

夜討ち朝駆けでこっそり聞け——週刊誌の記者を含めたら十年近く取材活動をしてきたのに、そんな基本的なことを忘れて窘《たしな》められたことに裕子は恥じた。


結局、どこを探しても木澤を見つけることはできなかった。会社には午後五時に、木澤からデスクに電話があったようだ。

「キザさんが言うには、明日胆石の手術をするそうだ。胃潰瘍については病理検査だけを受けて、問題なければ薬で治すらしい」

それから数分後にはこの日三度目の官房長官会見が開かれ、木澤が言った通り、胆石の除去手術と胃潰瘍の検査をすると発表した。

降版後の深夜には、デスクが広瀬や与党番記者を集めて会議をした。

胆石と聞いても記者の多くはまだ荘口辞任の可能性を消していなかった。それくらい総理の入院は国を揺るがす事態だということだ。

「密室で決めた総理では今の政治不信から脱却できません。選挙をすれば普通に阿久津幹事長が勝つのだから総裁選をやるはずですよ」

そうした声も出た。新入りの裕子はただ黙って、彼らの意見に耳を傾けた。

木澤がデスクに報告した通りになったことで、翌日の裕子は、木澤捜しから解放された。慶和大病院に行き、どんな人間が出入りをするのか、支局から異動してきたばかりの二十代の政治部記者と張り番をした。

驚いたのは家族と官房長官、秘書官以外は面会禁止が伝えられているのに、議員が次々やってくることだ。

荘口派がほとんどだが、他派閥の議員もいた。選挙に弱い、当選回数の浅い議員が多く、彼らは秘書官に止められ、持ってきた花束を置いて引き揚げる。その後に新聞記者に囲まれる。「総理が心配で心配で……」などと悲嘆に暮れた顔で話す。

彼らは病院に行けば、必ず取材を受け、テレビカメラを通じて顔と名前が有権者に広まるという計算をして来ているのだ。売名行為だと魂胆が分かっているのに、他紙が書くという理由で記事にしなくてはならず、裕子は気が乗らなかった。

荘口が入院して三日目の夕方だった。木澤から電話があり、ニュータカオカホテルに来いと言われた。

毎回待たせていたので三十分前に行った。約束の十分前に木澤と広瀬がやってきた。

「また国枝もか。俺だけおいしいネタをもらえると思ったのに」

広瀬が口を尖らせる。

「同じ会社でどっちが取ったはないんじゃない。木澤さんについていくだけだし」

「その通り、俺たちは助さん格さんみたいなもんだな」

「なにごちゃごちゃ言ってんだ。行くぞ」

木澤はコーヒーも頼まずに店を出る。裕子だけが飲んだ分を支払い、木澤を追いかけた。木澤が向かう先がどこなのか気になったがあえて聞かなかった。じきに分かると思っているのか広瀬も沈黙している。

「そこで降ろしてくれ」

木澤が車を止めたのは文京区にあるハイグレードな低層マンションだった。オートロックの前で番号を打つ。

「木澤です、先生はご在宅ですか」

「まだ帰ってきていません」

女性の声がした。３０２号室、すぐにポストを確認するが名札はなかった。地方選挙区で選出された議員の東京の住居だろう。

「目立つところに立つなよ。車で帰ってきたところに記者が三人も張り込んでいたら、そのまま通り過ぎていかれる」

木澤に言われたので広瀬と一緒にマンションの向かいの一軒家の前にある電信柱の陰に隠れた。木澤に電話がかかってきた。木澤はすぐには出ず、裕子たちと離れてからスマホを耳に付けた。結構な長話だった。

車が到着した。降りてきたのは髪をオールバックにした山本貫という幹事長代行だ。荘口派で、前回の総裁選では選対本部長を務めた。

「なんだ、みんなキザさんのところか」

初対面の裕子が自己紹介すると、山本は警戒心を解いた。

「ヤマ貫さん、今日は総理の病室に入ったそうですね」

木澤が数歩前に迫って、顔を近づけて質問すると、山本の顔が強張った。

「今日部屋に入ったのは総理夫人と長女、そして小島《こじま》秘書官、それと官房長官とヤマ貫さんの五人だけのはずだ」

「キザさんはそこまで知ってるんですか」

「だから隠さないでほしい。俺の口が堅いのはヤマ貫さんならよく知ってるでしょう」

「もちろんですよ」

「で、どうでした、総理の状態は」

「内視鏡とはいえ、手術後だからまだ疲れが抜け切れてなかったけど、顔は明るかったですよ。明後日には退院するみたいです」

バルーンで拡張してからバスケットカテーテルで除去したことは、すでに官房長官から発表されている。

「それじゃあ、公務復帰も早そうですね」

「早すぎですよ。もう少し休んだらいいのに」

「ヤマ貫さんも留任でよかったじゃないですか」

「別に私は自分のことは考えてませんよ」

「今、辞任して党役員が刷新されれば道半ばだという意味ですよ。幹事長代行として党をしっかりまとめてから、次はいよいよ防衛大臣で入閣でしょう。一触即発の今の東アジアの安全保障を任せられるのはヤマ貫さん以外適任者はいないから」

おだてているように聞き取れたが、山本の口は軽くなった。

「総理からは取った胆石を見せてもらいましたよ。これくらいはあったかな。あれが詰まったらそりゃ腹痛を起こしますわ」

親指と人差し指の隙間を一センチほど広げた。

「俺も尿管結石で七転八倒するほど苦しんだけど、胆石は相当痛いらしいですな」

「総理も急に来たらしいですよ。あまりに痛がるので夫人はパニックになったそうですから」

一通り話してから山本は話し過ぎたことに気づいたのだろう。

「今の話、黙っててくださいよ、石の大きさの話はとくに。表に出たら……」

「ヤマ貫さんが喋ったことがバレるってことでしょ。それくらい心得てますよ」

「ではお願いします、キザさん」

そう言ってマンションに入っていった。

「おしゃべりな人ですね」裕子が口を開くと、広瀬が「小心者だね」と冷笑した。

裕子にもそう見えたが、木澤は「言ってることは事実だ。ヤマ貫は昔、危機一髪のところを俺に助けてもらった恩義があるから、絶対に嘘はつかねえよ」と言った。

「なにがあったんですか」

「ちょっとな」

そこは煙に巻いた。

「あの人、よく幹事長代行になれましたね。若い頃は遊び人で、しょっちゅう国会をすっぽかしていたと週刊誌にいた時に聞いたことがあります」裕子が言う。

「それくらいヤンチャな男の方が、肝が据わっていい場合もあるんだよ。ヤマ貫はああ見えて骨がある。元々は海老沢派にいたけど、離党した阿久津が戻ってきた時、一番反対したのがヤマ貫だった。そして阿久津が派閥を継ぐことになった時、こんな派閥にいられるかと飛び出したんだ。残っていれば順番的に大臣になれたのに。そうした男気を買って、荘口はヤマ貫を幹事長代行にした。信頼できる男だと」

「幹事長代行ということは阿久津幹事長の見張り役でもあるんでしょうね。ヤマ貫さんがなった理由が分かりました」

広瀬もヤマ貫と呼んだ。

「だけど胆石ではないけどな」

突然の言葉に、耳を疑った。広瀬も同様のようだ。

「どういうことですか」

二人同時に尋ねる。

「石をヤマ貫に見せたこと、怪しく思わなかったか」

「身内だからじゃないですか」

「わざわざ見せなくてもいいだろ」

「それって、まさか」と広瀬。

「見せた石はダミーだ。政治家がよく使う手だよ」

「今さっき、荘口総理はヤマ貫さんを買っている、信頼していると」

広瀬が沈黙したので裕子が後を継いだ。

「荘口も知ってるさ。ヤマ貫が俺に頭が上がらないことを」

「木澤さんを欺くために、総理はヤマ貫さんを騙したということですか。本当は違う病気なのに、胆石だと思わせようとして……」

「国枝、なかなかいい勘してるじゃねえか。何事にも表と裏、清と濁がある。ヤマ貫に石を見せる。ヤマ貫はそれを木澤に話す。俺が知って俺を頼ってくる記者に話せば事実であると思い込み、裏を探る記者が減る。荘口はそこまで計算してんだよ」

「ということは胆石の手術という官房長官発言も嘘なのですね」

「なんもねえのに胆石症とは言わねえだろうから石はあった。だが取るほどもなかった。それより官房長官は、病理検査をするって発表したよな」

木澤に言われて、電話取材した聖ルチア医大の医師の説明を思い出した。

「胃癌だったということですか。明後日には退院して官邸に戻るということは、もう手遅れだったとか」裕子の声はおのずと震えた。

「勝手に殺すな」

「いずれにせよ、手術はしますよね。そうなったら総理は続けられないんじゃないですか」

「荘口は最後は総理執務室で終わりたいんだよ」

　ボストン型の眼鏡の奥で目が緩んだ。総理が胃癌で辞任、相当衝撃的なニュースだが、木澤の表情からは緊迫さは感じられない。

「広瀬、おまえ官邸キャップなのにさっきから全部、国枝に負けてんじゃねえか。少しは頭を使えよ」

「は、はい」そう返事してから「最後って、明々日に官邸に戻って辞任会見をするってことですね」

「そういうことだ。だがこの段階で癌だと公表すると、辞任を表明するより先に降板確定のニュースが出てしまう。荘口はそれを望んでいなかった。だからあとで嘘をついたと言われないように最初に急性の胃潰瘍の疑いと布石を打っておき、次に胆石だとごまかした」

「その情報、キザさんはどこから？」

　広瀬が尋ねた時、裕子の脳裏をかかってきた電話に答える木澤の姿が掠めた。木澤は背を向けた。まるで唇の動きを読ませないと警戒したかのように。

「さっきの電話が関係しているんですね。官房長官、いえ阿久津幹事長ですか？」

　裕子が早口で尋ねる。

「想像に任せるよ」

「阿久津幹事長が辞任表明するって言ったんですね。幹事長の許可を得たから総理も一旦、官邸に戻って発表するんですね」広瀬が確認した。

「別に幹事長の許可を求めたわけではない。総理が自分で決めたんだよ」

「今すぐ会社に連絡しないと」

荘口総理辞任——大きな見出しが裕子の頭に浮かんだ。広瀬がスマホを取り出した。すぐさま木澤の手が伸びて、広瀬の腕を握った。

「報告するな」

低い声が夜気に響いた。

「するなって、でも……」

「よそに出たら大変だと言いたいんだろ？　そんなことは気にするな」

「気にしますよ。落としたら僕の責任になります」

「おまえの責任なんて小さなものだろ」

「小さくはありませんよ。キャップなんですから」

広瀬は抗弁するが、木澤の目つきが強くなった。

「総理まで昇り詰めた男が、泣く泣くその座を退くんだ。自分の出処進退くらい自分の口で発表できるよう花道を作ってやれ。それをやるのも政治記者の役目だ」

そのセリフは新聞記者というより、政治家のものに聞こえた。そう思えるほど冷静になれたのは裕子が連載担当だからだ。官邸キャップという要職を任されている広瀬は違う。仄暗い街灯の下でも顔が青白く変化していた。

「いいな、広瀬」

木澤が念を押す。宙に視線を泳がせていた広瀬は小さく頷いた。

4

《荘口総理　明日官邸で辞任表明》

翌日の日西新聞には大きな見出しが躍った。

木澤の前では頷いたのに、広瀬は木澤との約束より記者としての使命感を優先したのだろう。デスクに報告し、朝刊に掲載した。阿久津のオフレコ取材内容を裕子が話した時は書かなかったが、今回は約束を破った。

朝からテレビのニュース、情報番組は大騒ぎだった。

日西のスクープで一気に報道が過熱し、政治記者、評論家、コメンテーター、あらゆる事情通が出てきて、荘口の辞任とその後任について語っている。

まだ官房長官会見があるまでは分かりません、動向を見守りましょうと、アナウンサーは冷静さを求めるが、出演者のほとんどは荘口辞任で一致していた。

病理検査の結果がよくなかった、昨夜の段階で総理の職務が果たせないと判断したようだと、テレビ出演するベテラン記者は自分も知っていたかのような発言をする。他方「日西が書いたから真実性が増すんです。日西には荘口総理に食い込んでいる記者がいますので」と暗に木澤の存在を示す政治評論家もいた。

社内でも次期総裁が誰になるのか、選挙になるのか、それとも政治空白を嫌って秘密裡で決めるのかに話題が移り、デスクは電話で各記者に指示を送っていた。

「国枝はキザさんを探せ。あの人なら次は誰かも知ってる」

「はい、わかりました」

須田政治部長に命じられた。これでは自分は記者なのか、木澤の見張り役なのか分からないが、木澤が真実に一番近い場所にいるのは間違いない。

「あっ、キザさん、お疲れ様です」

デスクの声がした。カッターシャツに黒のスラックス姿の木澤が戻ってきた。

「官房長官会見が始まります」

テレビの前にいた若い記者が言ったので全員の視線がテレビに集まる。

〈今朝、荘口総理が体調不良で、明日官邸にて辞任を表明すると一部報道がありましたが、まったく事実と反します。これより総理は明日退院して官邸にお戻りになりますが、無理のない範囲で引き続き執務に当たります〉

〈胃癌だったという噂もありますが？〉

〈私は承知しておりません〉

官房長官は厳しい顔のまま告げた。

「おい、どういうことなんだ」

政治部の数メートル先から紙面のレイアウトをする整理部デスクが叫んだ。

「誤報だったということですか？」

若い記者が大声で言い、「おい」と近くにいた先輩記者が注意する。デスクも、須田政治部長も、そして服部編集局長も顔から生気が消えていた。

誰よりも衝撃を受けているのは官邸クラブにいる広瀬だろう。木澤に聞いたから書いたのだ。

裕子は木澤を見た。木澤は窓際の机に、ポケットから財布やスマホを出して、椅子にそっくり返るように座ってテレビ画面を眺めている。

「キザさん」

デスクが文句を言おうとしたが、もう一人のデスクに服を引っ張られた。木澤が持ってきたネタではない。広瀬が連絡を寄越したのだ。言うなと止められたのだから、広瀬も木澤から聞いたとは伝えていないはずだ。

なぜかその時、裕子の脳裏に浮かんだのは木澤の言葉でも姿でもなかった。

トマホークチョップ。

おどけたアクションをする阿久津の顔が木澤に変換される。今回のこと、木澤は部下を試したのではないか。

自分につきまとっている若い記者が、政治記者の契りを守れるかどうか。

広瀬はその契りを守れずに裏切った。だがそれが裕子である可能性もあった。

昨夜、帰宅してから服部局長から「順調か」と電話をもらった。木澤が言っていた辞任の話が何度も喉元まで出かかったが、そのたびに嚥下した。

日西新聞は、夕刊にお詫びと訂正記事を掲載した。新聞社にとってもっとも恥ずべきことで、まして総理辞任が間違いだったとは、世紀の大誤報だ。

出稿を終えてから裕子は自分から木澤を誘い、昼食を食べに出た。

「キザさんはどっちが書くと思っていたんですか。私ですか。広瀬くんですか」

惚けたような垂れ目を見て、詰問した。ごまだれそばを啜ってから木澤は目を緩めた。

「どっちとは思わねえよ。だけど、どっちかは書くとは思ったけどな」

「書けば会社の恥になる。それなのにそのままにしておいたんですか」

怒りがこみあげてくる。

「だから俺は書くなと止めただろ」

「阿久津幹事長からの電話だと思わせぶりに認め、総理は泣く泣くその場から退くようなことを言ったじゃないですか。出処進退くらいは自分で発表できるよう花道を作れと。あんなことまで言われたら……」

「出処進退は自分で決めるんだよ。だから周りが余計なことを言うべきではねえんだよ。こういうことがあるから」

「こういうことって、それでは荘口総理が今朝、心変わりしたみたいじゃないですか」

そうではないはずだ。あの時点で木澤は荘口総理は辞任しないと、阿久津から聞いていたはずだ。

夕方に須田部長が服部局長に呼ばれ、一時席を外した。どうやら広瀬と会って、官邸キャップの交代を通告した模様だ。

社員の目につかない外で告げたのは服部の温情だろう。

服部は反対したが、菅波専務がそうしないことには官邸サイドは納得せず、今後の取材に支障をきたすと聞かなかったそうだ。

朝刊の早版が終わった午後十時、裕子は飲み物を買いに自販機に行ったが、今朝の辞任報道で社員が多数出社したことから飲みたいお茶は売り切れだった。

仕方なく一つ下の営業局のフロアに行く。そこでお目当てのお茶を買う。廊下から引っ込んだ給湯室からすすり泣きが聞こえた。

音を立てないように近づき中を覗く。

後ろ姿から、悔し涙を流しているのが広瀬だと分かった。

第五章　政局の鐘

1

【実録　政治記者・木澤行成（その5）】

平成五年（一九九三年）に反民自党を目的に非民自連立政権が発足した。木澤は連立政権は岩嵜豪の傀儡政権であり、総理が打ち出した七パーセントの国民福祉税も、決めたのは総理をあやつる岩嵜豪だと、紙面で徹底的に批判を展開した。

ところが一年も経たずに連立政権が終わると、あろうことか民自党はかつてのライバル、社会主義党と連立を組み、社会主義党の総理が誕生した。

最初は耳を疑った木澤だが、内幕が分かると、顔を見るのも嫌だった社会主義党の議員が政権内で我が世の春を謳歌していても、特段腹が立たなくなった。

それは米国が背後から手を回していることが分かったからだ。

非民自の連立政権が一年も持たずに倒閣されたのは連立に加わった小さな党の党首に、北朝鮮に近い関係者がいたからである。そして社会主義党に政権を取らせたのも、社会主義党の思想が、政権に入ることで現実と乖離していることを国民の目に浮き彫りにするためであった。民自党と社会主義党との連立は平成八年（一九九六年）一月、終焉を迎えたが、再び野党に戻った社会主義党からは支持者が次々と離れていった。

それらを木澤に教えてくれたのは名古屋経済研究所の今泉だった。

政治家が窮地に追い込まれる情報を今泉に聞くたびに、木澤は移籍した日西新聞で書き、書かない情報は週刊誌に流した。

今泉から知らされたのは政治問題だけではなかった。時は少し前後するが平成七年のことだ。

「木澤くん、今からニューヨークに飛びなさい。日本の銀行が大変なことになるぞ」

今泉からそう言われ、木澤は航空チケットを購入して渡米した。

初めてのニューヨークだった木澤は聳《そび》え立つ摩天楼の街を地図片手に歩き、イーストビレッジの地下にあるバーに到着した。ジャズ・カルテットが『オータム・イン・ニューヨーク』を演奏していたその店には、細身のスーツを着こなしたお洒落な日本人が木澤を待っていた。

「あなたが川崎《かわさき》さんですか。私は日西新聞の木澤と言います」

木澤より十歳は若いその男は日本銀行のニューヨーク事務所員だった。

「木澤さんのことは今泉先生から聞いています。信頼できる記者だから、すべて話すように指示を受けています」

「和光銀行のことって、本当ですか」

今泉からは和光銀行ニューヨーク支店の日本人嘱託《しょくたく》行員が、変動金利債権の取引で五万ドルの穴を開け、それを取り戻そうと何倍もの損失を出したと聞いていた。

「はい、現地採用の嘱託行員は損失を取り戻そうとアメリカ国債の簿外取引を始め、赤字額は今、十一億ドル（当時のレートで約千百億円）にまで膨れ上がっています」

「十一億ドルですって」

聞いた額の倍以上になっていた。

川崎の話だと都市銀行員の海外支店への転勤は経歴に箔をつけるのが目的で、彼らはホームパーティーやゴルフ三昧。そのため取引におけるチェック機能はからきし働いていない。その現地採用の嘱託行員は十年以上にわたる損失を隠蔽していたが、異動もなかったことから上司は誰も気づかなかった。さらに不正は数ヵ月前に発覚していたにもかかわらず、和光銀行は隠蔽していたというのだ。

「木澤さん、私以外も取材した方がいい。取材先のリストを作っておきました。他行の銀行でも似たようなことが起きています。リストには銀行員だけでなく、商社マンやシンクタンクの研究員もいますが、私の名前を出せば取材に応じてくれます」

「助かります。これが記事になれば日本の銀行の一つや二つは潰れるんじゃないですか」

「私は日本の銀行のいくつかは潰した方がいいという考えです。和光銀行はどうしようもなくなってから大蔵省に報告をあげましたが、米国財務省には不正を隠し、身内でカタをつけようとしました」

「銀行だけでなく、大蔵省ぐるみで隠蔽工作が行われていたと？」

「取材をすれば日本の銀行がいかに護送船団方式でやっているのかが分かると思います。このやり方では今後の国際金融市場の荒波を乗り切っていけません」

翌日から川崎のメモをもとに取材を始めた。取材相手は皆、丁寧に教えてくれた。和光銀行の十一億ドルに及ぶ巨額損失事件についての記事は何本にも分けて送った。その中でも《米国政府は今回の不正を日本の大蔵省ぐるみの隠蔽だと判断を下した》と書いた記事は霞が関を激震させた。

＊

帰国すると真っ先に今泉のもとに行き、礼を言った。

「日銀の川崎さんの手助けがあったおかげでうまく取材できました」

「大蔵省はきみの記事を読んで大慌てだったらしい。大蔵省こそ護送船団方式を続けてきた日本の銀行の悪の権化だからな」

「川崎さんは都市銀行の海外支店はバックオフィスが脆弱だと呆れていましたが、大蔵省も同じです。幹部連中は飲みでもゴルフでも毎回同じメンバーです。盗む側からすればそうやって一つに集まってくれた方が、情報を一気に抜きやすいんです」

「それを某国が盗聴するということかね。きみと話していると旧ソ連や中国の人間と話しているみたいだな」

「東側はそうやって情報収集をしているから、大国アメリカと渡り合うことができるんですよ。ただし共産主義も社会主義も、幹部だけに富が集中して、国民は平等に貧乏を強いられるところに、私は同調していませんが」

「さすが全学連にいた人間は言うことに説得力があるな」

「エセ左翼と言ってください」

「自分からエセと言うのはきみくらいだ」

「今泉さんのおかげで今回は経済についても勉強と人脈作りができました」

「政治と経済は切り離せない。経済音痴になってはいけないぞ。経済政策を指南できるようになれば、永田町でますます頼られる。いまに総裁選は木澤が推した候補が勝つと言われるようになるさ」

「私なんかただの一記者です。そこまでの力はありませんよ」

謙遜して今泉の部屋を出た。

次に木澤が会ったのは松井貴美子だった。米国で発売になったばかりの新進の政治学者の原書を手土産にした。

「今回取材ですごい話を聞いたんだよ。アメリカ連邦準備制度理事会は、日本の銀行が飛ばしをやっているのは全部摑んでいる。今後は日本の銀行の自己資本比率を厳しくするよう、米国主導で大蔵省は金融改革に乗り出すだろうという話だ。そんな情報、大蔵省の誰に聞いても出てこなかった。彼らには直前まで知らされていなかったんだ。だけど今泉さんの耳にはしっかり入っていた」

彼女は土産の本や巨額損失事件より、木澤が話す今泉に興味を示した。

「今泉さんはそれだけの情報、どこから入手しているの」

「ＣＩＡやイギリスのＭＩ６のような諜報機関がない日本では、役人や海外駐在の商社員、金融マンが独自に収集した情報を今泉さんに話しているんだよ」

「それって組織がやってるってことよね」

「まさか。彼らは組織には目もくれないし、信用もしてない。みんな個人で集め、その情報はけっして上層部にはあげない。外務省や通産省の役人も上に握り潰されるような情報をいっぱい持っているからね」

「どうしてあげないの」

「彼らのレゾンデートル（存在意義）がなくなってしまうからだよ」

「生き残れなくなるってこと？」

「上司などに話せば、情報は潰されて左遷され、中身次第で不当な罪で逮捕、命まで狙われるかもしれない。今泉さんは預かった情報を信頼にたる者に回し、その情報は肉付けされて対象者がもはや言い逃れできない証拠となる。彼らにとっての今泉さんは、言わば命綱なんだよ」

なぜ今泉が情報提供者を守れるのか。それは裏社会と交流があるからだ。彼らの上司も今泉がいつ、どのような裏人脈を使って情報を出してくるのかを恐れて、黙認するしかなかった。

今泉は自分が信頼する週刊誌の記者やフリーライター、稀に木澤のような新聞記者を大切にした。夜は食事に誘い、そして銀座のクラブにも連れていった。

「今泉さんってどういう人なの？」

「色付き眼鏡が似合う、見るからにオーラが漂う怖い人だよ。さすが表社会と裏社会を繋ぐフィクサーと呼ばれるだけのことはある。お茶目な人だけど」

「お茶目って」

「事務所には中年女性がいるんだが、これが女優の『もたいまさこ』そっくりの眼鏡をかけたつっけんどんな人なんだけど、最初は彼女のことを愛人って言うから、えっ、今泉龍彦クラスの男がこんな女性とって驚いたんだよ」

「本当はどうだったの？」

「銀座のクラブに連れていかれた時、和服を着た女性を『俺の人生最後の彼女だ』と紹介された。奥ゆかしくて水も滴るいい女だった」

「その女性が本命だったのね」

「スタッフのもたいまさこ似も同じように大切にして、一流商社の総合職並みの給与を払っている。二人でよくディナーにも行くしね。どんな相手でも分け隔てなく接するような人だから、有能な週刊誌記者やフリーライターが名古屋経済研究所に入り浸りになるんだよ」

　女性を苦手としている木澤には、今泉の真似はとてもできそうもなかったが、松井貴美子の前では自然体で振る舞っていた。

　松井貴美子はその頃には海老沢の秘書になって、三年が経過していた。民自党内でも彼女は知られていて、国政の補欠選挙があるたびに彼女に声がかかったが、どうも海老沢が首を縦に振らないようだ。

「松井さん、あなたは今のままでいいのかな。あなたならどこの選挙区から出たって当選確実なのに、このままでは無駄に歳をとってしまうだけだ。なんなら海老沢先生に俺が直訴してあげてもいいぞ」

そう持ち掛けたが、首を横に振った。

「別に無駄に歳をとっているわけではないですよ」

「いや、俺が言ってるのはそういう意味ではなくて……」

言い訳をしようとした木澤だが、素直に言い改めた。「すまない、松井さん、俺もあなたの前だとつい悪い癖が出てしまうんだ」

木澤は自分の頬を叩《はた》いた。その仕草に彼女は微笑みを混ぜた。

「いいのよ。私はアメリカに留学していた時は、政治ジャーナリストを目指していたんだから。それに木澤さんを見ていると、やはりジャーナリストの方が自分の性に合っているのかと迷ってしまうし」

「ジャーナリストになるなら、これほどまで政界に入り込んでいる人はいないから他にはない強みになる。でも俺は、松井さんはジャーナリストに留まる人ではないと思う。政治家になるべきだ」

「そうなのよね。私の夢はいつかこの国にもっと女性議員を増やすことに変わったのよね」

「あなたくらい強い意思を持ち、明確な目標を持って未来を描ける人なら、男女関係なく、いつかはこの国のリーダーになれるよ」

そう言いながら木澤は心の中では別のことを考えていたのではないか。

しっかりした未来を考えられる女性がどうして海老沢の子を身籠ったのか。

そのことだけが解せない。

だがそうした時の木澤は深く悩まず、所詮自分は女性の気持ちに疎いのだと、そう結論づけているようだった。

非民自の連立政権が破綻して以降、岩嵜豪の下でたびたび内紛が起きた。反岩嵜の急先鋒に立ったのが阿久津だった。

元々人望があり、選挙で圧倒的強さを誇った阿久津だけに、民自党内からも復党待望論が出た。阿久津も復党に前向きになった。ところがただ一人、復党に首を縦に振らなかった人間がいた。それが海老沢一徳だった。

「先生、阿久津をなんとか戻してくれませんか。彼は外に出て大きな力をつけました。来《きた》る二十一世紀の民自党の力になります」

木澤は海老沢に、頭を下げて直訴した。

「あんな裏切りもの。よくのこのこ戻りたいと言えたものだ。わしは絶対に許さん」

温和な海老沢が顔を真っ赤にして余憤を吐き捨てた。あまりの興奮で血圧が上がり、卒倒してしまうのではと心配になったほどだ。

「阿久津の妻の父親は、一信電光というパーソナルコンピューターの基盤部品を作ってる会社のオーナー社長で、パソコンの爆発的な売れ行きで資金も潤沢です。海老沢派に取り込めば、派閥の資金に困ることもなくなるでしょう」

「あれだってわしの紹介で金持ちの娘を娶《めと》れたんだ。それをあの男、わしに背いて出ていきやがって」

「小選挙区になってこれまで以上に比例代表が選挙の勝利に関わってきますし、阿久津のように選挙区で十五万票も取る人物は、比例区で数人当選させます」

「そんなの他の選挙区で、比例票を増やしてみせる」

木澤の頼みはあらかた聞いてくれた海老沢だが、阿久津のことになると頑なだった。

「阿久津だって海老沢先生に感謝しています。そして先生の下で学んだからこそ、ここまでの政治家になれたと言っています」

「あんた、岩嵜や阿久津が飛び出した時、わしを説教したじゃないか」

海老沢派から岩嵜や阿久津が出て行った時、派閥はお通夜のようにしんみりしていたのに、木澤だけは海老沢に「いったいなにをやってるんですか。先生は大勢の議員を率いて内山派を出た。その先生が今度は岩嵜にやられるなんて情けない」と叱った。総理大臣までやった海老沢が、「そんなガミガミ言わなくても分かってるよ」と背中を丸くして木澤に許しを乞うていたそうだ。

「これが岩嵜だったら私は先生に戻してくれなんて頼みません。岩嵜も阿久津も表より裏を好みます。岩嵜が裏に回るのは自分で責任を負いたくないからですが、阿久津は違います。今回だって岩嵜と正面切って喧嘩して出てきたのですから」

「ダメだ、わしの派閥なんて。あいつは誠実な政治家気取りでいるが、腹の中では何を考えているか分からない。この海老沢派も手に入れるだろう。総理にでもなったら、わしは成仏もできん」

「海老沢派を引き継ぐことは私も否定しません。でも残念ながら今の海老沢派は阿久津抜きでは、他の派閥から切り崩されていくだけです」

海老沢は唇を強く結んだ。しばらく逡巡したが、「やっぱり、だめだ」と心変わりはしなかった。

「分かりました、先生。でももう一回だけ、この話をする機会をいただけませんか」

「何度来ようが同じだ」

軟化は見せなかったが、木澤は辞去した。

その晩には、阿久津と二人で会った。

「海老沢先生はあんたを絶対に許さないと言っている。あんたは党にも野党転落という屈辱を与えたからな」

「オヤジのことだからキザさんの頼みにも拒否するだろうと思ったよ。なら私はいい。民自党に戻りたいと言っている若い者だけは海老沢派に入れてもらえないか」

さすがの阿久津も諦めたようだった。

「あんただって無派閥のままではなにもできないだろう。民自党は社会主義党などと組んだせいでバラバラだ。今のお詫び行脚のような外交姿勢では、親交を深めるどころか、韓国や中国を調子づかせ、いずれ軋轢《あつれき》が生じる」

「そうならないためにも保守本流の海老沢派が力を持つべきだと思ったんだけどね」

「あんたなら党をまとめることができるかね」

「私が妥協しないのはキザさんも知ってるでしょう」

「そうだな、今のふらふらした民自党にはあんたみたいな存在は不可欠だ。分かったよ、俺がなんとかする」

「なんとかするって言っても、オヤジは首を縦には振らんでしょう」

「いや振らせるさ。その代わり二つ約束してくれ。一つは二度と党を裏切らないこと。そしてもう一つは……」

都内にある二百坪はある阿久津の豪邸の書斎に緊張感が走った。時計の音だけがずっと響いた。

「分かった、キザさん、それも約束する」

阿久津は精悍な顔ではっきりと告げた。

その後、海老沢は木澤の説得に応じ、阿久津の復党と派閥復帰を認めた。この一件でも永田町に木澤行成という名を大きく高める要因になった。

とはいえ、海老沢派復帰は、木澤一人の力だけでは成し得たことではなかったのだが……。

2

日西新聞が荘口総理辞任の誤報を書いてから一週間が経過した。

この間、裕子は一人で行動した。官邸キャップの広瀬浩介に罠を仕掛け、その結果、彼の記者人生に大きな傷をつけた木澤が、やはり許せなかったからだ。

記者は一つ大誤報を打っただけでも記者職から外されることがある。政治部のエリート路線を歩んできた広瀬だが、今は《編集局長付》という閑職で、「しばらく休め。あまり思い込むなよ」と服部編集局長から言われて、有給休暇を消化している。社内では広瀬浩介は事実上の謹慎だと噂が広まっている。

木澤とは誤報が発覚した日に話して以来会っていない。

裕子が距離を取り始めても、木澤が不満を言ってくることはなかった。もとより海老沢一徳の連載を頼んだがゆえに、日西新聞で海老沢について間違った事実を書いたら恥になるから木澤は随行を認めたのだ。他の政治家の連載なら勝手にやれと、議員もろくに紹介してくれなかっただろう。

新米の政治記者が、木澤という看板記者なしで取材するのには苦慮した。

「キザさんに頼まれたら別だけど、言われていないのに海老沢先生のことを話したら、キザさんに怒られてしまうからなぁ」

木澤を気にしてほとんどが断られる。無機質な議員会館の廊下を歩いた。大臣経験者や、国会でよく質問する野党議員の部屋もある。与野党が同じフロアに部屋があるのも違和感があるが、防音はしっかりしていて、中の会話が漏れることはない。客の出入りを対立政党やマスコミに見られたくないケースでは、ホテルや料亭を使うのだろう。

三台ある議員専用のエレベーターのうち、一台の扉が開き、佐土啓太郎が降りてきた。

「おや、また会いましたね」

よく響く声でそう言ったが、横に女性議員が立っていたので、てっきり彼女の方に声をかけたのかと思った。その女性議員は挨拶してエレベーターに乗った。

「あっ、私だったんですね。大変失礼しました」

裕子は足を揃えて、失礼を詫びた。

「今日は木澤さんはいないんですね」

議員たちはキザさん、キザちゃんと呼ぶ中、佐土だけは木澤さんと言う。呼び方一つとっても木澤と距離を取っていることが窺い知れる。

「昼間は木澤とは別行動です。私には麻雀だと言っていましたが、ある議員は家で休んでいるんじゃないかと言っていました。早朝から深夜まで働きどおしですから」

「木澤さんはそんなことしてないでしょう」

「どうしてそう思うのですか」意味深な言い方に訊き返したが、「エネルギッシュに動いてる人の休息している姿が、想像できないだけですよ」と言われた。

「国枝さん、少しお話をしませんか。私も時間があるので」

予想もしなかった申し出に「あっ、はい」と考えることなく返事をした。

「私の部屋に行きましょうか」

そう言ってエレベーターに乗る。

「事務所はこのフロアじゃないんですか」

「一つ上の階です」

「でしたらなぜ」

このフロアに来たかが不思議だ。この階の議員に用事があったのか。

「いえね、車で戻ってきた時にあなたが議員会館に入っていく姿が見えたんですよ」

そう言われたが、それだけで、佐土が別の階まで裕子を探しにきた意図が飲み込めない。

佐土の事務所も他の議員と同じ作りで、十畳ほどの部屋の奥にもう一つ、上半分が透明、下半分がすりガラスで仕切られた議員用執務室がある。事務所の秘書やスタッフは若い男女が多い。

議員用執務室に入った。室内は机と本棚、長机を囲んだロングソファ二台、それに椅子が二脚置いてある。

　執務室にも秘書がいた。これまで取材した議員は秘書がいたまま話をしたが、佐土は違った。

「なにかあったら呼ぶからランチでも食べてきたら」と部屋を出るように伝え、扉を閉めた。

　促されるようにロングソファに座り、佐土は角に自分の椅子を運んで座った。裕子は改めて佐土の端正な顔を見た。背は一七〇センチくらいだが、無駄な肉はなく、顔も肌艶があって若々しい。こんな爽やかな風貌で、テレビカメラの前で平気な顔で党内批判をする。

「海老沢先生の取材をされているんですよね。それなら私も協力できますよ。私が初めて選挙に出た時は、海老沢先生にお世話になりましたから。残念ながら当時先生は体の調子が悪く、応援演説には来てもらえませんでしたが、『海老沢から言われたんで』と海老沢派の先生方が埼玉に入ってくれました。そうだ、阿久津幹事長も来てくださいましたよ」

「阿久津幹事長がですか？」

「なにをそんなに驚いてるんですか。当選した後の次の選挙でも阿久津幹事長からは、一度目の選挙より二度目が大事、二度目より三度目が大事、そうやって勝ち続けていくうちに選挙区は盤石になっていきます、だから手を抜かないで頑張り通すのが選挙です、と励ましてもらいました」

　党内批判をする佐土を、阿久津は嫌悪していると思っていたのでそのことは意外だった。

「阿久津先生からはこうも言われましたよ。当選回数を言われるけど、それより大事なのは連続当選だと」

「一回でも負けたら、そこから巻き返すのは大変だという意味ですか」

「私はそう受け取りました。地盤も看板もなく、政治の清濁をしっかり見極めながら昇りつめてきた幹事長らしい言葉だと思いましたよ」

清濁――木澤からも聞いた言葉だ。

「長く国会議員を務める上でとても大事な心構えだと思いますが、でしたらなぜ……」

どう言おうか悩んでいると、佐土が裕子の言いたいことを口にした。

「それならどうして私が海老沢派に入らなかったのか、不思議なんですね」

「はい、どうしてですか」

「最初は誰の力も借りずに無派閥でやってみたいと思ったからです。派閥にはそれぞれ引き継いできた持論や主義主張があります。入ったばかりの新入りが先輩たちの作ったものに異議を唱えることはできません」

「それなのに派閥を作ったのですか」

「一人じゃどうすることもできない、と悟ったからです。そのあたりは私の若さゆえですが、あなたの政治信条に共感したと、多くの仲間が集まってきてくれたことも大きいです」

「私の世代では佐土さんの考え方を支持している人が多数います。逆に阿久津幹事長は佐土さんとは正反対の古い考え方だと否定的な人が多いです」

これまでの議員は「先生」と呼んでいたのが、佐土の前では自然とさん付けになる。

「国枝さんの周りでは私の主張のどのあたりに賛同されているのですか」

「性同一性障害の特例法改正を急ぐべきだというのもそうですけど、意外だったのはロシアによるウクライナ侵攻が始まった時、日本もウクライナに兵器供与すべきではと佐土さんが言ったことです。私も、私の知り合いも佐土さんはてっきり、平和憲法維持派だと思っていたので」

「あの発言は強硬的すぎると賛否両論分かれましたが、案外その方は女性ではないですか」

「そうですけど、なぜ女性と思われたのですか」

聡文館の同期で、彼女は今も販売部で仕事をしながら二児を育てている。

「防衛意識は時として女性の方が男性より高いんですよ。隣国からの攻撃にも為す術なく、家が破壊され、夫や子供が亡くなるニュースを見て、自分がその立場ならと他人事とは思えないのでしょう」

「まさにそう言っていました。自分がウクライナ国民だったら、目の前で我が子が死んでるんだよ、欲しいのは金じゃないよ、相手をやっつける兵器をくれよと憤るって」

「女性はいつでも平和が第一、それって男の偏見だと思うんです。偏見というか、女はこうあれという押しつけかな。ところで国枝さん、メモしなくていいんですか」

手を差し出された。木澤がボイスレコーダーを使わないので、これまで裕子は録音しなかったが、今はメモ帳すら出していなかった。

「メモしてもいいんですか」

「取材なんでしょ？　もちろんですよ。録音してもいいですよ」

「それではお言葉に甘えて」

バッグからボイスレコーダーを出した。

「国枝さんは、私と阿久津幹事長を正反対だと言いましたよね。今は私も派閥を率いているので、二人で話すとマスコミに邪推されるので控えていますが、本当は私と幹事長はイデオロギーからして近いんです。カーボンニュートラルもそうだし、男女共同参画社会についてもこのままでは実現できないと危機感を共有しています」

「ですけど阿久津幹事長は……」

そう言ったところで裕子は言葉を濁した。

「おたくの木澤さんに近いということですね」

苦笑いを浮かべた佐土だが、裕子は笑えなかった。

「佐土さんと幹事長が近い考えなら、木澤はどうして佐土さんを嫌うのですか。答えにくければ拒否してもらっても構いませんが」

「思い切った内角球で来ましたね。木澤さんの会社の人にそれを答えろというのですか」

「ですから答えづらかったら拒否してくださいと言ったんです。私は木澤と佐土さんの因縁を知りませんので」

「別に因縁というほどではないです。ただ木澤さんが私を好きではないだけです」

「それはやはり佐土さんが総理になったら、他の人のチャンスがなくなるからですか」

六十九歳の見崎と七十歳の三芳に至っては議員としても高齢にさしかかり、次に勝てなければ総裁の目はなくなるだろう。

六十四歳の阿久津にはまだまだチャンスはある。それでも五十八歳の佐土が三期九年の任期のうち二期やれば、阿久津は七十代になる。阿久津は幹事長として党をまとめてきた。それゆえメディアの前で発言することを好み、民自党の伝統手法ともいえる密室政治を嫌う佐土がトップに立てば、阿久津は政治手腕を発揮できない。そもそも総裁になった佐土が、幹事長に阿久津を選び、自らあやつり人形になるとは到底思えない。

「年齢的なことは一理あるでしょうね。でもそれを言ったら、木澤さんは若い政治家が全員嫌いになりませんか」

「前回総裁選に出たのは佐土さんだけなので」

「次の出馬の噂がある若い候補は他にもいますよ。佐々木容子さんは五十九歳、いや先週、誕生日とか言ってたから六十歳ですね。今の環境大臣の小谷《こたに》理恵《りえ》さんは私より下の五十六歳です。総務会長をやった相田《あいだ》かほりさんもいるでしょう。彼女は五十八だったかな」

「どうして女性議員ばかり出すのですか」

「これからはそういう時代にならなきゃいけないからですよ。女性議員が少ないという世界からの非難を、一発で逆転するのは女性総理の誕生です」

「そんな時代が来ますかね」

「もちろん来ますよ、それもまもなくです」

「一度女性が総理になり、国民に女性総理でいいんだと安心感が生まれたら、男性は総理になれなくなるかもしれませんが、それでいいんですか」

「そうなったら致し方がないでしょう。それも時代の変遷です」

「なんだか絶対にそうならないような言い方にも聞こえますが」

どうも佐土が美辞麗句を並べているようにしか聞こえない。皮肉を混ぜたというのに、佐土は相好を崩したままだった。

「さすが木澤さんが目をつけるだけあって、疑い深い性格をしてますね」

「別に木澤が私を評価しているわけでは」

「今の民自党のままでは総理どころか、女性議員は増えないでしょう。でも私が総理でも幹事長でもないのに、候補者を選ぶなんてできないですから」

「佐土さんが総理か幹事長になったら女性候補を増やしますか」

そう確認すると、佐土の黒目が動いて机のボイスレコーダーを見た。

「止めましょうか」

「いいえ、結構ですよ」そう言ってから佐土は話を続ける。「それもおかしな話ですけどね。女性だから選ぶのではなく、優秀だから選ぶ。それが本来の政治でしょう。こんなことを言えば、佐土もやっぱり男尊女卑だと、あなたはがっかりするかもしれないけど」

「今は公正に審査されていない選挙区がほとんどなので、公募して予備選を実施するだけで女性議員は増えると思います。でもこの話はもういいですね。いずれにしても佐土さんが総裁にならない限り、民自党は変わらないわけですから」

少し持ち上げすぎた感もあったが、これ以上続けても結論が見えないため、裕子の方から話を切り上げた。

「では私が木澤さんに嫌われている理由を話しましょう。それは私が党内融和を壊したからです」

終わったと思った話を佐土が持ち出す。明かしたエピソードは、いかにも木澤が怒りそうなことだった。

雫石圭介が長期政権を築いたあと、複数の総理が短命で終わった。そのうちの一人の総理大臣に、佐土は若手議員と早期解散を迫った。それも多くのメディアに囲まれている中で。

「佐土さんが早期解散を求めて詰め寄るシーンなら私もリアルタイムでニュースを見ました。その時の総理は支持率の高いうちに解散したかったけど、リーマンショックの影響などで周囲の反対があって、できなかったんですよね」

「解散は総理の専権事項ですから、本気でやる気になればやれましたけどね」

総理に解散する度胸がなかったような言い方をした。結局、解散できないまま民自党は敗北を喫し、二度目の下野を経験する。

「あの後、木澤さんに烈火の如く怒られましたよ。おまえたちの軽はずみな行動のせいで、民自党はまた政権を手放す羽目に陥ったんだと。民友党政権が誕生したことまで私のせいにされましたから」

「木澤は下野するということは政治的役目を果たせないと考えていますから、余計に頭にきたのでしょうね」

「野党転落後に議員会館で会った時にも、自分の人気取りのために周りを利用するなと罵倒されました」

白髪を逆立てて、激怒している声が聞こえてくる。

「私はまだ木澤について三週間ほどですが、木澤は裏切るということが大嫌いのようです。佐土さんの行動も反党行為だと捉え、根に持っているんですね」

広瀬のことでよく分かった。裏切りを警戒したわけではなく、はじめから木澤はいつ、誰が自分を裏切るか疑い、そして試している。その罠に広瀬は引っかかった。

「木澤さんが保守本流、国家のために、新聞記者をやっているのはよく分かっているつもりです。今は右でも左でも、極端な思想を主張する記者はネットで炎上します。それでも木澤さんはそうなるのが自分の役目とばかりに終始一貫、その姿勢を変えません」

「木澤はネットを見ないですからね」

「木澤さんのように裏で動くのが新聞記者の仕事とは思いませんが、一般的に記者の多くはみんな安全な場所から非難してくるんですよね。自分らは高級官僚並みの高い給与をもらってるくせに、日々の生活に困窮しているかのように社会的弱者の味方をして政治批判を繰り返す。具体的な提案もせずに、特権意識を持ったまま庶民の代弁をしたところで、読者は新聞を味方とは捉えません」

「自分も新聞社から給与をもらっている一人なのでそう言われると胸が痛いですが」

「そうした記者たちと比べたら木澤さんの方がはるかに本気度を感じます。毎年、元日とかに木澤さんがページいっぱいを使って論説を書くじゃないですか。あれは永田町の人間の大半は読んで、多くはよく書いてくれたと歓迎しています。野党だって読んでいる人は多いですよ」

　他の論説委員や編集委員が毎週、もしくは二週間に一本は書いている中で、木澤の原稿を目にすることは少ない。この三週間でも一行も書いていない。

　しかし元日や二月の建国記念の日、五月の憲法記念日は必ず木澤の記事が一ページに渡って掲載される。内容は憲法改正、将来世代に負担を与えないための増税、防衛費の見直し、内閣法制局制度は違憲の疑いがあるため即刻廃止すべきなど多岐にわたる。記事のクオリティは高いし、反論されることを気にせず、回りくどい説明や逃げ道を作らず、力強い文章で論を張る。そこには木澤の思い通りに日本の政治を動かしたいという意図が隠されていることは、ほとんどの読者は知らない。

「木澤さんは意図的に汚れ役をやってるのかもしれませんけどね。それが今は誰のためかはここでは差し控えますが」

阿久津のためと聞こえた。佐土も木澤の記事には目的があることを見抜いている。佐土は「だけど」と言葉を継いだ。

「木澤さんから親しみを持たれたこともあるんですよ。国会議員になって数年目、国会で質問して名が売れた時に議事堂の廊下で木澤さんに声をかけられたんですよ」

「質問がよかったとかですか」

「与党の質問によいも悪いもないでしょう」出来レースだと自ら認めている言い方をした。「こう言われましたよ。『あんたはただのいい人間ではなさそうだ。俺とよく似てる』と」

「なにが似てるんですか」

「よくよく聞いたら大学の専攻でした。木澤さんって慶和大の理工卒でしょ。私は日本理科大で電子システムを勉強しました。これでも新卒で入った通信会社では、新時代の携帯電話を開発してたんですよ」

似ていたのが同じ理系出身ということだと聞いてがっかりする。だが続けて出た言葉に、裕子はハッとした。

「いきなり、あんた、割り算が得意だろって言ってきましたよ」

「私も似たことを言われましたが、それってどういう意味なのですか」

「文系出身の政治家は割り算が苦手だからダメなんだ。それだけでも意味不明なのに、人差し指で頬をなぞって『ちなみにこっちの連中も割り算ができないんだよ。ご祝儀も三万とか五万とか、必ず奇数だ』って言ってたかな」

「ヤクザってことですよね。ヤクザと奇数がどう関係するんですか」

「私も気になりましたが、場所が場所ですからね。それ以来、木澤さんとその話をしていないので謎のままです。ヤクザにだって頭の切れる人も、今は理系卒もいるでしょうし、理系が文系より頭がいいこともないでしょう」

赤絨毯の上でそんな話をするとは木澤はどこまで非常識なのか。

「それに今回の日西新聞の誤報、あれも木澤さんが仕組んだことでしょ」

「えっ」

「あなたはクールでなかなか心の中を見せませんけど、今のは素直でしたね」

そこまで言われてしまうと隠しきれず「細かくは言えませんけど、木澤が関わっているのは事実です」と認めた。「ただし木澤は辞任するとは思っていなかったようですが」

言ってから広瀬の悔しさが胸の中で広がった。佐土は苦笑いして話を切り替えた。

「あなた、海老沢先生の連載取材と言っていましたが、本当にそれが目的ですか？」

「どういうことですか」

今度は普通に言い返せた。

「なんとなくそう思っただけです。最近昔の政治家の本が売れてるのは事実ですけど」

「我が社の目的も新聞連載より本です。今は新聞だけでは収益を上げられないので」

「分かりました。では今後も協力しましょう」

返事をした時には、佐土はポケットからスマホを取り出した。

「LINEを交換しませんか」

「えっ、いいんですか」

「QRコードを出してください」

突然の申し出に裕子はおぼつかない手つきで操作する。佐土は慣れた手つきでタップし、読み取った。

「送信しましたよ」

佐土の声とともに、裕子のスマホにイケメンの顔写真とともにメッセージが送られた。

《あなたがあの人のような奸智《かんち》に長けた人間でないことを期待しています》

奸智——ずる賢いという意味だ。

だが裕子は、知らず知らずのうちに佐土の陣地に引っ張り込まれたような気分だった。

3

【実録　政治記者・木澤行成（その6）】
平成十一年（一九九九年）のことだった。クリスマスが近づき、街にイルミネーションが飾られるようになった頃に松井貴美子は木澤を喫茶店に呼び出した。あと数週間で西暦は二〇〇〇年に入る。

「松井さん、これ、結構な贈収賄事件に発展するんじゃないか」

分厚いペーパーを渡された木澤は、眼鏡を押さえて最初から読み返した。松井貴美子と知り合って六年、相変わらず二人での情報交換は続いていた。だが彼女がこれだけの分厚い資料を見せたのは初めてだった。

持ってきたのは闇献金の資料だった。

「全然裏が取れないのよ。だから木澤さんにも手伝ってもらえないかと思って」

「それはいいけど、この情報はどこから？」

「週刊誌の仕事をしてるライターよ。それが急に腰が引けて」

「週刊誌が怖気づいたネタを受けたということか。さすが松井さんだ」

その後、一週間かけて、木澤は彼女の持ってきた情報を裏取りしてきた。だが残念ながら収支報告書の修正で済む程度で、辞任に追い込むほどのスキャンダルにはなりそうもなかった。

「私の取材は甘いね。こんなんじゃ、木澤さんの足もとにも及ばないわ」

「及ばなくはないけど、やはり秘書との二足わらじでは苦しいと思うよ。それよりどうしたんだよ。政治家になる夢は諦めてしまったのか。日本にもクオータ制を導入して、女性議員を増やしたいんじゃなかったのか」

そう言ったところで彼女の表情がいつもと違うことに木澤は気づいた。

「松井さんもたまには気晴らしが必要なんじゃないか。俺でよければいくらでも付き合うよ」

「ありがとう。今日は遅くなっても大丈夫なの。とことん付き合ってくれない」

夕食に入ったイタリアンレストランはカップルで賑わっていた。その日は髪をシニヨンにしていた松井貴美子は、食事よりワインばかり飲んで、荒れていた。

「どうしたんだよ、今日は事務所の不満ばかり言って。これまでそんなことはなかったのに」

「だって海老沢先生たら、私を病室に入れてくれないのよ。私に冷たくなったのは何年も前からだけど、秘書を中に入れないなんてありえないでしょう」

海老沢は心臓病が悪化して慶和大病院に入院していた。面会が許されたのは家族と一部の秘書と、そして木澤だけ。派閥所属の議員ですら海老沢は面会を拒んだ。

同じ秘書なのにどうして松井貴美子だけを入れないのか。それは病室には妻がいるからだと木澤は考えた。ここ数年、松井貴美子に国政進出の声が幾度となく上がったが、それが立ち消えになったのは、妻や後援会が強く反対しているからだ、と。

「俺も海老沢先生はいつになったら松井さんを国政に送り出すのか、最近は苛立ってるんだよ。俺に松井さんを後継者にすると言ってもう何年が経つ？　地元の後援会がうんと言わないのなら他の選挙区でもいいじゃないか。松井さんの地元山梨でもいい。無所属で出て、保守分裂になっても、あなたなら当選するよ」

「毎回約束を破られるから、最近はどうでもよくなっちゃった。これは政治家になるなという神様からのお告げなのかもって」

「きみたいな芯のある人が、こんなことくらいで挫けたらダメだよ」

「最近は私が関わった政策も、海老沢先生の息のかかった先生から却下される始末なの。こんなんで国会議員になっても、民自党の一議席を確保するだけで、なんの仕事もできないような気がするし」

ホテル蔵澤のバーに移動してからも彼女の不満は続いた。口を尖らせてウイスキーをお代わりする。

「このままだと中途半端に終わってしまうから、松井さんはジャーナリストに転身しようかと思ったのか。だけど悪いことは言わないよ。バッジさえあればあなたの政策を否定した議員だけでなく、今まで目もくれなかった人間までが近寄ってくるよ」

「そっかぁ、私にはジャーナリストは無理かぁ」

「無理じゃないよ。ジャーナリストより政治家向きだと俺は言ってんだよ」

「こんな扱いを受けるなら、いっそ他の事務所に移って、そこで秘書をやろうかな。今だったら政策秘書もできるし」

国会議員には三人いる公設秘書のうち、トップである政策秘書になるには政策担当秘書資格試験に合格しなくてはならないが、彼女は海老沢の秘書を七年、他の議員秘書だった三年と併せて十年の経験があるため、「選考採用審査認定」を受ければ政策担当秘書資格が付与される。どこも優秀な政策秘書を欲しがっている。とくに女性議員は飛びつくだろう。

「それはやめた方がいい。先生は裏切った人間に厳しいから」

「私なんてただの秘書よ。裏切ったうちに入らないわよ」

彼女はそう言うが、海老沢と松井貴美子がただならぬ関係だったと思っている木澤は絶対にダメだと反対した。

「木澤さんは私の味方なの？　敵なの？」

一軒目のイタリアンでワイン一本を空けた彼女は、バーで二杯目のウイスキーを飲み終えた頃には、上目遣いで絡んできた。

「味方に決まってるだろ。先生は病気なんだ。亡くなるのも時間の問題だ。もうちょっと我慢すれば好きに動ける。秘書どころかあなたの意思で好きな選挙区から立候補すればいい。その時は全力で応援するから」

「死ぬのが時間の問題だなんて、木澤さん、そんなこと言っていいの？」

「松井さんの前だからだよ」

「急にどうしたのよ、今日の木澤さん、変よ」

「い、いや、あくまでも同志という意味だよ」

「嬉しいことを言ってくれるじゃない。そうよね、私と木澤さんは永遠の同志だものね。私の夢が叶うように助けてね」

　生真面目に返す木澤が可笑しいのか、桃色に染まった頬で悪戯《いたずら》っ子のように笑う。

「これ以上、飲むのはやめたほうがいい。相当酔ってるだろ」

　頼んだ三杯目のウイスキーのロックを飲もうとした時、木澤は手を伸ばして止めた。それでも、松井貴美子は身をかわして飲み続けた。事務所内で孤立していた彼女は、木澤に全力で応援すると言われて嬉しかったのだ。飲み過ぎてカウンターで腕を枕にして眠ってしまった。

「松井さん、もう帰ろう、送ってくよ」

　支払いを済ませた木澤は、「松井さん、しっかりしてくれよ」と起き上がらせ、いざ倒れた時はすぐに支えられるように横を歩いた。

　タクシーに乗って、彼女の自宅のある「高円寺」と告げる。車内でも彼女は眠っていた。自宅までは何度か送ったことがあった。

海老沢が社宅替わりに住まわせている、小さいが戸建てだ。小学生の娘がいて、仕事が忙しい時期は山梨の母親が泊まりで子供の面倒を見ている。遅くなっても大丈夫だと言ったということは今晩も母親が来ているのだろうと木澤は思った。

だが他の秘書はマンションで、一人だけ戸建てに住んでいるところも、海老沢の寵愛を受けていると木澤が思った理由の一つなのかもしれない。

松井貴美子の自宅に到着すると、木澤は玄関まで送っていくつもりで運転手に支払いを済ませた。

「松井さん、家に着いたよ」

「嘘。こんなに早く着くわけないじゃない」

まだ酔いから覚めておらず大虎状態だった。

仕方なく木澤は彼女の手を引っ張って車から出す。門の上から手を伸ばして開けた時には彼女は木澤にもたれかかっていた。

短いアプローチを歩いていく途中、足もとがふらついた彼女を木澤が抱えた。

彼女はバッグから鍵を出し、鍵穴に挿し込もうとしたが、うまく挿せない。

「俺がやるよ」

木澤が彼女の手を握って鍵を挿した。そこで不意に指が絡まった。木澤はやにわに松井貴美子の体の向きを変えて抱きしめる。ドアに彼女の背中を押し付けた。

「松井さん」

「ちょっと木澤さん」

　彼女は抵抗したが、木澤は強く抱いたまま離さない。

「貴美子さん、俺は自分の人生にもう女性は不要だと思っていたけど、あなたを愛してしまったようだ」

　そう言って口づけしようとしてきた。松井貴美子は逃げようと唇をかわす。

「俺は海老沢事務所で資料を写しているところをあなたに見つかって、その後二人で資料の中身を書き取った時から、心臓の鼓動は止まらなくなっていたんだ。あれ以来、あなたが俺の頭から消えたことは一度もない」

「ダメよ、近所の人に見られてしまうわ」

「だったら中に入ろう」

　木澤は手を伸ばし、挿し込みっぱなしの鍵を回した。ドアを開き、強く抱きしめたまま玄関に入る。足がもつれて二人してそのまま玄関に倒れた。木澤が咄嗟に両手を巻き付けて頭や体を保護したことで、彼女にケガはなかった。

「大丈夫か、貴美子さん」

「ありがとう」

　そこで口づけを交わす。守ってくれたことが嬉しかったのか、その時には彼女も腕を回して口づけに応じながら、もう片方の手でシニヨンにした髪を解いた。長いキスが終わると、木澤は唇を首筋に移動させ、左手で胸をまさぐった。二人とも息が荒くなっていた。

「これ以上はダメよ」

手を押さえつけたが、ブラウスのボタンは外され、ブラジャーの中に手を滑り込ませてきた。

「木澤さん、ここではやめて。母もいるし、娘が起きてきてしまうわ」

「大丈夫だよ。もう深夜なんだ。静かにしていれば起きてこないだろう」

「でも……」

「俺はあなたのためならこれからもなんだってするつもりだ。だから貴美子さん、俺のものになってくれ。俺はきみを愛してるんだ。一緒になってほしい」

「私には子供がいるのよ」

「分かってて言ってるんだよ。子供の面倒も見させてくれ。海老沢先生にも、これからは私が見ますときちんと話すから。病床の先生も安心するだろう」

「海老沢先生？　どうしてここで海老沢先生が出てくるの？」

松井貴美子の酔いが一気に覚めた。木澤も余計なことを口走ったと慌てた。

「今のは関係ない、俺の勘違いだった」

「勘違いってなにを勘違いしてたの？」

「違うんだ、貴美子さん、俺があなたへの気持ちを伝えたかっただけだ」

もう一度、唇を近づけるが、彼女は顔を逸らした。そこで二階から物音がした。

「お母さん、帰ってきたの？」

あきらかに寝ぼけた女の子の声だった。

真顔に戻った松井貴美子は木澤を払いのける。彼女は立ち上がり、まくれたスカートを直して、ブラウスのボタンを両手で留めた。

「ただいま、起こしちゃったね、ゆう。お母さん、お酒飲んできて少し酔ってるの。だけどもう大丈夫。先に寝てて」

振り返って二階の娘に声をかけると、声を潜めて「ごめんなさい、木澤さん、今日の私、どうかしてたの」と謝った。

「貴美子さん、俺が言ったことは全部本気だ。あなたのためならこれからもなんだってする」

そう言った時には松井貴美子はヒールを脱いであがり框《かまち》に立っていた。

「今日のことは私に非があります。木澤さんに慰めてもらって嬉しくなり、調子に乗ってしまったの。こんなみっともない姿を見せたことを反省しています。でもこれからも木澤さんとお仕事をしていく以上、特別な関係になるわけにはいきません」

「仕事とは関係ないだろ」

「これ以上話していると子供が二階から降りてきてしまうし、帰ってください。これまで通り、仕事仲間の関係でお願いします」

松井貴美子は深く頭を下げた。

膝を立てて玄関に座っていた木澤はゆっくりと立ち上がり、ズボンの汚れを払うことなく家を出た。

4

「海老沢先生は若い頃は人情の人だったけど、総理になってからは誰が自分の足を引っ張るのか警戒心が強くて、我々派閥議員のことなど考えてくれなくなったよ。今日の私があるのもキザちゃんが『ナベキュウは信用ができる』と阿久津幹事長に推してくれたからだ。幹事長は私より年下だけど、若い頃からカリスマ性があった」

八月九日、裕子は阿久津派事務所で、事務総長で阿久津派ナンバー2の鍋島久と会った。元経済産業大臣でもある。

「私はご存じの通り、元毎朝新聞の記者でキザちゃんとはその頃からの悪友だから」

「いろいろ二人だけの秘密もあったんでしょうね」

「あるある。今だったら大変なことになるけど、キザちゃんのところの記者なら、もう時効だしいいだろう」

気を許してくれたのか、鍋島は記者時代、久保議員のベランダで木澤と凍えながら社会部の記者たちが帰るのを待った話を披露した。

「他にも世話になった議員はたくさんいるようですね。万田総務大臣もその一人とか」

「そんなことまで知ってるのか。キザちゃんはよほどあなたのことを信頼しているんだなあ。万田さんの次官抜擢は、キザちゃんでなくては実現できなかったよな。八幡総理の優越感を見事なまでに逆利用したわけだから」

「木澤は人の心を読むのにも長けているんですね」

「私が記者の頃からキザちゃんは言ってたよ。人間を支配している感情は優越感と劣等感だ。上に立つ人間をうまく扱うには、優越感を上手にくすぐればいいって。私が大臣の時も、官僚に指示を出す時はキザちゃんの言葉を思い出して大いに利用したよ。私も一応慶和大出身だけど、幼稚舎からのエスカレーターだから、遊ぶ間も惜しんで勉強し、立派な学歴を手に入れなさった官僚さまにしてみれば『鍋島？　ただのボンボンだろ』ってなもんだ」

　鍋島は自虐的に笑い、その後は海老沢より木澤の話題一方になった。

「そこまで政治家に食い込んで、木澤だけ贔屓されると、他の記者は面白くなかったんじゃないですか」

「そりゃそうだよ。キザちゃんはなんでも自分でスクープするほど欲深い記者ではなかったけど、時にはわざと他紙にも同時に書かせて、政局を作ったりしたからね。特ダネは仕方がないけど、自分の社だけ載っていない特オチは記者の恥だ。キザちゃんから教えてもらえなかった記者はムカついたと思うよ」

「週刊誌が木澤の暗躍ぶりを狙ったりはしなかったのですか」

　永田町の黒幕、〇〇政権は一人の記者が裏で操縦しているなど、センセーショナルな見出しを立てて記事にできる。木澤らしき人間が週刊誌に登場したことはあるが、木澤個人の特集が組まれたことは記憶にない。

「海老沢政権の頃に、週刊誌がキザちゃんを《永田町の蜃気楼の正体》というタイトルで特集しようとしたことがあったな。そのタイトルがキザちゃんの別名の由来さ。髪の毛が透き通るほど白いからそう付けたのか、それとも神出鬼没だったから付けたのか理由は忘れたけど、結局その記事は一回載っただけで終わった」

「潰されたんですか。海老沢総理が止めたとか」

「政治家が介入すれば、週刊誌は余計に記事にするよ」

「でしたらどうやって」

「キザちゃんが政治家を介して出版社に国税の査察を入れたんだよ。そうしたら新聞記者への謝礼金の帳簿が出るわ、出るわ……毎朝新聞や東都新聞のエリート記者が毎月のように数万円の謝礼をもらってたんだからびっくりだよ。私の元先輩や同僚もいたな。記者のほとんどは税務申告もしていなくて、社内でも大問題になった。それ以来、キザちゃんのことを話す新聞記者は減ったし、週刊誌だって脛に傷を持っているから、キザちゃんの特集は諦めた」

週刊トップでもそうだった。班会議で木澤の名前が出ても、編集長とデスクによる企画会議で消えてしまう。なるほど、そういう過去があったのか。

「週刊誌が特集するほど、木澤はどうやって力を持っていったんでしょうか」

「それは圧倒的な情報力だよ。昔は反米だったけど、それがいつしか反中になったな。キザちゃんの情報でもとくに鋭かったのは女に対してだけど」

女？　気になるワードが出てきた。裕子は表情を変えることなく詳しく訊いてみる。

「親中派議員が中国出張で現地のカラオケに行き女性と一晩供にした、そんなことまで調べてくるんだから驚いたね。あの議員は中国共産党のハニートラップに引っかかったって。きっと現地の駐在員に情報源がいたんだろうけど」

「木澤に指摘された議員はどうなるんですか」

「執行部も危ないと思うから、次の選挙では公認を与えなかったり、資金を出さなかったりする。そうなると議員なんて二進《にっち》も三進《さっち》もいかなくなる」

「でも木澤の身体検査に引っかかったからといって、全員が落選するわけではないですよね」

「そういう時は当選後に必ずリークされてたね」

「木澤が流したのですね」

「キザちゃんが流したかまでは俺は知らないよ。そこまで詳しく聞いたわけではないから」

「それは早とちりしました。失礼しました」

　頭を下げてごまかしたが、木澤のまた嫌な一面を知った。女性を利用して逆スパイにすることは海外の諜報機関ではよくあることだが、木澤がしていることも似たようなものだ。自分の言うことを聞かない、鍋島との会話で言うなら親中派の議員の女ネタを探って、落選させたり、冷遇されるように仕向けた。

「だけど政治家がつねに身辺をきれいにしておくのは鉄則だからね。キザちゃんが目を光らせてくれているおかげで、我が派閥では緊急事態宣言中に銀座に遊びに行くような浮かれた議員はいなかったし」

「夏休みも取らずに、今日も事務所で会合している議員もいますものね」

「それはキザちゃんより幹事長の影響だけどね。あわや総理不在になる危機的状況だったと、親分が毎日幹事長室にこもって仕事をしてるんだから」

「総理ならもう公務に復帰してるじゃないですか」

　荘口は木澤が言った通り、あの夜の二日後に官邸に戻った。

「倒れてからまだ一週間ちょっとだぞ。なのに見崎外務大臣は毎年恒例の富士登山、三芳財務大臣は軽井沢で記者を連れてゴルフコンペだというんだから、まったく呑気なものだよ」

　鍋島は荘口が倒れた直後、派閥全体が取り乱していた二人の総裁候補を批判した。

「ところで木澤が、後輩記者を連れて取材することはあまりなかったのですか」

木澤のことばかり訊くのは怪しまれると思ったが、どうしても知りたいことだったので質問した。

「連れはほとんどいなかったな。昔はよく忍者を連れてたけど」

「忍者って？」

「服部くんだよ、今は編集局長だから、そんな呼び方をしたらダメだな。キザちゃんに叱られながらも小さな体で動き回っていたから、我々は忍者ハットリくんと呼んでたんだ」

「女性がついたことは？」

「あったけどキザちゃんは苦手にしてたな。あの人、女の前になるとからっきしだから」

「木澤さんって奥さんと離婚したあと、誰かと付き合ったりしなかったんですか」

「あなた、勇気のいることを次々と訊いてくるね。キザちゃんがいないからいいけど」鍋島は目を丸くする。「いないことはなかったな。でもキザちゃんは政治家の心は摑んだら離さない自信があるけど、女性は摑めたと思ったところですぐに離れていくと嘆いてたよ」

「それって誰のことですか」

「海老沢先生のところにいた秘書。離婚して子供を引き取って働いていたんだけど。でも付き合うまではいってないと思うよ。その女性の存在が、キザちゃんが日西に移籍するのにも関わってくるんだけどね」

鍋島は、自分と万田総務大臣で木澤に日西新聞に移れと説得した話を明かした。

「鍋島先生と万田大臣は二人が再婚すると思ったんですね」

「俺は詳しくは知らなかったけど万田先生はそう思ってたみたいだね。だけど彼女、急に海老沢事務所をやめたんだよな。知的な美人秘書だと永田町では有名だったから、地方議員にでもなるのかと思ったけど、そう言えば聞かないな、なにしてんだろ？」

「その女性って誰と結婚していたんですか。子供の父親って当然、元夫ですよね」

踏み込んだ質問をしたことに、鍋島は眉をひそめた。

「人のことをあれこれ喋っちゃいけないな。くれぐれも私が言ったなどとは言わないでくれよ」

鍋島は人差し指を立てて口に当てた。

「それは絶対にお約束します」

鍋島先生こそ、私がこんな質問をしたのを木澤に言わないでください――そんなことを言えば余計な詮索をされると口にするのは止めた。

夜十時には遠隔地に送る朝刊の早版が終了し、デスクたちも一段落した。鍋島の取材を終えた裕子は、夕方には会社に戻り、政治面に寄稿している大学教授のコラムを頼まれたので、送られてきた原稿の事実関係を確認して出稿した。夕飯を食べるため社食に向かう。

編集局を出ようとすると、背後に人の気配を感じた。裕子は咄嗟に体を翻し、足を肩幅に開いて構えた。

ドアの陰では白髪を真ん中分けにし、ボストン型の眼鏡をかけた男がせせら笑っていた。

「やるじゃねえか。武道でもやってたのか」

「合気道を習っていました。男相手でも木澤さんなら勝てますよ」

「俺は柔道をやってたよ。そこまで言うなら、一回勝負してみっか」

そう言って木澤は構える。知っていますとは言わなかった。だがなにを思って裕子に接近したのか。その意図が分からず、眼鏡の奥のけっして笑っていない目を見続けた。

「総理がやめるぞ」

「えっ」

「胆石なんて真っ赤な嘘だったということだ。あの時、ヤマ貫が見たのは、やはり俺たちを騙すための偽の石だったんだよ」

「官房長官はうちの記事を否定し、職務を遂行すると言ったじゃないですか」

「総理を続けさせてもらったわけではない。ただやめるチャンスをもらっただけだ」

「やめるチャンスをもらったって誰にですか」

その質問に答えず木澤は先を続けた。

「総理の椅子は無理やり降ろされるものではない。降りる時は自分の意思で国民に辞意を伝えるべきだ。だからそれができるように温情を与えたんだよ。荘口の病状は胃癌でステージⅢ、全摘必至だ」

「阿久津幹事長ですね。幹事長が温情を与えたんですね」

「武士の情けで一週間待ったのに、いつまで経っても辞意表明する気配はない。それどころか自分の入院中の総理臨時代理を画策し始めた。さすがの阿久津も痺れを切らした」

ようやく阿久津だと認めた。あの日、山本貫のマンション前で木澤に電話をかけてきたのはやはり阿久津だったのだ。木澤はあの電話でここまでのシナリオのすべてを聞いていた。

「富は海水に似ている。飲めば飲むほど喉が渇くって言葉もあるだろう。しがみつくほど渇望し、苦しくなるって言うのによ」そう賤しむような笑みを浮かべ「阿久津が三芳と見崎に呼びかけ、辞意を表明するように明日、直訴することになったんだ」といきさつを説明した。

「三芳財務大臣は軽井沢で記者とのゴルフコンペ、見崎外相は富士登山の最中じゃないですか」

「よく取材してるじゃねえか」

黒縁眼鏡の奥の瞳が緩む。

「見崎は幹事長からの知らせを聞き、午後、慌てて下山したらしい。三芳は記者とのラウンド中だった。ゴルフ後の食事会を早めに切り上げ、記者が帰ってから、大急ぎで帰京した。関越を一二〇キロくらいで突っ走ってきて、そろそろ戻ったんじゃねえか」

「他紙にはバレてないってことですか」木澤だけの特ダネか確かめた。

「毎朝と東都新聞も知っている」

阿久津が二社に流したのか、それとも木澤が流したのか。

「デスクに伝えてこいよ。スクープです。荘口総理が辞意表明ですって。手柄をおまえにやるよ」

政治部デスク席のある方向に向かい、壁ごしに顎でしゃくった。自社だけの独自スクープならこんなに心が苦しくならなかっただろう。だが二社が知っていると聞いて心は揺さぶられた。書かなければ特オチになる。

「先に書いていいんですか。出処進退は総理自身が述べるべきだというのが木澤さんの考えではなかったんですか。花道を作ってやるのも政治記者の役目だと」

「バカタレ。幹事長と外相、財務相の三人が官邸に入るんだぞ。そんなことをされた折には総理の立場がねえだろ。だから新聞が先に知らせてやるんだよ。やめるしか方法はありませんよって。間違いなく総理は辞意表明する」

だからと言って書きますとは言えなかった。本当にやめるのか。今度は裕子を騙そうとしているのではないか。裕子がなんのために政治部に送り込まれたのかも見抜いて……。

全身から汗が噴き出てくる。

「どうした。国枝、暑そうだな。熱でもあるんじゃねえのか」

「い、いえ」

ポケットのハンカチを探すが見当たらず、ブラウスの袖で顔の汗を拭う。エアコンが効きすぎなくらいフロアは冷えているのに汗が止まらない。

「そんなに不安なら木澤さんに教えてもらいましたと伝えればいい。間違った時は俺も責任を取ってやるよ」

そう言った木澤は「さぁ面白くなるぞ。究極の権力闘争が始まる」とスラックスのポケットに手を突っ込み、廊下を去った。

裕子はまだ迷っていた。これだけで記事にしていいのか。自分は何一つ取材していない。裏も取っていない。だが見崎が富士登山に行っていたこと、三芳が記者とゴルフコンペをしていることについて木澤が言ったことは鍋島に聞いた内容と一致していた。

足もとから蛇が這い上がるかのように、不吉さがせり上がってきた。不安を振り払い、駆け足でデスク席に向かう。パソコンを叩いていた中西デスクがパンプスの足音に驚いた。

「どうした、国枝、息を切らして」

「明日、阿久津幹事長、見崎外相、三芳財務相の三人が総理に辞任を迫ります。そのことを新聞が報じれば、三人が来るより前に、荘口総理は辞意を表明します」

興奮した裕子の声が大きかったせいか、編集局から声が遮断された。

寸刻を置き、編集局の随所で人が次々と立ち上がった。


荘口総理辞意表明の記事は、政治部の記者が手分けして書いた。もちろん一面トップだ。伝えなくともデスクは、裕子が木澤から聞いたことは分かっているようだった。余計なことは言わない方がいいと、裕子は毎朝新聞や東都新聞の話はしなかった。単独スクープだと勘違いしたデスクは、他紙に漏れては元も子もないと、裏付け取材は最低限に終始した。

《荘口総理　きょう辞意表明》

前回とほぼ同じ大きな見出しが打たれた紙面が午前一時四十五分には刷り上がった。

「デスク、毎朝と東都が交換紙を拒否してきました」

午前三時に泊まり番の記者が伝えてきた。新聞社は慣例的に午前三時に各社の朝刊を交換する。ただしこの交換は拒否することができる。

「毎朝、東都も書いてるってことでしょう」と政治部の若手が言う。

「最初からそんな気はしてたけどな。キザさんに『単独ですか』と訊いても、曖昧に流されたから」

須田部長が木澤に電話をして確認したらしい。

「東都と毎朝と同着ならヨシじゃないですか」

「なに言ってるんだよ。うちは一敗、食らってんだぞ」

「そうでしたね」

記者たちが安堵と不安の入り混じった会話をする中、裕子は「私は明日も取材に回りますのでお先に失礼します」と帰宅することにした。

埼玉の自宅までタクシーで一万五千円近くかかるため、普段は車両部が配車する乗り合いタクシーで帰る。だがこの夜は一人で、流しのタクシーを拾った。

「後楽園までお願いします」

午前四時、夜が明けきらない外堀通りをタクシーは駆ける。専大通りに入り、水道橋駅の先に場外馬券場の黄色いビルが見えた。右折して、遊園地のジェットコースターに沿うように左折する。二つ目の信号の先で車を止めてもらった。東の空が白みがかってきた。

マンションのエントランスにあるポストで部屋番号を確認した。

《506号室　広瀬》

部屋番号を打って、オートロックの呼出ボタンを押した。

〈おお、裕子、待ちくたびれたぞ〉

「遅くなってごめん、まだ起きてた、浩介」

〈眠れるわけないだろ、こんなニュースを聞いて〉

広瀬には荘口がやめることは伝えている。部屋まで辿り着くと、短パン姿の広瀬がドアを開けて待ってくれていた。

「木澤は今頃になって言ったよ。総理は最初、自分からやめるチャンスをもらっただけだった、一週間待ったのに、やめる気配がないから幹事長は痺れを切らしたと。あの男は最初から浩介の記事が誤報でないことを知ってたんだよ。それなのに会社には伝えなかったんだよ」

「あいつがやりそうなことだ。だけど俺が先走ったのだから仕方ない。それより俺たちの目的がバレてないのがなによりだ」

「バレてはないけど、怪しまれてるかもしれない」

「えっ、マジかよ」

「冗談よ。私も慎重にやってるから」

木澤の前で汗だくになったことは、心配をかけたくないので黙っておく。だが木澤はなぜ裕子に手柄を取らせようとしたのか。やはり自分たちが木澤に接近している理由に気づいているのか。

「裕子のことだからその点はぬかりないだろ。これまでも木澤が苦手とする気の強い女記者を演じていたからな。演じてなくてもそれが裕子の素なんだけど」

「そういう駄弁はいいから。浩介だって詳しい話を聞きたくてこんな時間まで待ってたんでしょ」

日西新聞に移籍してからは控えていた下の名前を呼び合い、裕子はこの日の出来事を広瀬に伝えた。

第六章　阿佐見三荘の戦い

1

八月十日、最終版が降版した深夜の会議室、ホワイトボード前に筆頭デスクの中西が立った。

他にデスクが五名、そして広瀬に代わって官邸キャップになった三十七歳の家原《いえはら》圭子《けいこ》以下官邸クラブに所属する記者が六名、与党民自党を担当し、平河クラブに所属する前園《まえぞの》キャップ以下記者が五名、そして服部編集局長、須田政治部長、上席編集委員の木澤行成、そして遊軍の裕子。

総勢二十名が四角く囲んだ机を前に座っている。政治部員のうち、野党や省庁担当を除く三分の二が会社に集結したことになる。

「では各派閥の数を書いていきます」

そう言って中西デスクがマジックで書き始めた。

阿久津派１０５人
佐土派62人
見崎派58人
三芳派56人
荘口派44人
佐々木グループ17人
小《お》瀬崎《ぜざき》派８人
川畑《かわばた》派５人
奥村《おくむら》グループ６人
無所属13人
合計３７４人

「ここに都道府県の票が三七四票入ります」

中西デスクはホワイトボードに「３７４」と書き、合わせて「７４８」と記入した。

地方票である党員票は各候補者の得票数を１、２、３、４、という整数で順に割っていき、得られた数の大きい順に、党員算定票を一票ずつ配分していくドント方式で集票される。

「過半数は三七五ってことですね」

若手記者が呟いたくらいで、しばらく部屋からが声音が消えた。誰もが壁のボードの数字を見比べながら票読みしているのだ。

この日、木澤が言った通りに荘口総理が「先日入院した際の病理検査で、胃癌が発見された。こうした健康状態では国民の負託に応えられず、総理大臣の職を辞することにした」と会見した。多くの記者は前回の胆石の発表が嘘だったことは気づいていたはずだが、道半ばで総理の座から退く荘口の無念を慮ってかそのことを追及する質問はなかった。

その後、早速メディアの前で発言したのは前回出馬した佐土啓太郎だった。荘口総理の体調に配慮した後、「私から戦いをとったらなにも残らないでしょう」と出馬を匂わせた。

佐々木グループ以下、四つの少数派閥、及びグループは、総裁選に出馬するには二十人の推薦人が必要なため、現状では候補者を立てることができない。仲間をまとめて誰かに投票するか、自主投票にするかを話し合う。

問題は前回、出馬を見送り荘口支援に回った阿久津派、三芳派、見崎派の動向だ。この三つの派閥が手を組めば「１０５＋58＋56で２１９」に及ぶ。荘口派も入れれば「プラス44で２６３」になる。

会議室の沈黙を破ったのは服部局長だった。

「阿久津、見崎、三芳の三派が組めば敵なしだが、それを世論がどう捉えるかだな。前回は総裁選をしておきながら、実際は出来レースだ談合だと批判され、荘口政権は発足時から支持率が低かった。都道府県連だって次の国政選挙を考えて国民の目は気にする」

「佐土としては、幹事長を中心に陰でこそこそやってくれた方が、世論の反発が起きていいと思ってるんでしょうけどね」

栗原デスクが発言する。

「前回は地方票の七割とった佐土さんですが、どれくらい見越してるんですかね」

若手記者が質問した。

「それは相手によるだろ。人気のない三芳と見崎相手なら前回より増えるかもしれないけど、対抗馬が阿久津だったら前回自分に入った票の相当数は流れると覚悟してるんじゃないか、ねえ、キザさん」

須田部長が木澤に振った。

木澤は四角く囲んだ机の窓側の左隅で、聞いているのかいないのか分からないような無表情で腕組みしていた。

部屋にいる全員が木澤を見ていた。対面に座る裕子も木澤に目を向ける。木澤がなにを言い出すのか、会議室の空気が張り詰めていく。木澤は方々から浴びせられる圧力のような視線にも平然としたままなにも答えない。代わりに官邸キャップの家原が発言した。

「佐々木グループは独自で動くんじゃないですか」

「佐々木容子が出るのか」と須田部長。

「以前から佐々木さんは東京オリンピックまでに日本でも女性総理が誕生すべきと述べていました。五輪は終わりましたが、本人は諦めていません」

佐々木容子、昭和三十八年生まれの五十九歳。衆院愛知×区、西京女子大からミシガン大に留学しＭＢＡ取得。投資銀行のメイソン＆スタンリッジに勤めた後、平成二年（一九九〇年）の衆議院選挙で初当選。佐々木グループ代表。環境大臣、内閣府特命担当大臣女性活躍担当を歴任。

現在は党の夫婦別姓推進議員連盟の会長。当選十一回。

「佐々木容子なんてありえねえよ」

腕組みして沈黙していた木澤が口を出した。

「どうしてですか」家原が訊き返す。

「十七人しかいねえんだ。どうやって残り三人を集める」

「他派閥にも女性議員がいます。その人らの賛同を集めるかもしれないじゃないですか」

「あるわけねえだろ。どの女も日本で最初の女性宰相は自分だと思ってるのに。政治家になる女はみんな欲深えんだ」

「女性が全員、キザさんが考えているようなタイプではありませんよ」

家原は顔を紅潮させた。そこで木澤は裕子を見た。服部編集局長からも「国枝さんはどう思う」と訊かれた。

「えっ、私ですか」

「あなたにも考えがあるだろう。なにせ民自党を批判する前に、我が日西新聞政治部も男性が圧倒的に多い。大手出版社から移籍して来たあなたは時代遅れな会社だと思っているだろうけど」

ここにいる二十人中、女性は家原と裕子以外、もう一人いるだけだ。裕子がいた聡文館は女性ファッション誌のほか文芸部門やマンガ部門があったため男女比はほぼ五分五分だった。だが、こと週刊トップに至っては圧倒的に男性社会だった。

正直、佐々木容子は会ったこともなく、テレビを通じて知っているだけで、どれだけリーダーシップがあるのかも分からない。だがそう言ってしまうと、木澤の思い通りな気がして、自分なりに意見をまとめた。

「私も家原さんの言う通り、佐々木さんが立候補する可能性はあると思います。アメリカ初の女性副大統領のほか、コロナ禍での台湾の女性総統の活躍、フィンランドの女性首相はＮＡＴＯ加盟の意思表示をして脚光を浴びました。日本が世界に取り残されていると心配してる国民もいます」

「だとしても総理は早えよ。まだ幹事長も官房長官もやってねえのに。おまえだっていろいろ取材してたみたいだけど、その中に女性議員は一人もいねえじゃねえか」

「それは海老沢元総理の連載だからじゃないですか」

裕子は反論した。

「同じだよ。政治の歴史の行方を左右させた重要人物がいねえから、取材に行く必要がなかったんだ」

木澤は耳を掻きながら、おちょくったように言った。

「キザさんの言い方だと女性では総理は務まらないように聞こえますが」

家原が疑義を唱える。

「そう聞こえるなら、そういう意味なんじゃねえか。それともおまえさんにはできると思ってるのか。だとしたらおまえは現実が見えてねえ。それかさぼってるかのどっちかだ」

「私だってキザさんに負けないくらい取材しています」

「キザさんやめてくださいよ。家原も熱くなるな。おまえの方で佐々木容子をマークしといてくれ。推薦人さえ確保すれば、支持するグループが出てくるかもしれない」

今度は須田部長が宥《なだ》めた。

「それより阿久津、見崎、三芳の三派連合になった場合に話を戻しましょう。キザさんはどう思いますか」

中西デスクが蓋を嵌めたままのマジックでホワイトボードを叩いた。

「そりゃ見崎、三芳のどっちかが出るのと、そこに荘口派を含めた三派で阿久津を担ぎだすのとではまるで違う数字になるだろうよ」

木澤がようやくまともな発言をした。

「ということは阿久津幹事長が出るということですか」中西デスクが確認する。

「それは阿久津に聞いてみないと分からねえな」

木澤は木で鼻を括ったような物言いではぐらかす。

「前回の総裁選で阿久津が出馬しなかったことで、荘口派に貸しを作った。それでもう勝ち目はないと見崎派も三芳派も勝ち馬に乗った。キザさんはそう言ってましたよね。ということは阿久津幹事長が出て、他の三派は支援に回るんじゃないですか」

須田部長が尋ねた。いや荘口派と見崎派はそうであっても、三芳は前回、木澤に阿久津と荘口と密室談合という騙し討ちに遭い、荘口推しに乗せられたのだ。二度と同じ過ちは犯さない。

「キザさんは阿久津幹事長に訊いてるんでしょ」須田部長が促す。

「聞いてませんよ」

嘘だ、裕子は無言の反論をした。木澤は裕子を煽りたて、阿久津から「出馬しません」という言葉を聞きだしたではないか。

木澤はあの発言を本音と受け取っていないのか。

「阿久津幹事長が出るのと出ないのとでは、見崎と三芳両氏の出方も大きく変わってきますよね。幹事長は、今朝は『今は幹事長の職務に専念したい』と幹事長室に入ってしまいましたけど」

与党キャップの前園が言った。イケメンの風貌で髪を茶色に染めているので政治記者の間では有名な記者だ。

「阿久津が出るからって、三芳や見崎がおいそれと引き下がるわけねえだろ。二人には後がないんだ。そんなこと言ってるからおまえは政局を見るセンスがねえんだよ」

木澤は嘲笑った。

顔を覚えてもらうのは記者にとって大事なことであるが、風変わりな容姿で目立とうとする前園を木澤は気に入らないようで、民自党本部で顔を合わせても口を利かない。

「政局に惑わされたら真実が見えなくなるじゃないですか。政治家の発言を掘り下げて、その内容が事実なのかファクトチェックしていくのが我々の仕事ではないんですか」

「違うだろ。今は誰に陽が当たるのかを読むのが仕事だ。太陽は正しい人間を照らすんだよ。それなのに記者の中には、絶対に陽が当たらない人間を必死に取材してるヤツがいるから困ったもんだけどな」

前園がその典型だと皮肉る。

「それだと総理になる人間はすべてにおいて正しいってことになりますよ。我々は中立に立つべきです」

「正しいと思ってるからみんな投票すんじゃねえのか。おまえの正しいとか正しくないとかいう基準なんて、今はなんの役にも立たねえんだよ」

木澤と前園が言っていることは政治記者の姿勢として正反対だった。だが今求められているのは木澤の考えで正解だ。誰が総裁選に出て選ばれるかを議論しているのであって、正しい政治家が誰かを選ぶ場ではない。

「確認ですが、キザさんは三芳、見崎は出ると思ってるんですね。年齢的にも三芳は七十、見崎は六十九で、今回逃したら総理の目は消えます。でも出たところで見崎派は五十八人、三芳派五十六人ではなかなか苦しいでしょう」と須田部長。

「その場合は組むんじゃないか」

「見崎・三芳連合ってことですか。そうなるとどっちかは総理になれないんですよ」

「その分、幹事長をはじめ重要なポストを多めにもらう。政治なんてものは妥協の産物だ、話し合いでいくらでも転がる」

木澤は、政治は妥協の産物だと言った。確かに突っ走るだけでは負けた時に閣僚や副大臣のポストが派閥所属の議員に回ってこなくなる。戦っていると見せかけて、いかに恨みを残すことなく負けることができるのか。逆にまったく戦わずして引けば子分たちはうちの大将はだらしないと離れていく。人間性、器、戦術、将来を見る眼力。総裁選はリーダーに必要なすべての資質が問われる。

「見崎・三芳連合で『１１４』、その他の弱小四グループや無所属から加えて多少は増やすでしょうけど、地方票はあまり見込めない。過半数には遠く及びませんよね」

中西デスクが木澤に確認するように言う。

「最低でも三人出るとなりゃ、一回目の得票数では誰も過半数に届かねえだろうよ」

木澤は真っ白な横髪を指で後ろに流して、再び耳の中をほじくりながら答えた。

見崎・三芳連合の「１１４」に、地方票も「３７４」の二割、「70」は取るだろう。合わせると「１８４」。総票数「７４８」から見崎・三芳連合の「１８４」を引くと、「５６４」。この残り票で阿久津と佐土のどちらかが過半数の「３７５」を得るのは至難の業だ。

「そうなるとやはりキーマンは阿久津幹事長だな。幹事長が出馬したら、佐土は地方票が伸びずに三位に終わって、決選投票にも残れないかもしれない。だけど肝心の幹事長の意向がわからないことにはどうしようもないな」

須田政治部長がわざとらしくため息をついた。木澤の反応を試しているのだろう。裕子も見る。木澤は素知らぬ顔だ。

「国枝は幹事長とは何回会ったんだ」

再び服部局長に訊かれる。

「二回だけです」

「他紙の記者とは一緒ではなく、単独で会ったんだよな」

「木澤さんと一緒でしたけど」

「当たり前だよ、誰もキザさん抜きで、きみが幹事長に会えるとは思ってないよ」

前園が割り込んできた。

「それはおまえがだらしねえからだろ。与党キャップが幹事長とサシで話せねえんだから」

木澤が指摘すると、前園はむくれたように横を向いた。

とにもかくにも日西新聞の政治部は木澤抜きではどうしようもないのだ。これも長年木澤頼みにしてきた弊害だと言える。

「二回でも、あの気難しい阿久津幹事長と直接会っているのは大きいな」

服部は「気難しい」と言った。それが裕子には腹黒いと言っているように聞こえた。裕子の前では親切に話してくれた。少なくとも週刊誌が書いているような戦略的で非情な印象は抱かなかった。トマホークチョップの振りをしてくれたり、それがメジャーリーグのアトランタ・ブレーブスの応援であることまで話した。しかしどこまでが本音で話しているのか、それは読み取れない。

理解できなかったのは木澤と阿久津の関係もそうだ。

木澤にとっての阿久津は、かつての海老沢一徳のように、厚い信頼関係で結ばれている盟友である。

だが三十年近い昔のこととはいえ、阿久津が木澤のもっとも嫌う「裏切り」に出たことが引っかかる。平気で政権批判をする佐土を許さない木澤が、阿久津には二つの条件を突き付けて、派閥への復帰を海老沢に認めさせた。一つは「二度と党を裏切らないこと」だと分かっているが、もう一つは不明のままだ。

他方、阿久津はどう思っているのか。今や民自党最大の実力者なのだ。いつまで永田町が一記者に握られていることを許しているのか。

「でしたらキザさんが忙しい時は、国枝に直接、幹事長を取材させてもいいですかね」

「ん？」

服部局長の言葉にそれまで興味なさそうにしていた木澤が反応した。

「今回の総裁選の勝敗の帰趨《きすう》を決めるのは誰が見ても阿久津幹事長です。それは幹事長が出馬しなくてもです」

「三芳さんにしても見崎さんにしても阿久津派の支持を取り付けたら、総理になったも同然だと喜ぶでしょうし」

　中西デスクが服部に続く。

「そんな簡単なもんじゃねえよ。また談合だと言われて、ちゃっかりした連中が佐土に流れる」

「キザさん、そんなことを言ってたらいつまで経っても取材方針が固まらないじゃないですか」

　服部が嘆く。木澤はそこで笑みを浮かべた。

「別に俺の許可なんかなしに、国枝を単独で使っても構わないですよ。国枝でなく、他の誰が取材しても。政治記者なんだから自由に取材すればいい。総裁選と選挙は新聞社のメンツをかけた戦いです。組織が一丸となってやらなきゃ、どこかで大事なネタを落とします」

　服部に対しての木澤の口調はことのほか丁寧だった。忍者ハットリくん――木澤のそばにくっついて、政治記者の基礎を学んだ服部は、こういうところで木澤を好き勝手にさせない距離感を保つことができる唯一の存在である。ただし裕子が取材したところで阿久津は本音をなにも話さない、木澤はそう高を括っているようにも聞こえた。

「では国枝さん頼むよ。連載取材は当面中断して」

　服部の顔が裕子の方に向いた。

「はい」

「いいよな、須田」

「当然ですよ、連載どころじゃないですから」

須田部長が了承し、他のデスクたちも頷いた。

「まだ発表になっていないが、おそらく告示はお盆明けの八月十六日、通常なら投票日は、十日以上は空けた三十日あたりが有力だが、総理の体調不良を考慮して選挙期間を一週間短縮し、八月二十三日になると思う。それでいいよな、前園」

「はい、僕はそう聞いています」

須田の問いに与党キャップが答えた。

「夏休みが飛ぶ者もいるだろうけど、その辺はデスクに従ってうまくやってくれ」

「うちの方は大丈夫です。広瀬くんが官邸番記者に早く夏休みを消化させたので、全員動けます」

家原が言うと、引き取るように服部が続けた。

「間違いなく抜き抜かれのスクープ合戦になる。うちはキザさんと国枝のおかげで、荘口総理辞任を毎朝や東都に抜かれることなく同着にし、前回のミスも帳消しにした」

帳消しどころか広瀬の記事は正解、大スクープだったのだ。だが一度決めた人事は戻せないと、誰も広瀬を現場に戻すべきだとは言わない。彼の休暇は今も続いている。戻ってきても官邸キャップに復帰することはないだろう。

「こういう戦いは他紙にガツンとやられると士気が落ちて、次の内閣まで負け犬根性を引きずることになる。しっかり情報を集めて、それをデスクに伝えること。そして裏はしっかり取ってどんどん書いていこう」

「はい」

編集局長の発破に多くの記者の声が揃った。

2

その日のうちから各派閥が動き出した。真っ先にマスコミをシャットアウトして会合を開いたのが三芳派だった。三十分で切り上げて派閥事務所から所属議員たちがぞろぞろと出てくる。みんなまるで戦いに出ていくような高揚した顔をしている。記者に囲まれた三芳源太も滅多に見せないような晴れ晴れとした顔をしていた。

〈総理が健康不安でおやめになる時に、自分たちが総理の代役を務めようという強い気持ちで一致できるのがうちの派閥の素晴らしいところです。仲間からも強い激励の声をもらったし、自分の中で腹は決まっています〉とテレビカメラの前で出馬を仄めかした。

〈他派閥からの支持を取り付けたのでしょうか。他派閥の動きによってまた直前で辞退する可能性はありませんか〉

テレビの女性記者から嫌らしい質問が飛ぶと、それまで穏やかだった三芳の顔が急変した。

〈他派閥ってそんなこと今は関係ないでしょう。派閥の仲間が一致団結していこうと心を合わせたんです。よそがどうかなんて考えてませんよ〉

目を真っ赤にして言い返し、〈そういう誘導尋問はしないでくれ〉と不満をぶつけた。この程度でいちいちちゃもんをつけるところを、木澤は器が小さいと蔑んだのだろう。

頭脳明晰、政策通、とくに金融政策に関しては日銀と対等に渡り合えるほど長けている。だが財政に強くても、所詮は法学部卒で、頭が固い。これが、木澤が言っていた理数系とは違うという意味か。そう言えば佐士も、木澤と同じ理数系であることをやや誇らしげに話していた。

見崎派も会合を開き〈前回出なかったことで支持者からお叱りを受けた。今回は仲間や地元・愛媛県の声なども聞き、早期に決断したい〉と出馬を匂わせた。

〈お父さんの見崎文男元運輸大臣が総理になれなかっただけに、自分はという思いはあるのでしょうか〉

そう訊いたのは普段から見崎と親しくしている中央新聞の記者だった。見崎の父親は昭和五〇年代前半に総裁候補に名前が挙がったことがある。

〈父にもやりたかったという思いはあったでしょう。でも父と自分のことは別です。国民のために汗をかきたいと思っています〉

親しい記者に父親のことを出させて、私情は挟んでいないと述べておく。事前に用意されたシナリオ通りで、世論を味方にしたいという薄っぺらな計算を感じた。見崎にはこのままでは勝てないという焦りがあるのだろう。

裕子が見崎に焦りがあると感じたのは、わずか三十分で終了した三芳派の会合とは異なり、見崎派は一時間半もかかったことも関係している。

時間が長引いた理由について、見崎は口を噤んだが、夕方のＮＨＫの報道番組で与党担当キャップが〈見崎派で一部慎重論が出ています。今回も確実に勝ち馬に乗って、閣僚や主要ポストを取る方が得策だと考えている議員がいるようです〉と反対派議員が出始めていることを示唆した。

――今後、見崎派から離脱する人間が出るってことですか。見崎派は草刈り場になると?

見崎邸からの帰り道に裕子がそう質問した時、木澤は口笛を吹いただけで答えなかった。今思えばそれくらい自分で察しろという意味だったのだ。見崎は木澤が言うほど目立ちたがり屋ではないが、政治の怖さを知らないという意味では該当する。退院した荘口が公務に復帰したのを真に受けて、予定していた富士登山を決行していたのだ。そして阿久津からの連絡で慌てて下山したのだから。

佐土派も会合を開き〈政治家の決意はそうコロコロ変わりませんよ〉と改めて出馬表明した。これで「阿佐見三荘」のうち「佐土・見崎・三芳」の三人の出馬が決定的となった。

荘口派にも将来の総理候補はいるが、今回は総理の健康不安で急な総裁選実施となったことから、派閥内からの立候補は見送る結論に至った。誰を推すかは引き続き会合を開いて話し合っていくそうだ。

最大派閥で出馬すれば本命視される阿久津は慎重だった。

派閥会合すら開かない。幹事長室に若手議員が複数でやってきて〈今回は出馬しましょうと説得するつもりです〉〈最大派閥としての責任を果たすべきです〉と意気込んで幹事長室に入ったが、肩を落として幹事長室から出ていく姿がテレビで映しだされた。阿久津から、まずは国民のことを考えなさい、と叱責されたようだ。

〈総理が健康不安でおやめになる一朝有事です。私はまず、党内の結束を図るという幹事長とし

ての役目を務めてまいります〉

帰り際、報道陣に言葉少なにそう答えただけで阿久津は党本部を後にした。表情はいつになく険しい。裕子が会った過去二度の人間とは別人のようだった。

この日の裕子は、夜はデスクの指示で阿久津派の事務総長である鍋島久議員の自宅に向かった。家の前には鍋島の古巣である毎朝新聞の記者が来ていた。

木澤が来ているかと思って周囲を確認したが、記者が集まる場所に姿を現す人ではない。鍋島くらいなら電話一本で済ませられる。

鍋島が帰ってきたが、車を追いかけるようにＮＨＫや東洋新聞、日報、東報といった通信社など、おびただしい数の記者やテレビクルーが集まった。

「ちょっと押さないでくれよ。話すから、ちゃんと話すから」

車を出た鍋島は報道陣と揉み合いになりながら、なんとか門まで辿り着く。

「幹事長の出馬が注目されていますが、阿久津派としての考えはいかがですか」

民放の女性アナウンサーが質問するが、鍋島は眉をひそめる。

「幹事長がぶら下がりで話した通りですよ。今は誰になっても党が一つにまとまって戦っていける党内融和に努める。ご自身のことはこれから派閥の仲間や後援者の意向を汲み取って、幹事長自らが決断されると思います」

「党内融和と言いますが、総裁選をやることは決定したわけですし、戦いを前にして融和に専念するとなると、選挙前に密室で次期総裁を決めるのだろうと、国民からまた不信感を抱かれるのではないですか」

女子アナが食い下がる。

「別に誰かに決めようとしているわけではありませんよ。総理が病気でおやめになるという不測の事態ですし、まずは一旦落ち着こうと言っているだけです」

「落ち着くって阿久津派がですか、それとも阿久津幹事長がですか」

鍋島が流し目を向けた。裕子の隣に出身の毎朝新聞の記者がいたため、助けを求めたのかと思ったが、彼もまた「派閥の若手からは阿久津総理待望論が出ていますが」と質問をぶつけた。

鍋島が視線を送ったのは裕子に対してだった。鍋島も阿久津の真意が分かっていない？　だから木澤がどう思っているのか知りたいのだ。

裕子は他の記者に気づかれないように首を左右に振った。鍋島は不自然にならないように視線を他の記者へと移した。


仕事が終わると、裕子はこの日も広瀬の後楽園のマンションを訪れた。

「阿久津幹事長を見ていると、木澤と同類の人間に見えるな。幹事長ほど紳士面ではないけど、木澤だって顔だけ見たら、大学教授か、芸術家のような面構えだ。だけど腹の中は真っ黒で、薄汚さすら感じるよ」

テレビを見る広瀬が嫌悪感を示した。

「そうだね。あんな男に永田町が牛耳られていると思うと恥ずかしくなるよ」

裕子はそう言って、広瀬の家に来る途中で買ってきた缶チューハイを飲み、不快さもまとめて胃に流し込む。化粧は落として、コンタクトではなく、眼鏡をかけている。

「こういう黒幕は日本の政界にはずっと昔からいて、政商や財界人、右翼や総会屋だったことだってあるけどな」

「右翼や総会屋より質が悪いんじゃないの。木澤は自分は理系だけど、ヤクザは文系だと馬鹿にしてたらしいよ」

「なんじゃ、そりゃ」

「浩介も理工じゃない。意味わからない？」

広瀬は理系なのに「ジャーナリズム研究会」というサークルに入ってきた。あとで聞いたところ、入学式で可愛い女子を見つけ、その子が入ったからという邪《よこしま》な思いでの入会だったが、在学中に数学教師だった彼の夢は、ジャーナリストへと変わった。

「ジャーナリズム研究会」にはもう一人、裕子が大学に入って親友になった女子がいた。その女子が広瀬と付き合ったことで、大学四年間、他のサークルにいた裕子の彼氏と四人で旅行に行ったし、ジャーナリズム研究会ではいつも三人で過ごした。

「裕子は木澤が昼間に出かけている場所が怪しいと思ってるんだよな」

「最初は休んでいると聞いて納得したけど、佐土さんに言われて、とてもあの男が休んでいるとは思えなくなったんだよね」

「せっかく俺と裕子で交互に尾行することもできたのに、俺が大チョンボしたせいで、裕子だけにリスクを負わせることになった」

「浩介は官邸キャップの役目を任されてんだからしょうがないよ。総理がやめると聞いて、デスクに報告しない方がキャップとしてどうかと思うよ」

そう言って庇ったが、翌朝《荘口総理　明日官邸で辞任表明》という見出しを見た時は、広瀬はなにを血迷ったのかと呆気に取られた。

ただし今は報告せざるをえなかった広瀬の胸中を理解しているつもりだ。転職組の裕子とは違い、広瀬は新卒で日西新聞に入り、宇都宮支局、横浜総局、整理部、社会部の東京地検担当を経て、やっと希望していた政治部に配属になったのだ。

政治部で裕子のように即、自由に動き回ることを許されたわけではなく、総理番、官房長官番を経て、官邸キャップになった。その道のりは日西新聞記者のエリート路線であり、今後はワシントン総局、デスク、部長、編集局長といったレールが敷かれていた。

それゆえ総理が辞任するのをみすみす見逃して、特オチするような失態は犯したくなかったのだ。

昨日、日付が変わった深夜四時に裕子がこのマンションを訪れた時、広瀬は「あの晩は汗が止まらないほど悩んで、最後は頭が真っ白になった。気づいた時はデスクに電話をかけてたんだ」と悔悟を噛み締めて振り返った。

「大学生の時、私が最初に木澤という記者の悪事を暴いてやると言ったのに、私は日西新聞に入らなかった。あの時、浩介からどうして裕子は逃げるんだと責められたセリフは、今も私の心の中から消えることはないよ」

二人で同じ目的を持って、木澤のいる日西新聞を受験した。順当に筆記試験の一次、面接の二次と二人で通過したが、最終面接を前に裕子は「私はやはり週刊誌に行く」と、役員面接を辞退した。

「あれは裕子の判断で正解だったんだよ。日西新聞に入ったものの、俺は支局や社会部で、木澤のいる政治部に配属になるまで六年もかかった。しかも社内では木澤はアンタッチャブルな存在で、名前を出すだけでもデスクに嫌な顔をされた」

「私もそう思って自由に取材できる週刊誌を選んだけど、それも失敗だったと思ったよ。所詮は相手の懐に入らないことにはなにもできないのを今回の取材で思い知ったし」

「失敗ではないよ。裕子は文才があるという理由で海老沢一徳の連載を任されたんだ。週刊トップで毎週、長い記事を書かされた経験は活きたってことだ」

「そこは服部局長のおかげだけどね。服部さんが局長になってくれていたことは幸運だった」

裕子が日西新聞の新卒採用試験を受けた時、二次試験の面接官が当時は政治部長だった服部だった。通過の連絡をしてきた人事部社員に、裕子は内定をもらっていた聡文館に行きますと最終面接の辞退を申し入れた。数時間後に服部から電話がかかってきた。

――あなたは政治記者の仕事は、番記者として政治家と仲良し集団になることではなく、政治家が間違った仕事をしていないかを見張り、正しい方向に導くことだと熱く語っていたじゃないか。どうして急に出版社に行くなんて言うんだ。出版社では取材対象との距離が遠くなるぞ。

そう翻意を求められたのだった。

それから十年近くの時を経て日西新聞の中途試験で服部と再会した。最終面接を辞退したことがマイナスに働くかと思っていたが、それは杞憂だった。

――あなたは、あの時話したことを忘れていなかったんだな。

裕子も服部が覚えていてくれたことが嬉しかった。

「裕子は当面、総裁選に追われるんだろ。木澤の悪行の裏取りはしばらくできないな」

広瀬は二人が記者を目指したきっかけを口にした。二人とも当初からマスコミ志望だったが、新聞社を目指した理由は木澤のことが大きい。

「総裁選が中心になるけど、並行して確認作業は続けるよ」

誰が総裁選に出て、どう数の力が働いて新しい総理総裁が決まるのか、そのことは新聞記者の誰もが注目しているように裕子も強い関心を抱いている。阿久津は出るのか、木澤は今回どんな策略を練っているのか、すべてが気になっている。だが日西新聞に入った目的は一時たりとも忘れていない。

「裕子、俺もうまく使ってくれよ。さすがに永田町界隈をうろうろするわけにはいかないけど、調べものくらいはやるから」

「そう言ってもらえるのはありがたい」

「本当なら謹慎になっていても不思議じゃないけど、服部局長の温情で有給休暇で済んだんだ。どこに出かけようが問題はないわけだし」

「本当なら社内を肩で風を切って歩いてもおかしくないほど、浩介は大スクープを取ったんだけどね」

壁の時計が十二時半になった。裕子は明朝、五時から阿久津邸に張り込むように与党キャップの前園から命じられた。阿久津邸には各社も詰めていて、阿久津はノーコメントで車に乗り込むだろうが。

「明日も早いし、ソファベッドを借りるね」

「自由に使ってくれ。俺は寝室に戻る。あっ、シャワーも使ってくれよ」

「大丈夫、ここに来るまでにジムに寄ってきたから」

親友とはいえ、異性の部屋の浴室を借りる気にはなれず、ここに来るまでに会員になっている大手スポーツクラブでシャワーを浴びてきた。

「じゃあ、おやすみ」

広瀬は隣の部屋に移動する。

裕子は、今朝買ってきたTシャツとスウェットパンツに着替え、洗面所に行って歯を磨いた。

戻って部屋の灯りを消す。

背もたれを倒したソファに横になると、裕子は手を合わせて黙禱した。

3

毎週水曜日の午前中に行われる日西新聞の幹部会には社長や重役以下、編集、営業、販売などの各局長が参加する。一時はオンラインで参加していた大阪本社の局長も、今は対面で出席している。

この日、服部信之は幹部の誰よりも長く喋った。

総裁選の火ぶたが切られ、今後はより多くの紙面を政治部が取らなくてはいけない。時には全五段の広告が飛ぶことも想定して、その場合は臨機応変にクライアントに対応してほしいと営業局長や広告部長に伝えた。

宅配に頼っている全国紙が、スクープによって売り上げが上下することはないが、今はネットにも掲載される。アクセス数次第ではアフィリエイト広告が大きな利益をもたらすので、収益が上がる。島田社長も「新聞社だけでなく、最近は週刊誌もデジタル化に力を入れているため、彼らにユーザーを奪われないよう、編集局とデジタル局とでよく協力してやってください」と言った。

会議は終了して、席を立とうとすると、「服部局長」と菅波専務に引き留められる。

他の者が退出してから、服部は菅波の隣の席に座った。

「その後の計画はどうだ。本当にあの男を追い出すことができるんだな」

菅波が気炎を吐いた。社長の島田は今日も口を固く結び、余計なことは言わないようにしているようだった。

つねに部下に高圧的な態度を取る菅波が、「あの男」などと曖昧な言い方をすることが服部は気に入らなかった。

「あの男とは?」

聞き返すと、菅波は気色ばんだ。

「あの男と言えばあの男だよ」

「これは失礼しました。木澤行成上席編集委員ですね。我々が計画した通りに粛々と進んでいます」

菅波は疎《うと》ましそうに「たった一人の男に全国紙が自由にあやつられているなんて、恥でしかないですからね。ねぇ、社長」と島田に顔を向ける。

「そうですね」

島田は服部の顔を見ることなく言葉を濁した。

販売局出身の島田はほとんど関与していないが、記者出身で、政治部長、編集局長と今の服部と同じ路線を歩んできた菅波には大きな責任がある。木澤行成というモンスターを作ったのは彼の前の職場である亜細亜通信である。だが木澤を招聘し、社の政治部の伝統を無視して好き勝手に動き回ることを許可したのは紛れもなくこの日西新聞だ。

少なくとも部長だった菅波が、木澤をデスクに昇格させていたら、木澤も紙面作りに追われてこれほどまで自由に動けなかっただろう。せっかく木澤の人脈や取材テクニックを若手が引き継ぐ機会があったにもかかわらず、「デスクはやりたくない」と人事を拒否した木澤を、菅波は説得さえしなかった。それは木澤を現場に置いておいた方がスクープは取れるという、菅波の私利私欲において他ならない。

木澤が日西新聞に移籍してからの二十年余りで、木澤発のネタで誤報だったのは、広瀬が書いた荘口総理の辞任の一本くらいだ。それも結果的には誤報ではなかった。

しかし服部は、木澤の報道記者としての姿勢にはつねに疑いの眼差しを向けてきた。

木澤の源は、通信社で培ったストレートニュースである。簡潔であり言葉に力があるから、読者に伝わりやすい。

ただしストレートニュースでありながら、木澤が書く記事は、なにかしらのバイアスがかかっている。木澤は週刊誌に観測気球を書かせたり、発行部数が多くはない日西新聞では影響力が小さいと、毎朝新聞や東都新聞、日報通信、さらにはテレビにも情報を流したりしてきた。木澤が思い描く世論を形成するために。

一年前、服部は意を決して島田と菅波に直訴した。

――たった一人の男に動かされているのが今の日本の政治の現状です。そしてその責任の一端を我々、日西新聞が負っています。ゆくゆくは木澤氏の力は衰え、それが日本メディアの黒歴史として週刊誌などに暴かれるでしょう。そうなったら我が社は世間から厳しい非難を浴び、報道機関としての役目を終えてしまいます。

服部が言い出したことに二人は口を半開きにして聞いていた。

――これはうちだけの問題ではありません。政治記者はこんなフィクサーばかりなのかと思われたら、新聞業界全体に影響を与えるでしょう。ただでさえ読者から信頼を失っていると言われる今の新聞が、これから先、ただの屑紙として社会から必要とされなくなるでしょう。

――なにもうちの紙面で木澤氏の暗躍を書くことはない。週刊誌にリークしたらいいんだ。

菅波の言葉に服部はすぐさま言い返した。

――それでは木澤氏がしてきたことと同じです。我々は報道機関なのです。読者が知るべきニュースを真っ先に報じるのは報道機関としての当然の使命です。他に載ったとしてもうちの新聞がスルーすることは断じてありません。

その時の菅波は怒りで顔を紅潮させていた。

それから一年、何度か呼び出されて経過報告を求められているが、服部は具体的なことは話していない。

広瀬と国枝が嚙んでいることすら、彼らには内緒にしている。

4

【実録　政治記者・木澤行成（その7）】

酔った勢いとはいえ、みっともない姿を見せてしまった松井貴美子は、それ以降、木澤から意識的に距離を取った。

松井貴美子は木澤を嫌悪したわけではなかった。自分が調子に乗って泥酔し、木澤に甘えたせいで誤解を与えたのだ。その気にさせた木澤に愛の告白をさせてしまったことは大いに反省した。木澤も抑えてきた思いを口にしたから連絡しづらいのだろうと思った。

冷静になった松井貴美子は、やはり木澤と仕事仲間以上の関係になる気にはなれなかった。木澤が言ったように、仕事をする上での同志という関係がしっくり来る。今はお互いに遠慮しているが、いずれ時が解決し、前のように普通に話せる関係に戻れると、彼女は軽く考えていた。

それから一年後、二十一世紀に突入した時には、松井貴美子は海老沢事務所を辞め、フリーのジャーナリストになった。

しかし一介の議員秘書だった人間がジャーナリストを名乗ったところで、なかなか仕事にありつけない。

海老沢から借りていた一戸建てを出て高円寺にマンションを借り、総合週刊誌などで対談の司会や執筆をし、あとは興味があったパソコンを勉強して、ＩＴ系ライターとして生計を立てた。それでもいつの日かフェミニズムをテーマにした本を執筆したいという思いは忘れていなかった。

一方の木澤は、秘書仲間や知り合いの記者から、相変わらず政治家たちに頼りにされていると聞いていた。

平成十三年（二〇〇一年）、下馬評を覆して、雫石圭介が三度目の出馬で総理大臣の座を手にする。

雫石が国民に訴えたのは彼の持論である郵政の民営化であったが、ほかに米国的な新自由主義経済、そして海老沢政治の終焉をあげた。

雫石のことを木澤はポピュリズム政治の象徴と批判していた。にもかかわらず木澤は雫石政権誕生を後押しした。

貴美子が思うに、木澤は雫石を好きではなかった。だが他の候補者に総理を任せたら、民自党は再び政権を奪われる。諸外国の二大政党制のように保守とリベラルが交互に政権を取り合うような国にはしたくなかったのだろう。

それでも日西新聞の名物となった木澤の論説では、徹底的に雫石批判を行った。

《雫石総理は口癖のように抵抗勢力というが、総裁選で負けていた頃ならまだしも、今は総理大臣として絶対的な権力を持っている。その総理が悪役を作って世間の目をそこに向けるのはあまりに卑怯ではないか。今や雫石総理は大量に当選させたチルドレンを次々に身内に取り込み、大きな勢力を作っている。総理がやっているのは抵抗勢力の排除ではなく、弱者の排除だ。反対する少数派の意見を聞かないという行為は民主主義に反するのではないか》

他にも雫石総理の靖国参拝も批判し、中立的な追悼施設を作ってA級戦犯と分祀すべきなどとも書いた。

木澤にはまだ子供の時に憧憬を抱いた父親の姿や、学生運動に身を投じた反権力の気持ちが残っていて、心の中ではきちんとバランスを保っている。日西新聞の記事を読むたびに、貴美子は木澤と仕事をしたことを誇りに思った。

ただ、あとから振り返ってみれば、その論説が木澤の本音かどうかは分からない。要は雫石の政策や行動に石を投じることで、政権寄りと言われた日西新聞じたいが抵抗勢力の役目を担ったのだ。

雫石政権は五年に及ぶ長期政権となった。

その間、相次ぐ造反議員が登場しては選挙で雫石から公認を得られないなど、民自党内は暴風雨の中にいるような状態だったが、大局的に見るならば、民自党降ろしという風が吹くことはなかった。

5

服部が木澤と知り合ったのは三十五歳になる年だったから、今の国枝裕子と同じくらい年齢だ。木澤は四十四歳だった。すぐに口を利けるようになったが、取材に連れ立ってもらうまでには半年ほどかかった。

その間、木澤はたまに現れる官邸クラブで、服部が仕事を真面目にやる記者なのかずっと観察していたのだろう。振り返ってみれば何度か自分を見ている木澤と目が合った。

他の記者とは違い、服部は怒られようが、嫌味を言われようが、気にせずに木澤と接した。そのことを知った上司は、服部を海老沢派番にした。

海老沢派番イコール木澤が教育係だ。最初のうちは付きまとわれることを木澤はうざがった。

――おまえ、俺について来んなと言ったろ。

何度もそう言って嫌な顔をした。

――キザさんだって政治家にもう来るなと言われたことがあるでしょ。そういう時、はいはいと引き下がったんですか？

服部は屁理屈を捏《こ》ねて食い下がった。諦めたのか、呆れたのか、後ろをついて回っても文句を言われなくなった。海老沢派の重鎮、他にも他派閥の政治家をずいぶん紹介されたし、食事に同席させてもらった。他社の同年代の記者からは羨ましがられた。

服部がそこまで木澤から政治記者の基本姿勢を学ぼうとしたのには理由がある。木澤がたまに発する「政治記者がいなけりゃ日本の政治は動かねえよ」「政治が壊れるということは社会が壊れることになんだよ」といった言葉の一つ一つが、胸に刺さったからだ。

ただし木澤の行動には謎があった。それは昼間、必ず一人になることだ。

――どこに行くんですか。私も連れてってくださいよ。

――麻雀だよ。

――麻雀なら私もできますからお願いします。

――違った、今日は競輪だったわ。

嘘だと思った服部は「私も競輪をやってみたかったので連れてってください」と頼んだ。本当に立川競輪場に連れていかれた。

――政治と競輪というのはよく似てんだよ。血縁、同じ練習場、同門、同県、同地区、競輪学校の卒業年度同士でラインを組んで戦うというチーム戦だ。政治と同じムラの戦いなんだよ。

競輪に無知のまま新聞の印通りに賭け、服部は二万円失った。痛い出費だったが、レースを見ているうちに木澤の言ったことが目の前のレースと結びついた。競輪選手が誰とどう縦列を組めば勝つチャンスが増えるかをシミュレーションしてレースに備えるように、政治家も勝つための並びを考える。

政治家が組むのはまずは派閥だが、同期、同郷、同じ地方であることが理由になることもある。普段は敵対している人間同士がそれまでの因縁を水に流して共闘することは基本的にはないが、もし組むことがあれば、それは協力し合わなければ倒せない共通の敵が生まれた時だ。

木澤はその日の競輪で十万勝ち、夜は六本木の中国飯店で上海蟹をご馳走してくれてから、夜回りに行った。

服部はついて回るだけでなく、気になることはすべて質問した。

――キザさんどうして昨日取材したネタを書かなかったんですか。キザさんがやってるのはブローカーみたいなもので記者の仕事ではないのではないですか。

どやされるのも承知で失礼な質問をしたが、木澤は笑っていた。

――おまえ、わざと怒らせようとしてんだろ。俺もまだぺーぺーの頃、その手を使ったよ。相手の印象に残るには褒められるより、怒られる方がいい。だけど怒られて二度と近づけない臆病者は先が知れてるけどな。

――私はもう少し踏み込んで書いてもいいのではないかと言ってるだけです。

——書くって政権批判をか？　政治家が法を犯したら書くさ。だけど国会で追及されていることのほとんどは、政治家としての倫理の問題だ。そういうのを新聞記者がやったら野党の仕事がなくなっちまうじゃねえか。

——野党とは違った形で追及するのが新聞記者の仕事なのではないですか。議員は税金から給料をもらってるんですから、スキャンダルを追及することだって……。

——バカタレ。そういうのはリベラルという名の政治テロリストがやることだ。

言いたいことの半分も言えずに打ち切られた。

服部は木澤とは違って、記者である以上、不偏不党を貫いているつもりでいた。しかしその後平成二十一年（二〇〇九年）に誕生した民友党政権による三年間、政治がまともに機能しなかったことを顧みれば、単なるポピュリズムでの政権交代など、あってはならなかったとその時は強く感じた。

民友党がだらしなかったこともあり、疑念を抱きながらも、保守本流の民自党政権こそが是であるという方針を曲げない木澤を、記者として認めてきたつもりだ。

その思いは、一年前に中途で入社した国枝裕子と官邸キャップの広瀬浩介から大事な話があると呼び出しを受け、覆された。

渡されたルポルタージュのような長文の資料に驚愕した。これは犯罪ではないか——。

服部はあの時ほどそれまでの自分の記者キャリアを恥じ、怒りで体が震えたことはなかった。

荘口総理の辞意表明から三日が過ぎたが、編集局の各所でつけられているテレビは、総裁選一色になっていた。

どの番組でも佐土、見崎、三芳の出馬は確定的になったと報じ、問題は阿久津幹事長であって、阿久津が出馬するかしないかによって情勢は大きく変わると、昨日から同じことをひたすら繰り返している。

〈阿久津幹事長は前回の総裁選で、出馬辞退を説得したのに佐土元文科大臣が出たことを怒ってるんですよ。その結果、党内で亀裂が生じて、荘口内閣の国会運営がうまくいかなかったことを不満に思っています〉

昼の番組で政治評論家が知ったかぶりで語る。この評論家は昔からなにかあるごとに木澤に電話して情報をもらっていた。今、コメントしたこともそうだろう。

〈なるほど。となると阿久津幹事長が出馬しなかった時は、幹事長が見崎外務大臣か三芳財務大臣のどちらかを説得して降ろし、対佐土包囲網を敷くということは考えられませんか〉

〈充分ありえるでしょうね〉

〈ですが幹事長の意向といっても、三芳氏、見崎氏とも年上で、派閥の領袖です。降りないこともありますね。その場合、おのずと佐土氏有利になるってことですか〉

〈一回目の投票はそうなりますが、佐土氏が一回目の投票で過半数を得る可能性は限りなく低いですから、決選投票になります。そうなるとまた結果は変わってきます〉

〈お伺いしていると、阿久津幹事長が出れば見崎、三芳両氏も勝ち目はないと引き、一発で決まるのにどうして幹事長は出馬しないんですかね〉

〈私も出馬しないと見せかけておいて、告示日に急遽出るんじゃないかという考えも捨て切れて

いません。ですが出馬しようがしまいが、佐土氏の敵が阿久津幹事長であることにはなんら変わりはありません〉

〈なるほど。とどのつまり、どういう角度から見ても阿久津対佐土の構図は変わりないということですね〉

テレビはどうしても対立構造を作りたいようだ。そういう形の方が視聴者も分かりやすい。

そこで電話をしていた中西デスクが声を張り上げた。

「佐々木容子が二十人の推薦人を集めたって？　夕刊に突っ込むからすぐに原稿入れてくれ。とりあえず四十行くれ」

「中西、今の電話、家原か」

「そうです。もしかしたら家原が他派閥の議員に声をかけて、佐々木容子を支持する三名を集めたのかもしれませんが」

「こういう時に頼りにされるのが記者だ。政治記者がいなければ政治は動かないからな」

そう言うと、近くにいた国枝が目を見開いて服部を見た。彼女も同じセリフを木澤から聞かされたようだ。

「佐々木容子が入ったら総裁選も盛り上がる。初の女性総理誕生は、誰かが立候補しないことには始まらないわけだし」

「そうですね、見出しを大きくして、夕刊のトップでいきます」

過去に女性候補もいたが、その時は完敗だった。佐々木もグループが小さいだけに議員票では勝ち目は薄いが、地方票は佐土票あたりを相当食うかもしれない。なにより推薦人が集まらないと決めつけた木澤の読みを家原は覆したことになる。

そうした社内の昂《たかぶ》りも、ほんの数十分で空気が抜けた風船のように萎んだ。

家原から電話があり、佐々木グループのうち二名が、阿久津幹事長か、出馬しないなら幹事長が推す候補を推したいと推薦人辞退を佐々木本人に伝えたそうだ。

「原稿突っ込む前でよかったよ。そう落ち込むなって、家原。おまえはやることはやったんだから」

デスクが家原を慰めている。造反した一人は男性だが、もう一人は女性議員らしい。その女性議員は女性初の総理が佐々木であることを望んでいなかった。木澤の言う通りになったことに、家原はショックを受けているのだろう。服部には、木澤がその二人の議員を説得して翻意させている姿まで想像できた。

窓際の机では、国枝がスマホを弄っていた。さっきまで阿久津の朝駆け取材の原稿を書いていたが、送信し終えたようだ。

「国枝さん、幹事長は相変わらずたいした話はしなかったみたいだな」

「他社の記者もなんとか喋らせようと工夫を凝らした質問をしていますが、まったく乗りません」

「こういう大事な局面に立たされても阿久津諭は変わらないな。それよりキザさんはどうだ。変わらず行方不明か」

「はい、この昼間の時間帯で私が見かけたことはほぼありませんので」

服部が現場にいた頃から二十年経っても、木澤の行動は謎のままだ。

「阿久津幹事長の表情はどうだったよ。やっぱりまだ決めてないか」

栗原デスクが国枝に尋ねた。

「今朝はこれまでより穏やかでしたが、幹事長はとても表情で読み取れるような単純な人ではありませんので」

「その判断でいい。顔で分かったら、現場に行く必要なんてない。こたつ記者で充分だ」

――記者には「奥座敷組」と「玄関組」がいる。奥座敷まで入って記者は初めて本音が聞けるんだ。

そのことを服部は、木澤から耳にたこができるほど言われた。

悲しいかな、今の日西新聞には木澤をおいて奥座敷まで入り込める記者はいない。服部は家に入ってそれなりに人脈を作ったつもりだったが、官邸キャップの後に外信部に異動になり、ソウル支局、ワシントン総局と特派員生活が続いた。服部を家の奥まで入れてくれた昵懇の政治家の大半は、政界を引退、あるいは亡くなった。

国枝の席を離れてからも大きな動きはなく、テレビは同じニュースを繰り返していた。それが夕方に動いた。都内のホテルで見崎外務大臣と佐土元文科相が会談したのだ。

「どういうことなんだよ、前園。そんなことひと言も言ってなかったじゃないか」

栗原デスクが声を張り上げ与党キャップに電話を入れる。前園も寝耳に水だったようだ。

「見崎派担当はなにをやってるんだよ」

電話を切ったデスクの栗原が不満を言う。

「栗原、苛立ってもしょうがない。会談が終わるのを待とう」

局長席から服部が取り鎮めた。

見崎外相が総裁選出馬を表明している佐土啓太郎と会談したという情報を聞いた須田部長が慌てて編集局に戻ってきた。

「局長、見崎・佐土会談って、どういう意図だと思います」

服部は須田部長から質される。

「見崎としては二方面作戦を避けたかったんじゃないかな。阿久津が出ない場合に三芳と自分とで決選投票になったら、佐土の支持が欲しい」

服部はそう答えたが、自分で言いながらもその分析は違うような気がした。

「決選投票に残る一人は、間違いなく地方票に強い佐土です。残りは一枠。佐土と組むことは降りるって意味ですよ」

思ったことを先に栗原から指摘された。

「栗原の言う通りだな。さっきの私の説明は取り消すよ」

そう言ってから「どう思う、国枝さん」とそばにいた国枝裕子に尋ねた。

彼女は驚いた表情で顔を上げた。

「きみはキザさんにくっついて見崎通文とも会ったんだろ？　きみの感触はどうかね」

「私は……やはり見崎大臣から仕掛けたと見るべきだと思います」

「それは三芳派を牽制するためか」と栗原。

「牽制しているとしたら阿久津幹事長に対してではないでしょうか。早く出馬の是非を明言してくれ、場合によっては佐土とくっつきますよと暗に迫っているのかと」

「それはきみの考えか。それともキザさんから聞いたのか」

須田部長が尋ねた。

「木澤さんとは連絡を取ってないのであくまでも私の考えです。阿久津幹事長に木澤さんがついているのは、見崎大臣は分かっています。だから見崎大臣は木澤さんが嫌いな佐土さんに接近して、木澤さんにメッセージを送っているのかもしれません。これ以上、邪魔はやめてくださいと」

「なるほどいい分析だな」服部は感心した。

「ですがあの見崎さんに、木澤さんに喧嘩を売るほど度胸があるとも思えませんけど」

国枝の意見には服部も同感だった。だとしたらこの会談はなにを意味するのか。会談は三十分で終わった。見崎は仏頂面で、記者にはノーコメントだった。

「今、見崎派担当から電話がありました。おそらく見崎大臣からの呼びかけだと。今回の総裁選は自分を推してほしいと頼んだ。その代わり二年で退き、佐土を後継者に指名すると。側近議員に取材した上での分析ですし、推測の域を出ていませんが」

栗原デスクが説明する。

「それに対して佐土の答えは」

「それが必ずコメントする佐土が今日は答えないんです。今晩、前園に当てさせます」

栗原は与党キャップの前園に電話をしだした。

「無駄だろう、当たっても喋らないよ」

服部はそう伝えたが、栗原は電話を続けている。

「局長はどうして喋らないと思うのですか」

隣から国枝が尋ねてきた。

「ノーコメントってことは交渉が決裂したんだよ。見崎の誘いに佐土は乗らなかったとしたら見崎は内容を口止めする。佐土がいくら型破りといっても、それくらいの常識はあるさ」

「局長、家原から電話がきました。彼女、おかしな話をしていました。昨夜、佐土がいた日本料理店にキザさんがいたそうです」

栗原デスクが興奮して喋る。

「キザさんが佐土と会食したというのか」

その情報には服部だけでなく隣にいた国枝も驚きを隠せなかった。

「ただ別々に出てきたようですし、結構広めの店らしいので、偶然かもしれませんが」

「偶然の可能性が高いだろうな」

服部は口ではそう答えたが、言葉とは裏腹に簡単には承服できなかった。木澤のことだ。なにか魂胆があるのではないか。

夜になって阿久津がわずか数分ながらぶら下がり取材に答えた。記者の質問は見崎と佐土が会談したことに及んだ。

〈民自党をかき回そうとする皆さんの思惑には乗りませんよ〉

阿久津は余裕の表情でそう受け流した。

〈出馬するかどうかの結論は出ましたか。派閥の若手議員からは強い要望が出てますが〉

アナウンサーがマイクを突き出す。阿久津はまだ笑っている。これまでと同じような木で鼻を括ったような答えをするのかと思ったが、聞こえてきた響きのいい声にテレビを見ていた全員が騒然とした。

〈出馬についてこれからじっくり仲間と相談します〉

「阿久津のコメントが仲間と相談するに変わったぞ」

デスクが叫んだ。

〈ということは出馬に前向きと受け取ってよろしいでしょうか〉

アナウンサーも興奮している。

〈それを含めて相談です。まだ立候補の締め切りまで時間がありますから〉

これまでとは顔色が違って、晴れ晴れしているように見えた。

「キザさん」

栗原デスクの声に全員が振り返った。木澤が、スラックスのポケットに手を突っ込んで編集局に入ってきたのだ。

「キザさん、どうしたんですか？」

全員が言葉を失っていた中、服部が言った。佐土と昨夜会ったのか質問しようとしたが、栗原に機先を制された。

「今、阿久津さんが初めてまともにコメントしました。これから仲間と相談しますと、前向きにも受け取れる発言をしました」

「じゃあその通りなんじゃねえのか。俺は聞いてねえけど」

「本当ですか。キザさんは聞いているんでしょ？　僕らにも本当のことを教えてくださいよ」

栗原が懇願する。

「だから聞いてねえって。阿久津の中でなにか心境の変化があったんじゃねえのか。それとも潮目を感じたか」

木澤の言葉をそこにいる全員が聞き入っていた。木澤に政治部全員があやつられているようで、服部は気持ち悪さを否めなかった。

その時、国枝が発言した。

「私は阿久津幹事長は出馬しないと思います」

「どういうことだ、国枝さん」

服部が尋ねる。国枝は木澤の顔を見ていた。

木澤も目を剝いて国枝を睨んでいる。

「キザさんと国枝は、いったい何を知ってるんですか」

「おまえ、阿久津にチョップを浴びるぞ」

顔を歪めた木澤に国枝は沈黙する。

「いいよ、ここまで言ったんだから、おまえ話せよ」

木澤は顎でしゃくった。

「はい。阿久津幹事長は私と木澤さんの前で総裁選には出馬しないと発言しました。まだ荘口総理の病気が発覚する前の話ですが」

「その時とは状況が違うじゃないか。そのコメントを信用していいのか」

栗原が首を傾げる。

「確かに状況はまるで異なります。せっかく幹事長に会えたのだからなにか訊けと木澤さんに言われて質問したことなので、幹事長のリップサービスかもしれませんし」

「だとしたらそのまま受け取るわけにはいかないだろう」

「私は幹事長は一度口にしたことは曲げないように感じました」

「曲げないって、発言が二転三転するのは政治家の常だぞ」

栗原は半信半疑だったが、木澤が舌打ちしてから話し始めた。

「国枝の言う通りだ。阿久津は出ない。今までとは打って変わって仲間内で相談するなんて言い出したのは、佐土と見崎がおかしな動きをしだしたので、なにか発言しないことには党内が締まらないと案じたからだ」

「それがさっき言った心境の変化ですか」

「聞いてねえって言ったろ。何度も言わすな」

「でも今の言い方ではキザさんは……」

栗原の問いに木澤は答えず、ただ国枝を睨んでいた。

長く木澤を見てきた服部にはその視線の意図は分かった。

木澤は、国枝がオフレコの約束を破ったことが許せなかったのだ。

第七章　二位・三位連合

1

《阿久津幹事長不出馬》

その報道が流れたのは、裕子が木澤の前で「幹事長は出ません」と言った翌々日だった。

第一報は午後四時三十五分、日報通信が加盟社の編集局のスピーカーにキンコンカンコンとチャイムを鳴らした。この鐘を鳴らすのは重大ニュースの速報の時だけだ。

《日報通信ニュース速報。民自党の阿久津諭幹事長が総裁選に不出馬の意向を固めました》

各局夕方のニュースで報じ、ドラマを放送していた局もテロップ速報で流した。日西新聞の与党キャップの前園からデスクに電話が入った。

木澤が「出ない」と認めた二日前から、社内で準備はできていたが、記事にはしなかった。

それは裕子が、阿久津にこのことは書くなと言われたと服部局長に説明したこともある。だが一番の理由は木澤が「出馬するかしないかは本人に言わせるのが一番だ。周りが先走ったら、阿久津は臍《へそ》を曲げてやっぱり出ると言い出すかもしれない」と言ったからだ。デスク以上で相談した末、服部局長が出稿見送りの決断を下した。

阿久津ほどの男が新聞に書かれたくらいで心変わりするとは思えなかったが、木澤が惚《とぼ》けていたところに、裕子が「出馬しない」と無理やり口を挿んだのだ。あの時の木澤の怒気をはらんだ目は今も脳裏から消えていない。裕子も木澤から裏切り者の烙印を押されたか。その後、木澤は裕子とは目も合わせずに引き揚げた。

ニュース番組が、画面を党本部に切り替えた。阿久津は記者を集めて堂々と不出馬を宣言した。

〈荘口総理が今回、体調不良で辞任されることになりましたが、会見でもおっしゃっていたように志半ばで終わったことをとても悔しがっておられました。私も今ここで幹事長をやめれば、幹事長として本来やるべきことの半分もできません。幹事長を選ぶのは次の総裁ですが、今は幹事長の仕事をほっぽり出すのではなく、民自党のまとめ役として、総裁選が終わるまで役目をまっとうしたいと考えております〉

辛口のコメンテーターまでが〈幹事長として至極当然の発言でした。幹事長になったから次は総理と考えることじたい大いなる勘違いであって、幹事長というのは総理が突っ走らないよう、最後まで見張り役も担わないといけないわけですから〉と賛辞を送った。

「これで佐土、見崎、三芳の三つ巴《どもえ》になりましたね」中西デスクが言う。

「三つ巴はないでしょう。阿久津派がどこにつくかで一発で決着がつきますよ」

サブデスクに入った栗原が決めつけるが、須田部長が「阿久津派が佐土派を支援することはないだろうから、見崎か三芳だろう。でも二派閥とも六十ないから、一回目の投票で佐土に勝とうと思ったら共同戦線を張る必要がある」と分析する。

「手を組みますかね？」と栗原。

「さぁ、どうかな」

須田の「どうかな」は、木澤がそれをさせるかどうか、そう考えているように聞こえた。

日報通信が解説記事を送ってきた。

《見崎と三芳が話をつけないまま、総裁選当日を迎えた場合、地方票で上回る佐土が過半数を超える可能性が高い》

そのように分析していた。また与党キャップの前園が〈ここ数日の動きで、三芳と見崎が手を結ぶのは難しいでしょう〉とデスクに報告した。見崎が佐土と会談したことから、両派閥は今、険悪な関係になっているそうだ。

その晩は阿久津派の有力議員のもとに行かされた裕子だが、そこには他社も多く来ていて、「幹事長から不出馬の理由を聞いているか」と質問を浴びせていた。その議員は「会見で話した通り、幹事長は党内融和を第一に、自分で決められた」と答えていたが、その場に来ていた他紙の記者は納得していなかった。佐土と国民の人気を二分する阿久津が出て、堂々と選挙で戦った方が国民だけでなく、党内も結果に納得する。それなのに阿久津は不出馬を明言した。

「幹事長は佐土総理でいいと思ったんじゃないのか」

記者の間からはそんな声も聞こえてきた。

取材が終わるとそのやりとりをメモ書きしてデスクに送信する。電話で〈明日もその議員宅に行ってくれ〉と指示を受けたが、その後に服部局長から〈せっかくキザさんの下で人脈を築いたんだ。国枝独自の判断で動いてみろ〉と電話がかかってきた。

自由に動けと言われても、すぐに取材先は浮かばなかった。自由にということは、他の記者がいない、サシとは言わないまでも少数の記者で腹を割って話せる相手を取材しろという意味だ。木澤に紹介してもらった所は、当然木澤と密接に繋がっている。

中でも木澤と関係が深いのが阿久津派ナンバー2の鍋島久。見崎派で総務大臣の万田博光、そして荘口派で幹事長代行である山本貫……この三人に関しては木澤に大きな借りがあり、木澤に足を向けて寝られないほどの恩義を感じている。

悩んだ末に翌日は山本貫幹事長代行に当たることにした。

午前中に幹事長室で、党五役と幹事長代行で幹部会があり、幹事長室の外には結構な数の記者が待機していた。

会談が終わり、阿久津幹事長と政調会長と総務会長、その後ろからオールバックの山本が出てきた。

幸いなことにほとんどの記者は阿久津や政調会長らに向かい、山本についたのは裕子一人だけだった。

「山本さん」

階段を下りていく山本に声をかける。

「ああ、きみ、日西新聞の」

自宅前で一度取材しただけだったが、山本は覚えていてくれた。

「少し話をさせてもらえませんか」

裕子が頼むと、彼は周囲を見渡した。目につく場所で話しているのは見られたくなかったのだろう。

「きみ、昼飯は食ったか？」

「いえ、まだです」

「先に行って個室を取っておいてくれ」

　そう言われて赤坂見附駅近くにある和食屋を指定された。


「正直、私も幹事長の不出馬を聞いて耳を疑ったよ。前回総裁選での話し合いで、今回は支援してもらう代わりに次は阿久津さんにお願いする、と総理も話していたからね。総理だって自分の次は幹事長が出るものだと思い込んでいたはずだよ」

　事前に隣の部屋に記者や政界関係者がいないか確認してから入った個室で、山本は天婦羅定食、裕子は焼き魚定食を注文した。

「荘口総理は胃の全摘出後にも抗がん剤治療が必要だそうですね」

「ステージⅢだけど、ほぼⅣに近かったようだ。それなのに十月のアメリカ大統領の来日まではやりたかったみたいだな。私のような凡人には分からないけど、総理になった途端、健康より使命感、歴史に自分の名前を刻みたいという名誉欲がいっそう強く出るんだろう」

「あの晩、山本さんは木澤の前で、胆石だと言っていましたよね。あれは木澤を騙すように総理から言われたんですか」

「キザさんを騙すなんてとんでもない」

　天婦羅を食べながら調子よく話していた山本が、空いた左手を激しく振った。

「山本さんも荘口総理にいっぱい食わされたってことですか」

「悔しいけど、そういうことだな。急に痛みが出たのも夫人がパニックになったのも嘘だろう。知り合いの医者に聞いたけど、癌ではそういう風にはならないそうだ」

苦虫を噛み潰したような顔で先を続けた。「だけど総理の作戦は失敗だったよな。あんな姑息なことをしたから、日西新聞は報復してきたんだろ？」

「報復とは？」

「惚けるなよ、翌日の新聞だよ」

「誤報を打ったことですね」

あえてそういう表現を使った。

「謙虚な言い方をするなよ。全部分かってんだから」

「分かってるとは」

「総理辞任を報じて、世論が慌てるかどうか試したんだろ？　身内の心配をよそに、記事を読んだ国民から、総理の身を案じる声はほぼ聞こえてこず、永田町では早くも次の総裁に話題が移った。俺はそれが一番ショックだったね」

「山本さんはうちの記事をバロンデッセだと思ったのですか」

言おうとしたのは観測気球という日本語だったのだが、その語句が出たのは、昨夜遅くまであの本を読み返していたせいかもしれない。

「そうだよ。総理に世話になった現役閣僚までが政局に動き出したし」

「山本さんが木澤に借りがあるのは知っていますが、どんな借りなんですか」

尋ねた途端、白飯を食べていた箸が止まり、下がった眼鏡の上から裕子を見た。

「きみ、知ってて聞いてんだろ？」

「いいえ、知りません」

「それなら口が裂けても言えないよ」

再び箸で白飯をすくう。だが疑い深い目でちらちらと裕子の顔を見る。

「木澤は山本さんは骨があると言っていました。それからヤマ貫は俺には恩義があるから、絶対に嘘はつかねえよとも」

山本が咳き込んだ。止まらずに苦しそうにしているので、裕子はバッグからティッシュを出して渡した。

「なんだよ、やっぱり知ってるんじゃないか」

受け取ったティッシュで口を押さえてから「あの頃の俺は、親父から無理やり跡を継げと言われただけで、政治家の仕事を軽く見てたからな。あれがバレたら大変だった。今思うとぞっとするよ」警戒することなくペラペラ喋る。

「木澤がとくに女性情報に鋭いと、他の先生から聞きました。女性が海外の諜報機関が送り込んだスパイだということまで全部調べてくるそうですね」

「そうそう、おかしな女に引っかかったせいで議員生命を棒に振った先生は何人もいるよ。俺はあの程度の女でよかったよ、普通の飲み屋のホステスで」

自分から切り出しておきながら厭《いと》わしさが裕子の胸の中で広がった。引っかかった？　あの程度の女？　自分の脇が甘かったくせに、男たちは全部女が悪いように言う。

こうした話をする都度、日本の政治はいまだ男権だとしみじみ思う。荘口内閣の人気がなかった理由にも「女性閣僚が少なくて華がなかったからだ」という言葉を聞く。女性は飾り物？　木澤なら、女は自分が目立つことしか考えてないから、大事な仕事を任せられないとでも言いそうだ。

「宮崎でキザさんに事後処理をお願いした時には、俺は一生この人に利用されると覚悟を決めたけどね」

「利用されるとは？」

「ネタ元にされるということだよ。だけどキザさんは俺が幹事長代行になってからも、役員会でなにがあったとか、一度も聞いてきたことがないけどね」

「今の話、木澤以外に知ってる人は」

「交通事故の話？」

さきほどはごまかしていたのを今度ははっきりと言った。正確に言うなら交通事故が問題になるのではなく、同乗していた女性を身代わりに出頭させたことなのだが、そこは黙っておく。

「一度酔っ払って広瀬くんにちょこっと喋ったかな。でもそこまで詳しく話してないよ」

「広瀬は酒が強いですからね」

「黙っててくれよ。三十年以上前の話だけど、そんな昔の話でも週刊誌が知ると、奴等は鬼の首を取ったように書いてくるから」

「口にチャックをしておきます」

目許を緩めてそう言った。その後、阿久津がどうして出馬しなかったかに話が戻った。

「幹事長は総理より幹事長ポストの方が美味しいと思ってるのかね。でもあの人、総理の方が似合ってると思うけどね」

そう言ったくらいで、目新しい内容はなかった。

「山本さんは幹事長が海老沢派に戻ってきたのにも反対したし、海老沢派が阿久津派になったのに頭にきて、荘口派に移ったんですよね。それなのにどうして幹事長を評価するんですか」

「なんだかんだいってもリーダーシップは抜きん出てるからね。悔しいけど俺がいくら頑張ったところで阿久津諭には敵わない」

「一度党を裏切った人間なのにそこまで認めるんですか」

山本の本音を聞き出すためにあえて裏切りという言葉を使った。だが本音は木澤に投げかけたい質問だ。

「そりゃ許しがたいよ。だけど党が許したんだ。そして幹事長は、戻った民自党で必死に汗をかいて仕事をした。そうした者に対して寛容なところが民自党らしさであり、選挙になると一枚岩となって戦ってきたから、これほど長く政権維持ができたんだよ」

実際、最初に党が割れて民自党が下野した時、出ていった岩嵜グループに若き阿久津がいた。だが二度目の下野となった平成二十一年（二〇〇九年）に民自党は結束し、四年後の衆院選で政権を取り戻した。

その時、選対本部の副部長として、徹底的に選挙区対策を行い、勝てないベテランには自ら引退勧告する嫌な役目を買って出て、若い候補者に入れ替えたのが阿久津である。

「そういう意味では佐土啓太郎も同じだけどね」

「佐土さんも総理の器だということですか」

「国民的人気があるというだけでなく、主張もブレず、信念を貫き通す。幹事長に引けを取らないと思うよ」

「アピール上手なだけではないんですね」

「そんなんで国民を騙せないよ。言うだけ番長で失敗した人間は永田町に山ほどいるから」

山本が自ら派閥を出るきっかけとなった阿久津を認めているのも意外だったが、佐土を買っているのも予想していなかった。昔のことはどうあれ、木澤が山本を「骨がある」と認めていたように、民自党の現状を見極められる政治家に成長したということなのだろう。

「三芳財務大臣や見崎外務大臣では及ばないですか」

「無理無理」立てた手を振る。「見崎さんはまだマシだけど、三芳さんは器じゃないよ。そういう意味ではうちの親分もそこまでには足りなかったけどね。幹事長がなぜかわからないけど出馬を見送り、佐土さんに今ほど知名度がなかったから、運よく総理になれただけ。ある意味、時代の谷間に咲いたラッキー総理だったということだ。普通、就任して百日はハネムーン期間でマスコミには叩かれないけど、総理は一ヵ月目に支持率が下がったし」

そこで「あっ」と口に手を当てた。

「キザさんにヤマ貫がそんなことを言ってたって言わないでくれよ、あの人が目を剝いて怒鳴り込んでくるのだけは勘弁してくれ」

「荘口総理のことですね」

「違うよ、佐土さんのことだよ。キザさん、佐土さんみたいな世論を巻き込んでいく劇場型政治家は大嫌いだから。ある意味古い記者なんだよ。先人が築き上げてきた伝統を大事にするというのは、日本人として立派なことだけど」

　余計なことを言い過ぎたと反省したのか、最後は取ってつけたように木澤を持ち上げた。

2

　服部は営業との会議を終えてから編集局に戻った。

　総裁選で忙しくなったこともあり、この日から政治部に男女二人の若手記者が配属になった。二人とも新聞とはまったく違う業種からの中途入社で、一人は整理部に三年いて、ようやく希望していた取材記者になれた。女性の方は地方部で取材経験がある。三十二歳と三十三歳だから国枝裕子と同年代だが、二人に国枝ほどの仕事は任せられないだろう。

　国枝には週刊誌でのキャリアがある。この世代で服部が高く評価しているのは、今は休暇を与えているが、新卒で入って官邸キャップまで昇り詰めた広瀬浩介も同様だ。

　須田政治部長が政治部についてひと通りの説明をしてから、「局長」と服部のもとに連れてきた。

「一応、兼子《かねこ》くんは記者経験がないのでしばらくは内勤をさせながら、必要なところに応援に出します。野畑《のはた》さんは総理番につけて、総理番の山倉《やまくら》を自由に動けるようにします。辞意を表明した総理ですから、総理番の仕事を覚えるにはもってこいの時期だと思いますので」

　二人とも真剣な顔で聞いている。真面目な性格なのは間違いなさそうだ。

そこで奥の机で国枝がパソコンに向かっているのが見えた。

「国枝さんはなにをしてるんだ？」

須田に尋ねる。

「山本幹事長代行と昼飯食ったみたいです。メモ取りです」

「ヤマ貫さんと飯か、さすがだな」

「そうですね。来て一ヵ月でなかなか代議士とサシで飯は食えないですよ」

「ここに呼んでいいかな」

「問題ないでしょう」

須田が言うので「国枝さん、ちょっと来てくれ」と呼んだ。

「はい」

国枝がパソコンを閉じてやってきた。

「政治部に配属になった兼子くんと野畑さんだ。二人とも三年前にマスコミとは無関係の業種からの中途入社だ。こちらは国枝さん、ずっと週刊誌にいたからこの世界ではきみたちより先輩だ」

「いえ、私は日西新聞のキャリアはまだ一年ちょっとなので私の方が後輩ですよ」

国枝は謙遜するが、事前に議員と一対一で食事したという会話を聞いていた二人は、「よろしくご指導願います」「いろいろ教えてください」と丁寧に頭を下げた。

「国枝の取材先で応援が必要な時は言ってくれ。彼らを出すから」須田が言う。

「部長、国枝さんの仕事はいきなり二人には無理だろう」

服部は心配してそう言ったが、須田はきょとんとしていた。この言い方では国枝がよほど重要なミッションを担っているように受け取られる。

「まぁ、そのへんは臨機応変に、国枝さんも必要な時は遠慮なく言ってくれ」

「はい」

国枝は頭を下げて自席に戻った。残った二人に、服部は政治部に若手が配属になるたびに必ずしている話をした。

「きみたちも今日から政治記者だ。政治記事を読めというと、みんな新聞ばかりに目を通すが、政治のネタが出てるのは全国紙に限ったことではない。週刊誌でもネットでもスポーツ紙でも、ゴシップ週刊誌にも政治記事は出ている。そういうものにも目を通すように」

「どうしてそんな低俗な週刊誌にまで目を通す必要があるんですか」

兼子が訊いてきた。

「そういう雑誌は政治記者がアルバイトで書いている記事があるからだよ。自分の社の媒体じゃないから、裏取りしないで噂話をそのまま書く」

「噂話なんですよね？」

「きみらがその裏を取れば立派な記事になるじゃないか。噂のすべてが嘘というわけではないだろ」

「なるほどそういう意味ですね。よく理解しました」

「それとたくさんの人を取材すると思うけど、なにを言ったかではなく、誰がなにを目的にして言ったかが大切だ。発言には必ず意図がある。その意図を読めないまま報告したら、うちの政治部全体が混乱し、その発言を誤った方向に導いてしまうかもしれない」

「はい」

二人は小気味よく返事をした。

この二つの教訓は、もとは木澤から教わった。

木澤は活字中毒ではないかと思うほどで、ラーメン屋に入れば、店に置いてある油で汚れた雑誌を数冊持ってきて、ペラペラめくる。気になる記事があると店主に金を払うからと言って雑誌を持ち帰り、途中で大事なページだけちぎってゴミ箱に捨てていた。

二つ目の「発言の意図」についてもよく質問された。

服部はその都度、脳をフル回転させて回答した。だが木澤を納得させたことは数えるほどしかない。

それでも真面目一筋で仕事に打ち込んだせいで、他の記者よりはよかった。まともに答えられずに木澤に相手にされなかった記者もいれば、せっかく聞いてきたコメントが「こんな言葉に惑わされてどうする」と木澤にボツにされ、自ら木澤から離れた記者も数多い。

木澤の言っていることは正しい。

メディアというのは政治家にとってはある意味、宣伝媒体である。

記者への発言は世論操作が目的なのだから、引っかからないように常日頃から警戒しておかなければならない。そのためにつねに意図があるのでは、と考える習性が必要である。

政治部の取材とは奥深いジャングルを彷徨《さまよ》う軍隊と似ている。一人一人が慎重に見極めて行動すれば、やがて光が見えてきて出口へと辿り着く。だがたった一人の判断ミスが、部隊全体を袋小路に誘い、壊滅させる。

現代のネット社会には、フェイクニュースが溢れている。記者にも取材をせずにスマホばかり眺めている者もいる。服部はけっしてネットの情報を鵜呑みにするなとは言わない。ゴシップ誌と同じで、裏取りして正しければ立派な情報になる。だが裏取りを怠り、事実のように情報を上げると、そのフェイクニュースは我が社の記者を通じて至るところに伝搬していく。

「ではよろしく頼むな」

二人を激励したタイミングで、局長席の内線電話が鳴った。

「はい、服部ですが」

電話の相手は慌てていた。

〈服部局長、今すぐ人事部に来てください。木澤さんが来て大変なんです〉

「キザさんが、どうして」

〈木澤さんが国枝さんの人事記録を出せと言ってるんです。入社の時に戸籍謄本を提出させているはずだ、それを見せろと〉

「総務局長は？」

〈局長は外出してます。人事部長が戸籍謄本なんてもらってないと言っても、全然聞いてくれなくて〉

嫌な予感がした。

「分かりました。今すぐ行きます」

走りかけてから、国枝が編集局にいることを思い出して「国枝さん、ちょっと来てくれ、総務だ」と言った。

「は、はい」

「きみの戸籍謄本を出せとキザさんが人事部を脅してるらしいんだ」

国枝の顔色が変わった。ここで相談している時間もない。駆け足で階段を昇り、一つ上の総務局が入るフロアに着いた。木澤は人事部長席に迫っていた。困惑した顔で応対していた人事部長が、服部を見つけた。

「服部局長、よかった。木澤さんが突然来て、戸籍謄本を出せと言い出して。今はプライバシー保護の観点からそうしたものの提出を求めていないと言ってるんですが、木澤さん、新聞社がそんなことをするはずないと聞いてくれなくて」

木澤は振り返って、怒りで充血した目を服部に向けた。

「そんなわけないだろう。新聞社には不偏不党の原則があるんだ。信仰の自由も建前上あるが、外国のスパイや新興宗教の人間が入ってきたら大変なことになる。身辺調査だってしてるはずだ」

そう言いながら服部の後ろに国枝がいるのを見つけた。

「おい、国枝、おまえ何者だ」

国枝は黙っていた。

「何者って、彼女は週刊トップから去年、新聞記者をしたくて中途入社してきた。そう説明したじゃないですか」

服部は口添えしたが、木澤は聞いておらず、殺気のこもった目で国枝を睨みつける。

「なにが新聞記者をしたいだ。俺は最初からおかしいと怪しんでたよ。海老沢一徳の連載にしたって、端からやるつもりなんてなかったんだろ」

「それは企画案として会社に通していますよ。それに最初にこちらが出した人間を、原稿が書けないから無理だと、ダメ出ししたのはキザさんじゃないですか」

「それは服部、おまえの悪知恵だろ。俺が撥ねつけるのを想定して、わざと原稿の書けない記者を出してきた。おまえは昔からそういう狡《こす》いところがあった」

木澤の言う通りだ。どうしたら国枝を木澤に付けることができるか。そのことに服部は頭を悩ませた。

「国枝、おまえ、なにを探ってる」

白髪頭までがピンクに染まりそうなほど、木澤の顔がさらに赤みを増した。

「国枝さんがなにをしたというんですか」

「この女、俺のことをいろいろ調べてるんだ。俺とヤマ貫との間にある秘密も知ってやがった。俺はひと言も話していないのに」

「そうなのか、国枝さん？」

視線を国枝に移す。怯えているのではないかと心配したが、彼女は堂々としていた。

「自動車事故のことですよね。それでしたら広瀬くんに聞いたんです。ヤマ貫さんも酔っ払って広瀬くんに喋ったと言ってました」

「バロンデッセとも言ったそうじゃないか」

「大学のゼミがドイツ政治だったんです」

「ドイツ政治のなにを専攻した？」

「普仏戦争後の近代政治史です」

「いい加減なことを言うな。俺が言ったオットー・フォン・ビスマルクの言葉を知らなかったじゃないか」

「知ってました」

「それならなぜ、知ってますと言わなかった」

「あとから知っているというのは、木澤さんが嫌うと思ったからです。その前に知った口を利いた広瀬くんが、木澤さんに注意されていましたし」

　国枝は木澤相手にも怯むことなく言い返していた。

「ナベキュウの件はどう説明する」

「鍋島さんのなんでしょうか」

「鍋島におまえ、俺の女関係を聞いたらしいな。俺が離婚してから、付き合った女はいなかったのかとか、鍋島からシングルマザーの女性と仲良くしていたとまで聞き出したそうじゃないか」

「それは……」

　さすがに国枝はそのことには返答できなかった。

「国枝、おまえはあの女の子供なんだろ」

「あの女って誰ですか」

「服部、惚けるな。おまえも会ったことがあるだろ。海老沢事務所にいた松井貴美子という秘書だよ、こいつはあの女の娘だ」

「なに言ってるんですか。国枝さんは松井さんの子供なんかじゃありませんよ」

「いい加減なことを言うな。おまえもグルだろ」

木澤の怒りの炎が服部に引火した。「国枝という苗字は嘘だ。いや、あの女が再婚したんだな」

「私の母はひろ子《こ》です。父は国枝厚《あつし》、祖父の代から埼玉県さいたま市で国枝酒店、今はコンビニエンスストアを経営しています。ずっと埼玉暮らしです」

沈黙していた国枝が口を開いた。

「違う、山梨出身のはずだ。少なくとも二〇〇五年以降に山梨に帰ってる。それまでは高円寺のマンションに住んでいた。名前は裕子ではなく、『ゆう』。『悠久』の『悠』だ。俺はおまえを紹介された時、すぐさま裕子という名前に怪しさを覚えたよ。騙すつもりならもっと凝った偽名をつけろや」

あの晩、寝ぼけて起きてきた小学生の娘を松井貴美子が呼んだのを木澤は覚えていたのか。それとも別の機会に、松井貴美子から娘の名前を聞いていたのかもしれない。

「人事部長、戸籍謄本を出してくれ」

このままでは埒が明かないと服部は命じた。

「それは、ですから……」

人事部長は「ない」と言い通すつもりのようだ。

「提出しています。中途採用試験で内定が出た後、住民票と戸籍謄本の写しを出すように言われました」

国枝がきっぱりと答えた。

「ほら、あるじゃねえか。言われた通り出せばいいんだよ」木澤が吠える。「はじめからなにか魂胆があるような気がしてたんだよ。どっかでしっぽを出す。そう思ってこっちもいろいろ餌撒いてたら、やっぱりだったよ。愚かな連中だな、俺が騙されてると勘違いして」と得たり顔をする。

「ですけど、こういうのはプライバシーの問題があるので」

人事部長はまだ抵抗した。

「国枝さんが見せていいと言ってるんだ。いいよな、国枝さん」服部が促した。

「構いません」

「本人がそう言うのでしたら……」

人事部長が近くにいた女性部員に指示を出した。彼女がパソコンを弄り始めプリントアウトしている。結構な長い時間に感じた。今しがたの横暴な行動が一転、木澤は半笑いを浮かべていた。

「こちらです」

出された戸籍謄本と住民票のコピーを机の上に広げた。

住民票

　国枝裕子　生年月日　平成2年12月1日、現住所　埼玉県さいたま市緑区……

　　前住所なし

戸籍謄本に書かれている住所、氏名、生年月日も同じ。父は国枝厚、母はひろ子……国枝が言った通りだった。

「三十を過ぎて実家暮らしは恥ずかしいですが、うちの母が心臓に持病があって、父だけでは心配なので。生まれてからこの方、今の家以外に住んだことはありません」

国枝が説明している間、木澤は二つのコピーに目をやる。さきほどまでの自信はどこにいったのか、何度も目を瞬かせる。

「これで満足してくれましたか、キザさん」

服部の言葉に木澤は返事もしなかった。まだ住民票と戸籍謄本のコピーに見入っている。

「なにを勘違いしているのか知りませんが、彼女が松井貴美子さんと関係のないことが分かったはずです。キザさんが急にどうしてそんな昔話をしたのか私には分かりませんが。もしや、お二人の間になにかあったのですか？」

「もういい」

木澤はコピーを机の上に放り投げると、人事部から出ていった。

3

八月十六日の告示日。予想通り、佐土啓太郎、見崎通文、三芳源太の三人が二十人の推薦人を従えて立候補を届け出た。

投票日は八月二十三日。たった一週間しかないが、この短い期間に三人は遊説し、日本記者クラブでの討論会などが行われる。

通常なら二週間用意される選挙期間が短くなったことがどの候補にどう影響を与えるか、メディアはそのことを中心に報じている。

言い方を換えれば、この一週間で見崎、三芳の両陣営が阿久津派をどう取り込むかにかかっている。

阿久津派が乗った候補に荘口派も乗る。この二派閥で「１０５＋44で１４９票」。見崎、三芳の「58」もしくは「56」の持ち票数に加算されれば、地方票次第では一回目の投票で過半数に達することも考えられなくはない。だがそうは問屋が卸さないというのは裕子の見方だった。

「俺も国枝と同じ考えだな。阿久津幹事長は投票日当日になっても、派閥議員にもどちらにつくか明かさない。早く明かしてしまえば、指示がメディアにも漏れる。新しくできた政権は阿久津幹事長の顔色ばかり窺っていると報じられ、総理どころか阿久津幹事長にとってもイメージダウンは必至だ。前回の荘口政権と同じ轍は踏まないはずだ」

この日から仕事に復帰した広瀬がデスク席の隣の席で言った。所属は政治部のまま。現場には出ず、内勤を命じられた。広瀬も不本意だろうが、指示に従い、送られてきた記者からの原稿チェックや修正をやっている。

広瀬の家に泊まったのは二日間だけで、それ以降は自宅に戻った。それで正解だった。あのまま広瀬宅から通勤していたら、今度こそ木澤に正体を突き止められていたかもしれない。

「これは私の勘でしかないけど、阿久津派は一回目の投票は自主投票でいくんじゃないかな。そして決選投票では、この短い選挙期間でもっとも頑張って票数を集めたところに、派閥の票を直接入れる。もちろんそこには荘口派の票数も加わる」

「そんなことをしたら佐土さん一位で、二回目を待たずして決まってしまうぞ。縛りなしの自主投票なら、見崎や三芳より佐土人気にあやかろうという阿久津派議員もいるだろうし」

「広瀬くんはどうすると思うよ」

「俺は荘口派は分からないけど、阿久津派は見崎、三芳にうまく議員票を振り分けて、結果三芳を落とすと思う。そうでないと決選投票にしたはいいけど、佐土対三芳になる可能性が出てくる」

「木澤さんが三芳嫌い、見崎の方が好きだから？」

「好きというより、マシって程度だろ。前回の総裁選でも二人より荘口の方がマシだっただけだよ」

「マシねえ、そんなんで総理大臣が決まるなんて情けない話だけど」

裕子が嘆くと、須田部長が近寄ってきた。

「二人ともいろいろ分析してるけど、案外、阿久津幹事長が派閥として佐土に入れるよう指示して、佐土総理でスカッと決まらないものかな」

「どうしてそう思うんですか」

「阿久津幹事長が佐土をそこまで嫌う理由が俺には見当たらないんだよ」

佐土も言っていた。阿久津とはイデオロギーが近いと。

「いきなり佐土さんは厳しいでしょう」

悩むことなく裕子は答えた。

「それはやっぱりキザさんが、佐土だけは絶対総理にさせないと息巻いているからか」

「それもありますが、木澤さんの美学みたいなものがあるからだと思っています」

「美学ってなんだよ」

「二位・三位連合です」

「なんだそれ」

「一度目の投票で負けても、二度目の投票では二位・三位連合で逆転する。そうすることで負けた一位のショックは大きいですし、国民にもインパクトを与えます」

「それって逆効果もあるだろう。二位・三位が連携して、一番人気のある佐土をいじめているって見られるかもしれないぞ」

「それでも木澤さんの考えは二位・三位連合だと思います」

どうして裕子がそこまで言い張るのか、須田は不思議がっていた。

裕子自身もその方法が総理誕生に好影響を与えるかは判然としていない。だが木澤は昔からそのやり方を貫いてきた。

《二位・三位連合》《逆転劇》……木澤が闇の権力者である今泉龍彦と交わした会話が、裕子が今、鞄の中に入れている《実録　政治記者・木澤行成》とタイトルが打たれたルポルタージュにも書かれてある。

「須田部長、なにか動きがあったか」

来客があって席を外していた服部局長が戻ってきた。

「いえ、三人がそれぞれ都内で演説を開始しました。見崎は銀座、三芳は東京駅、佐土は渋谷です」

「三者三様の特徴が出てるな」

「まだ阿久津派、荘口派はどこに入れるか、決めていません。残り四グループのうち奥村グループが三芳支持を固めたようですが、たった六人ですからたいした影響はないですね」

「奥村グループは賭けに出たな」

「奥村健《けん》一《いち》郎《ろう》がもうすぐ七十三で比例代表の定年になるのですが、三芳が奥村の息子を次の衆院選で、選挙区で公認すると約束したみたいです。その選挙区、三芳派議員が支部長をやってるんですが、ここ二回、民友党に負けて比例復活してるので」

須田が記者から報告を受けた内容を話した。

「子分を降ろしてまで奥村の息子に選挙区を与えるのか。政治家というのはこんな時でも姑息なことを考えるんだな。まぁ今に始まったことではないけど」

「残りの三グループは見崎っぽいですね。もう少し票読みしていくと、変わってきそうですが」

「佐々木容子は納得したのかな」

「彼女は仲間に裏切られたショックなのか、表に出てきてません。代わりにナンバー2が仕切っています」

「ナンバー2って、裏切ったヤツじゃないか」

裏切りは政界では日常茶飯事だが、服部は不快な顔をした。

「で、局長。どうしましょうか。国枝を中に置いておくのはもったいないので、また自由に回らせますか。それともキザさんを捜させますか」

木澤をあそこまで怒らせたのだ。会えば裕子は、他にも取材した内容について詰問されるだろう。それでも会社の指令であれば裕子は行くつもりだった。

「キザさんの熱が冷めるまで放っておこう。国枝は今まで通り、培った人脈を回ってくれ」

「はい。次回からはもう少し気を付けて取材するようにします」

　そうは言っても裕子が回れる先はすべて木澤の息がかかっている。果たして木澤に知られない相手などいるのか。

4

　局長席に戻ったところで服部に秘書室から内線電話があった。

「局長、菅波専務がお呼びです。今すぐ社長室に来るようにとのことです」

　菅波はさっきまで大阪本社に三日間出張していた。

「失礼します」

　硬い表情の島田が座る社長机に、椅子を寄せて座っていた菅波が開口一番、声を上げた。

「服部局長、木澤氏が人事部に乗り込んだそうじゃないか。どうなってるんだ。木澤氏がおとなしく会社を去るように持っていく、きみがそう言ったから私は許したんだぞ」

「すみません、少し手違いがありまして」

　用意されていた社長机の前の椅子に着席する。

「手違いだと。きみは国枝という記者を使って、木澤氏の過去の悪徳を調べさせた。そのことを木澤氏に気づかれた。きみの命令だと知られたんじゃないだろうな」

「さぁ、どうでしょうか。勘が鋭くなければ政治記者などやってられませんから、その可能性は否めませんが」

「否めませんって、だとしたら私や社長だって……」

菅波から気勢は削がれていた。木澤のことだから、会社が自分を追い出そうとしていることまで気づいているかもしれない。だがこれ以上、彼らを慌てさせたくないと「専務や社長のことは知らないはずです」と答えた。

「もし失敗したらどうしてくれるんだ。あの男のことだ。死ぬまで上席編集委員のままいさせろと交換条件を突きつけてくるぞ」

「その時にはうちの契約は七十歳の誕生日までだという規定を作ればよろしいんじゃないですか」

「誰が作るんだよ」

菅波が言い返す。それまで黙っていた島田が「私の在任中は勘弁してくださいよ」と弱音を吐いた。

「来年だと木澤氏は七十歳になってしまいます。四月三日が誕生日ですから」

そう言うと二人して歯軋《はぎし》りした。

菅波は木澤の悪徳と言ったが、その中には社内の問題も含まれている。数年前に会社に税務調査が入った。メディアに税務署が入ることは今は珍しくなく、経費の問題などで指摘を受けると修正申告をするが、最近はそれがライバル新聞社や週刊誌で報じられる。

しかし、日西新聞のことは、表に出ることがなかった。木澤は国税庁に強い政治家を動かし、情報漏れを阻止した。

他にも酔った社員がタクシー運転手に絡み、揉み合いになって逮捕された事件があった。報道されずに済んだのは、政治家を介して警察に手を回した木澤のおかげだ。

もっとも一番の木澤の貢献は、都内の一等地に立つこの社屋だ。元は国有地で、当初はテレビ局にほぼ決まっていたのが、木澤が政治家を動かして、日西新聞が選ばれたのだった。

法外に安い値段で買ったわけではなく、地価にあった適正価格を支払ったが、その後の五輪需要やインバウンドで地価の値上がりが見込まれていた時期だった。本社ビルに入るテナントの不動産収入が、毎年のように購読者を減らし、減益一方の日西新聞を救っているのは事実である。

次第に服部は自分の会社が嫌になってきた。こんなことで、自分たちは報道機関と名乗れるのか。

「木澤氏は今どうしているんだね」

嫌悪感を顔全体で表している菅波から質問された。

「人事に行った件以来、連絡がありません」

「連絡がないって、彼は記者だろ。デスクに報告するのは義務じゃないか」

以前は木澤への不満は言わなかったくせに、当たり前のように非難してくる。

「分かりました。デスクには木澤氏が迷惑がってもいいから、しつこいくらい電話をかけさせます。短気な人ですからまた大激怒するかもしれませんが」

「怒らせてどうするんだ。私は別になにをしてるか聞いただけで、余計な刺激を与えろと言ったわけではない」

菅波が慌てて言い直す。服部の業腹も限界が近づいてきた。

「専務、私が若い頃、我が社では木澤氏に煙たがられることなく教えを受けた唯一の記者だというのはご存じですね」

「もちろん知ってるよ。私は政治部長だったんだから。それがどうかしたのかね」

服部が傲慢な言い方をしたことに、菅波が様子を窺うように尋ね返してきた。

「おかげで私は専務に猛獣使いとあだ名をつけられましたが」

「それを言ったのは私だっけ？」菅波は惚ける。

「いいんです。私は褒め言葉だと受け取っていますから。話が逸れましたね。木澤氏からいろいろ教えてもらいましたが、その中でとくに記憶に残っていることがあります。それが女との別れ方です」

「女との別れ方？　あの人離婚してるじゃないか」

「いえ、実際の男女ではありません。政治がまさにそうだというんです。民自党は長く公正党と連立政権を組んでいますが、そこに大阪改革党が議席を伸ばしてきた。大阪改革党はどの党とも是々非々の姿勢で臨むと明言していますが、政策的に民自党に近いのは公正党より大阪改革党です。木澤氏が今年正月の論説で書きましたよね。民自党は今すぐ公正党との連立を解消し、波長が合う大阪改革党と組むべきだ。でないと憲法改正の発議に必要な三分の二に届かないと」

「もちろん覚えているけど、それが女との別れ方とどう関係するんだ」

「その記事を読んだデスクの一人が、大阪改革党ともうまくやりながら、公正党とも長い付き合いなんですからこれまで通りうまくやればいいんじゃないですか、と木澤氏に言ったそうです。

すると木澤氏は怒濤のごとくデスクを叱った。長い付き合いだろうが、これから新しい女とうまくやろうとしてんだ。関係ができたら古い女を切るのは当然だ。二股なんてかけていたら、どっちつかずになり、どっちかから刺されるぞと」

刺されるという言葉が衝撃的だったのか、菅波は口を結んだまま固まっている。

「服部局長はその関係をうちと木澤氏とに当て嵌めろと言うのですか」

ややあってから、島田の声が頼りなく震えた。

「社長のおっしゃる通りです。我々は木澤氏ときっぱり別れると決めたんです。だったらうまく別れようなんて考えない方がいい。彼からどんな恨みを持たれようが、その後、報復を受けようが、ここは覚悟を決めて臨むべきです。そうすることで我々は真っ当な報道機関として再生できるんです」

「これまでだって真っ当な報道機関だ」

菅波が言い返してくる。

「では言い換えます。こっちが刺される前に刺す、それしかないと言っているんです」

「刺すって、服部さん、いくらなんでも」

島田がおどおどする。菅波もなにも言えなくなっていた。堪《たま》りかねた服部は立ち上がり、社長机に両手をついた。小柄な体を伸ばして、二人に向かって身を乗り出す。

「お二人とも今頃になってびびってどうするんですか。木澤行成という怪人を作った責任は我々日西新聞にあるんですよ。ここであの男を追放しない限り、我々は報道機関と名乗れなくなります。すべて明るみに出れば、我々も大批判を浴びるでしょう。部数も間違いなく減ります。そうなったにしても記者たちがこれまで通り取材できるよう、いい加減腹を括りましょうよ。自分たちだけ無傷でいようなんて、そういうのは卑怯者のすることです」
服部がこれほどまでに上司に楯突いたのは初めてだった。

社長室を出た服部はまだ頭が熱いままで、自分の足で歩いている感覚がなかった。以前菅波からは、社長就任した折には取締役への昇進を匂わせられていたが、それも消えたことだろう。そんなことはとうの昔に諦めている。

なにがなんでも木澤を切ると啖呵を切った以上、それを実行するのが編集局長としての職務だ。そのためにはまだ木澤がしたことがすべて事実だったのか、裏を取らなくてはならない。

社長室に入る前にマナーモードにしたスマホをポケットから出した。着信が一本入っていた。興奮して話していたからバイブにも気づかなかった。国枝裕子からだった。

「国枝さん、電話くれたようだな。鍋島氏からなにか情報を得たか」

〈派閥事務所は記者が多すぎてとても話ができる状況ではありませんでした〉

国枝は阿久津派事務総長の鍋島を取材すると報告を受けている。

「木澤氏は」

〈現れていません〉

他の記者がいれば、国枝が調べたいことを聞くことはできない。今回の計画ではもう少し時間をかけて国枝に取材させ、そして海老沢一徳の連載を開始して木澤を信用させ、連載取材中にしっかりと確認作業を進めてから木澤を追い込む手筈だった。それがまさか荘口が病気で辞任し、総裁選に突入するとは……これがすべての予定を狂わせた。

〈局長は明日の公開討論が午後二時に決まったのは聞いていますか？〉

「ああ、編集局を出る前に日報通信から速報が流れたな」

とはいえ改めて配信されただけで、二時というのは当初から分かっていたことだ。

〈思い切って明日、ぶつけてよろしいでしょうか〉

「ぶつける。本気で言ってるのか？」

誰にとは聞かなかった。それはお互い分かっている。だがどこでどうやって会うつもりだ。

「一対一で会えるのか」

〈百パーセント自信があるわけではなく、半分もありません。ですがこのチャンスを逃せば総裁選が終わるまでチャンスはないでしょう〉そう言ってから国枝は〈ですけど〉と続けた。

「ですけどなんだ？」

〈そこに木澤氏がいる可能性もあります。木澤氏がいたら私は何食わぬ顔で引き返しますが、話してる途中に入ってきたらすべてが台無しになるでしょう〉

服部は松井貴美子の顔を思い浮かべた。当時は新米政治記者だったが、木澤の弟子のようにくっついていたことで、彼女とも何度か会話を交わした。すらりとした長身で、快活で、それでいて凜とした女性だった。

海老沢の秘書としての彼女に、なにかネタを聞いたわけではないが、裏取りに協力してもらったことはある。

木澤と彼女は政治記者と秘書との関係を凌駕した盟友関係にあった。その時は思いもしなかったが、女性を苦手にしていた木澤が本気になったのも、今思えば分からなくはなかった。それなのに木澤という男は……そう思うと心火が燃え上がってくる。

彼女の人生は、木澤の私欲によって潰された。木澤に出会わなければ、立派なジャーナリスト、いや政治家になり、そうした呼称は彼女は嫌がったかもしれないが、女性初の○○と呼ばれ、この国の社会を正しい方向に導いてくれたことだろう。

木澤によって人身御供にされた松井貴美子のためにもここで引くわけにはいかなかった。

〈木澤氏が現れたらしょうがない。きみの思う通りにやってくれ〉

ここが剣が峰だと服部は自分を守《も》り立てた。

5

裕子はスマホで予定通り、公開討論会が行われたのを確認してから、午後二時五分に店内に入った。ウエイターが出てきて「すみません、ランチは二時で終了しました」と断られる。前回来た時と同じ男性だったが、裕子の顔を覚えていないようだ。

「いえ、待ち合わせなんです」

そう言ってつかつかと中に入っていく。

「いえ、待ち合わせのお客様はいないはずです」

ウエイターの慌て様で確信した。奥の個室をノックする。

「ちょっとお客様」

ウエイターの声は中まで通ったはずだ。

「日西新聞の国枝です」

ノブを握って名乗った。返事はなかった。失礼を承知でノブを回した。白髪の黒縁眼鏡をかけた男が鬼のような目で睨みを利かせてくるのも覚悟したが、テーブルに座っているのはハヤシライスを食べる阿久津諭一人だけだった。


「あなたもお昼がまだなんでしょう。好きなものを頼んでください」

一人になれる唯一の場所だと話していた場に、過去に二度しか会ったことがない新米政治記者が無断で乗り込んできた。それなのに、阿久津は気分を害することなく、昼食を勧めてくれた。濃厚なデミグラスソースの匂いに食欲がそそられ、裕子もハヤシライスを注文した。

「なにか気にしておられるようですが、どうかしましたか？」

阿久津の言葉に裕子は返事に窮した。気にした様子を見せたつもりはない。ただウエイターがハヤシライスを運んできた時、あの男が来たのかと焦っただけだ。

「キザさんなら来ませんよ」

「えっ」

今度は明らかに驚きを顔に出してしまった。

「どうして木澤が来ないと分かるんですか」

誰にも邪魔されることなく阿久津と二人きりで話せるのはこの場所だけだと教えてくれたのは木澤である。

「キザさんがここに来たのは、あなたを連れてきたあの日が数年振り、私が幹事長になってからは初めてでしたから」

「そうだったのですか」

「昔は何度か来ましたけどね。あの人ハヤシライスは好みではないんじゃないですか。あるいは阿久津ごときと話すのにわざわざ出かけることはない、電話一本かければ済むと思ってるのか」

「電話はありましたか」

「あったかな？　ここ数日はないですね」

本当のことを言っているのかどうか、判別はつかない。

木澤が来るなら早く用件を済ませようと思ったが、そうでないのなら総裁選の話をしてみようと考えを改めた。政治記者はその情報が欲しくて、朝から深夜まで取材に駆け回っている。

「今、ちょうど公開討論中ですが、阿久津幹事長は三候補が話す内容には興味はないのですか」

海外の予備選挙のように候補者同士が批判し合うようなことはなく、日本では総裁選後の閣僚、党役員人事を考慮して、予定調和的な討論にしかならない。それでもお互い、自分でなければ出せない政策を出してくるはずだ。

見崎通文なら外相経験を生かして緊張が続く中国、韓国との付き合いについて。

三芳源太は円安の是正、物価やエネルギー価格の高騰抑制など経済対策が柱となる。

佐土啓太郎の政策の核となるのは、過去の政権が脱炭素社会を目指すと宣言した二〇五〇年を大幅に前倒しすること、その実施に向けての新たなロードマップについて発言すると予想されている。すでに出馬表明してから「脱炭素化において後進国になってはならない」と発言してきた。

ただでさえ電力不足が懸念されているのに、脱炭素化を無理やり前倒しすれば歪みが生じ、日本経済は後退するという反論が、見崎、三芳から出るが、それも想定内だ。

佐土は地球温暖化など環境問題に関心のある若い層の気を惹こうと、そこに政策の軸を持ってきたわけではない。温室効果ガス排出量の削減に後ろ向きな米国や中国とも一線を画すことで、どこの国にもなびかない強い国作りを目指すと言い、その後に新しい安全保障に話題を移す。そうして保守層からも支持を得ようとする。

これらは佐土をよく取材してきた広瀬から聞いた。広瀬が言うには、佐土は単に理想を語る政治家ではなく、その実、計算高い。そこまで議論を展開すれば、佐土を中道左派寄りと毛嫌いしていた古くからの民自党支持層まで巻き込み、国民の支持は完全に佐土に流れる……そう広瀬は分析している。

裕子の質問に答えることなく、ひたすらハヤシライスをすくってはスプーンを口に運んでいた阿久津が口を開いた。

「別に興味がないことはないですよ。日本でも最近はネット中継されますし、討論会の結果で支持率が動きます。各候補がどんな考えを持っているのか、みなさん知りたいでしょうし」

「でも幹事長はこうして一人でお昼を食べられているわけですし」

「あなたも私がそうしていると思ったから、ここに来られたんでしょ」

「もしお話しできるとしたらこのチャンスしかないと思っていました」

討論会の開始時間が二時と決まった段階で、この赤坂グランドホテルに来ようと思った。討論会の最中なら他の記者もいないだろうと。

「私もあなたが来るような気がしてましたよ」

「私がですか。それはなぜですか」

阿久津は笑みを浮かべた。しばらく待ったがその質問の回答はなく、「あなたはどうして私がここにいると思ったのですか」と質問された。

「いろいろあります。討論会で話すことなど本音ではなく、世論受けする話が中心になると」

裕子ははっきりと述べた。

「それは手厳しいですね。今の国民は鋭いですからそういう見かけ倒しは見抜かれます」

「でしたらもう阿久津派は誰に投票するか決められているとか」

「あなたの意見もつまらないですね。世間の言う私の佐土さん嫌いを信じてるんですか」

穏やかな表情は変わっていなかったが、返ってきた言葉には棘があった。

「党をまとめようとしている幹事長にはとても失礼な発言でしたね。私は佐土さんと幹事長は考え方にそれほど差はないと思っています。カーボンニュートラルもそうだし、男女共同参画社会についてもこのままでは実現できないと危機感を共有していると」

誰から聞いたとは言わずに話す。

「それはよく調べられていますね」

「それでも私は、幹事長は佐土さんにしたくないのでは、と思っています」

「キザさんが佐土さん嫌いだからとか言うんじゃないでしょうね」

「それもなくはないですが、他にあります。それはやはり民自党が伝統ある政党だからです」

「伝統ある政党と私が佐土さんを選ばないことがどう関係してきますか。まさか変わることに私が躊躇しているとか。私はそこまでの守旧派ではありませんよ」

「今の民自党政治はたくさんの政治家の知恵や政策の実行が積み重なってできたものです。まして幹事長は一度民自党を出て外からこの政党を見た経験がおありです。佐土さんがこれまでの政治から脱却すると言っている限りは、幹事長が選ぶことに躊躇するのではないか。そう思っただけです」

「あなた、若いのになかなかいいことを言いますね。若い頃のキザさんのようだ」

「それは褒められているのでしょうか」

「もちろんですよ」

ハヤシライスの残りを、スプーンを滑らせるようにしてきれいに食べ終えた阿久津は、布ナプキンで口を拭いた。

「確かにぶち壊すと言うのは簡単ですし、国民は爽快感を覚えて共感します。ですが一度壊せば、いいものまで一緒に消滅し、簡単に元に戻すには何十年もかかるのですから」

「はい、壊すより作る方が大変だと私も思っています」

「ですが今回の佐土さんは、民自党を潰すとか、そうした発言はしてないと私は予想してますけどね」

「どうしてわかるのですか」

「長年やってきた仲間だからですよ」

これが他の議員なら嘘っぽく聞こえたかもしれない。党内融和を訴えてきた阿久津だけに説得力を感じた。

「阿久津派が佐土派を推す可能性もあるということですか」

阿久津はそこで裕子の目を見つめた。だがすぐに「いくらキザさんの会社の社員でも、それは話せません」とかわされた。「それが決まっていたら今日の討論会の意味もないでしょう。それより早く食べないと冷めてしまいますよ」

「は、はい」

まだ半分も食べていなかった。せっかく勧められたのにこれでは失礼だ。

「キザさんはどういう考えですか。三芳先生ですか。見崎先生ですか」

早く食べようと掻きこんでいるところで質問され、とろとろに煮込まれた牛肉が喉につかえそうになる。

「幹事長は聞いていないのですか」

「私はあなたに聞いてるのですよ」

「三芳先生のことは好きではないようです。あんな器の小さい政治家、仲良くしたい記者は誰もいないと軽蔑してました」

言わなくても阿久津なら知っている。

「佐土さんのことは？」

「好きな言葉は、これまでの民自党政治から脱却すると、政治のダイナミズムを取り戻すだと。おまえらでスキャンダルを探してこい、とも言われました」

「ハハハ」声に出して笑った。「キザさんらしいですね。そうなると見崎さんじゃないですか。結果も見崎さんですね。それは日西新聞の木澤が推した方が勝つという永田町の法則に当て嵌めるならですが」

　木澤が推した候補が勝つ――これも本の中で出てきた。今泉龍彦が贈った言葉だ。

「今度は私が訊いてもいいですか」

　ちょうど食べ終えたところで裕子が尋ねる。

「どうぞ」

「木澤はこう言ってるんじゃないですか。地方票の六割は佐土が取る。ですが一回目の投票までは、見崎と三芳とを本気で戦わせる。その結果、一回目の投票で佐土に次いで二位になった方を総裁にする。それが三芳になっても構わないと」

「言ってるって、キザさんが私にですか？」

「はい」

「それじゃ私がキザさんの子分みたいじゃないですか」

　失礼な質問だったにもかかわらず、阿久津は苦笑いで受け流した。

「そういう意味ではないです。あくまでも木澤が幹事長に言ってるだけです。幹事長がどう受け取るかは別問題です」

「あなたはどうしてそう思うのですか」

「それは木澤が逆転で決まるのが好きだからです。木澤は策士です。大昔『八海山《はっかいざん》』の三人で総裁を争った時も木澤は《八幡蔵相浮上》《山岡外相有利》と対立候補が頭一つ抜けたように各社に報道させ、二人を先行させてから、最後は海老沢氏を総理にしました」

「あれは坂井戸前総理が決めたのですよ」

「もちろん承知しています。ですが坂井戸裁定になれば、海老沢が選ばれると木澤は読み切っていたのでしょう。いずれにせよ、ドラスティックな決着で海老沢政権を誕生させたことには違いありません」

「ずいぶん古い話をするんですね。あなたはまだ生まれてないんじゃないですか」

「はい、平成生まれですので」

「よく勉強されてますね」

「当たっていましたか？」

裕子が尋ねる。阿久津は口角を上げた。

「残念ながらそこまでの話は、キザさんからは聞いてませんよ」

確かに裕子が知る限り、坂井戸裁定は計画通りだったのではないかと疑った阿久津に、木澤は最後まで惚けた。

「阿久津幹事長がどうして総裁選に出ないか、私なりの考えを話してもいいですか」

腹に力を込めてそう切り出した。この言葉を言うために何度も家で予行練習した。ハヤシライスでお腹が満たされて落ち着いたせいか、声が震えることはなかった。

「面白そうな話ですね。あなたがどんな分析をするのか聞かせていただけますか」

余裕はあるように見えるが、いつ席を立たれても不思議がないほどの緊張感が肌に刺さる。

「一度、新党結成に参加した幹事長はその後、岩嵜さんと袂を分かち、民自党に戻った。幹事長は優秀な方なので、たくさんの人から復党を望まれたと思います」

「優秀な方とか、こんなところでおべんちゃらを言わなくても結構です。あなたの話したいことだけを言ってください」

　阿久津の言う通りだ。余計なひと言だった。

「海老沢さんだけは幹事長の復帰を許さなかった。海老沢さんは世間では気配りができて、心が大きな人だと言われていましたが、木澤と同じで裏切りには厳しい人です。そこで間に入ったのが木澤です。木澤は幹事長が二度と裏切らないことを条件に、海老沢さんに派閥に戻れるよう交渉役を買ってでました」

「大きく間違っていませんが、キザさんも裏切り者は許さない人でしょ。そのキザさんがどうして私を許したんでしょうね」

「それは幹事長が民自党に必要だと思ったからです」

「キザさんって、そんな優しい方ですか」

「党のことを本気で考えています。こう言ってしまうと木澤のしていることを肯定してしまいそうで嫌ですが、この国が間違った方向に行かないよう、記者生命を賭していると言ってもいいくらいです」

　次の言葉を探すまで少しの間が生じた。

「続けてください」

　阿久津が手を出して促してきた。

「だからこそ木澤はもう一つ条件をつけた。これこそが私の推測になりますが、木澤らしいセリフにするなら、党に迷惑をかけたのだから今後は党のために一生汗をかけ、党務に徹しろということではないですか」

黙って聞いていた阿久津だが、遠い昔の話を裕子が語ることに驚いているようだった。

「あなた、そんな古い話を誰から？」

悠然と構えた顔しか見たことがなかった阿久津に変化が表れた。

「本を読んだからです」

「本って？」

「これです」

裕子は床に置いた鞄から、印刷店で製本してきた本をテーブルの上に置いた。阿久津の手が届くところまで滑らすように動かしていく。

「そこまでこの本にはっきりと書いてあったわけではありません。前後の文章からこうではないかと想像しただけです」

阿久津は手を伸ばして本を開いた。そして一ページ目から夢中でめくっていく。数ページ進んだところで、阿久津は手を止めた。

「国枝さん、この本、預からせてもらってもいいですか。必ずお返ししますから」

本を開いたまま阿久津はまっすぐ視線をぶつけてきた。

「返さなくても結構です。幹事長にも読んでいただきたくて、多めに製本しましたから」

「それなら時間をかけてゆっくり読ませていただきます」

阿久津は丁寧に本を閉じた。


自宅に帰ってから、裕子は広瀬に電話をかけた。

〈だけどよく阿久津幹事長とサシで話せたな。さすが裕子だ〉

「どこで木澤が現れるかずっとドキドキしていたけどね。幹事長にそれを見抜かれて、木澤は来ないと言われたけど」

〈それなら木澤はどこにいるんだ？　本当に麻雀してるか昼寝してるのか。総裁選の討論会の日にそんなことはしてないだろう〉

　裕子にもその件については答えを見いだせていない。

「総裁選まであと四日か。時間が足りないよ」

〈総裁選に間に合わせる必要はないと俺は思うけど〉

「木澤に最大のショックを与えるのは、総裁選で木澤の思い通りの結果にしないことだよ」

〈それが一番効果があるのは俺だって分かってるよ。だけど幹事長が方針を変えるかどうかは分からないだろ。ましてやすでに見崎さんで腹を決めてるとしたら〉

「自分は木澤の子分ではないと、流されたよ。私には新総裁は自分たちで決めると聞こえたけど」

　この日の公開討論は今一つ盛り上がりに欠けた。三芳は経済対策、見崎は外交と予想した通りのことを言った。

　佐土も予想通りで、地球温暖化対策にテーマを集中させ、脱炭素社会の新たなロードマップを作ることを打ち出した。だが広瀬が言っていた新しい安全保障までの言及はなかった。

　一番意外だったのは、佐土の口癖である『これまでの民自党政治から脱却する』も『政治のダイナミズムを取り戻す』のフレーズも出なかったことだ。

〈佐土さんの中で違う考えが浮かんだのかな。それともそこまで踏み込んだら、総理にはなれないと誰かに注意されたか〉

「誰かって誰よ」

木澤か、それとも阿久津か。今回の佐土はそうした発言はしないと阿久津は予想していた。

〈それが分かったら苦労しないよ。俺からは連絡がつかないんだから〉

広瀬は公開討論の後、佐土の携帯に何度も電話をかけたが、出なかったそうだ。

〈だけど今日の収穫は、裕子が本を幹事長に渡せたことだけどな〉

「それが一番の目的だったわけだからね」

阿久津に本を見せたからといって木澤を日西新聞、ひいては政界から追放できるとは思っていない。服部からも、この本によって阿久津や良識ある政治家たちが動くかどうかは予測もつかないと言われている。

阿久津に読んでもらったのはあくまでも事実に齟齬がないか確認するためだ。そのためにはもう一度、阿久津に会う必要がある。

「ちゃんと渡せたのは、悠《ゆう》が手伝ってくれたのかもしれない」

〈俺もそう思った〉

噛み締めるように言った広瀬の声が耳朶に触れる。

裕子の親友で、広瀬の恋人だった松井悠もまた、裕子や広瀬と同様にマスコミへの就職を希望していた。悠は英語が得意だったため、将来は海外で仕事をすることまで夢見ていた。それが大学三年生の時、貴美子の鬱病が急激に悪化したため、悠は地元の市役所に勤務しながら母を看病すると決めた。

広瀬と悠の交際は就職してからも続いた。裕子も週刊誌が夏や冬の合併号に入り、まとまった休みがもらえると、悠に会いに山梨まで出かけた。

悠が二十七歳の時に貴美子は幻聴を訴え、精神病院に任意入院となる。しばらくは夜になると幻聴が止まらず大変だったようだが、悠が毎日のように見舞いにいったことで治まり、退院の目処が立った。広瀬が三十一歳、悠が二十九歳になると、二人は長い遠距離恋愛に終止符を打ち、籍を入れようとした。広瀬は結婚を機に、東京郊外に一戸建てを購入して、貴美子と同居することまで考えていた。

だが入籍まで一ヵ月と迫った日、病院からの帰り道に、悠は自損事故で帰らぬ人となる。寿退職するため毎日遅くまで残業したための居眠り運転。あとで聞いたことだが貴美子の症状が悪化したため、医師が退院の延期を求めたらしい。このままでは悠が東京に行くことからして延ばさなくてはならず、そうした心労も重なったようだった。

悲報を聞いて裕子が病院に駆け付けた時、悠の亡骸の前で広瀬は泣き崩れていた。貴美子は魂が抜けたように床に突っ伏していた。二人に声をかけることもできず、裕子もその場で号泣した。

貴美子が精神病院に戻るのを嫌がったため、年老いた母親が貴美子の面倒を見た。だが貴美子は塞ぎこむ一方で、一年もしないうちに自殺を企図したが、母親に発見され一命をとりとめた。

二年前に二度目の自殺が未遂に終わった時、警察が介入し、再び精神病院に入院することになる。今度は任意入院ではなく、都道府県知事の権限による措置入院だった。それからまもなくして裕子は聡文館をやめ、日西新聞の中途採用試験を受けた。

日西新聞で政治部に配属になった広瀬は、政治家に食い込んではスクープを重ね、この春には日西新聞史上最年少の官邸キャップになった。

「貴美子さん、私が週刊誌にいた時は、記事面白かったわよって電話をくれたこともあったんだよね。でも私のことは忘れてしまっただろうな」

冷蔵庫から持ってきたビールのプルタブを開け、口をつけながらカーテンを開けっぱなしにしている窓から外の暗闇に目を向ける。

〈裕子を見て、悠って呼ぶんじゃないか。二人とも同じくらいの背だから〉

裕子が一六三センチ、悠が一六二センチ。体重は悠の方がほんの少しだけ軽い。髪型も大学生の頃は二人ともボブにしていたせいで、似ていると言われたこともあったが、愛嬌のある悠の方が男子からの人気は高かった。

貴美子に初めて会ったのは、大学一年の夏、悠の実家に行った時だった。

目許の印象が悠そっくりで、若い頃はさぞかし魅力的だったのはイメージできた。ただ白髪を染めていなかったせいか、四十代後半という実年齢よりずいぶん老けて見えた。

貴美子は娘の友達が東京から来てくれたことを歓迎してくれ、ジャーナリスト志望だと聞くと、若い時分にアメリカの大学やシンクタンクで勉強したことなどを話してくれた。すでに躁鬱病の症状は出ていたそうだから、裕子たちが帰ったのちに反動が出たのではないか。

〈前は俺の顔を見るたびに、「悠は一人っ子で甘やかして育てちゃったけど、浩介くんといるとお兄ちゃんを見習うみたいにしっかりするのよね」と、息子のように接してくれたのに、先週行った時は、俺の顔も忘れてたからな〉

広瀬は休暇中に山梨の病院に行った。措置入院は、原則家族以外は面会できないが、貴美子の母親の計らいで、悠の婚約者として会うことはできた。だが貴美子はげっそりと痩せて、別人のようだったという。目の下は隈というより痣のように黒ずみ、唇も自分の意思で動かせない。一六〇センチ以上あるのに、拒食症で今は三十五キロしかないそうだ。

〈貴美子さん、今でも悠のことを思い出すみたいだよ〉

「そりゃ思い出すでしょ。自分の夢を諦めてまで大切に育てた、たった一人の娘が死んだんだから」

〈そういう時はぶるぶる震えるんだって。悠はどこ、どこにいるのって。そうなると強めの薬剤で眠らせるしか方法はないと職員は嘆いていた〉

貴美子がパニックになっている姿を想像した裕子はなにも返せなかった。手元にあった製本した本を開こうとしてはやめる。記憶は欠落しても、あの日の恐怖だけは消え去らないのだろう。口にしたビールとともに苦みが広がった。

「ちょうどビールもなくなったし、もう寝るわ」

〈なんだよ、飲みながら話してたのかよ。相変わらず裕子はちゃっかりしてるわ。じゃあ、おやすみ〉

ベッドのヘッドボードにもたれかかっていた裕子は、電話を切った。歯磨きしようと、飲み終えた缶を持って部屋を出ようとして、電話中に会社から連絡がなかったか確認する。ＬＩＮＥが一通届いていた。開いてみると、佐土だった。

《昼間の居場所は判明しましたか？》

理解するまでに数秒かかった。

佐土とは、木澤が昼間にどこにいるか話題になり、佐土は麻雀でも自宅で休んでいるわけでもないと決めつけたように話した。その先は裕子が調べると勘違いしているのかもしれない。

《すみません。その話ですが総裁選の業務に追われていてまだ調べられていません》

素直に謝り、ＬＩＮＥを打ち返す。

もしかして佐土は木澤と直接会いたいのではないかと思った。そして自分を支持するように懇願するのかと考えた。

返事が来るまでに時間がかかった。役に立たなかったことに落胆されたか。そう思ったところで返事がきた。

《東京都中央区日本橋蛎殻《かきがら》町一丁目……》

第八章　裏社会の番人

1

八月二十三日。正午から行われる昼間の朝刊紙面会議は、いつにも増して緊張感があった。出席者は各部の部長、それぞれの部署の当番デスクなど総勢二十名余りが円卓に座る。

昼の会議は局次長に任せることが多い服部だが、この日は出席して陣頭指揮を執った。

会議段階から、各部で紙面、とくに一面の取り合いになることもあるが、今日に限ってはよほどの大事故や災害でも起きない限り、民自党の総裁選で決まっている。

政治面に限らず、社会面もそうなるだろう。社会部は見崎、三芳、佐土の誰がなってもいいようにそれぞれの地元、愛媛、長崎、埼玉に記者を派遣した。喜びに沸く地元の様子に幼少、学生時代のエピソード、教師、同級生のコメントを載せる。

反権力の旗を上げるメディアでさえも、総理就任直後は過度の批判は控える。服部は、今日に限っては誰が選ばれようが、我が国の宰相になる者に敬意を表した紙面を作るつもりでいる。それがメディア人としてというより、人としての礼儀だ。もちろんただ持ち上げるだけではなく、新総理に求める希望や課題など、日西新聞の意見はしっかりと提示していかなくてはならないが。

「佐土で決まるのでしょうね。うちの世論調査の通りになりそうで、まずは一安心です」

この日の政治部の当番デスクである中西が各紙朝刊をめくりながら息をついた。東都も毎朝も中央新聞も、そしてＮＨＫをはじめとしたテレビも《佐土氏が有力》と伝えている。

「うちだってちゃんと世論調査したんだからそうなるのは当然だろ」

社会部長が茶々を入れる。

「世論調査は全国民に党派分け隔てなくやってるのに対し、投票できるのは党員だけですよ」

本音を吐露した中西に、社会部長も「正直言えば俺も不安はあるけどね。なにせ民自党の風雲児だから」と同意した。

三日前、日西新聞は系列のテレビ局と合同で、約三千人に電話調査した。総理総裁にふさわしいのは誰かという質問に対し佐土が三十五ポイント、見崎が二十九ポイント、三芳が十ポイント、残りが分からないとなった。民自党支持層に絞っても、ほとんど変わらない数字が出た。やはり国民の佐土への期待は大きい。日経平均株価も小幅ながら上昇し、佐土新総理への期待感を示している。

「自主投票とした阿久津派が本当に佐土に入れるのかは、蓋を開けてみないと分からないでしょ」

社会部長が須田政治部長に尋ねた。

「えっ、まぁ、そうですね」

「どうしたんですか、須田部長、元気ないじゃないですか」と社会部長。

「ちょっと紙面構成を考えてたんですよ。識者の声や解説記事をどこに置こうかと」

「解説ってキザさんのですよね。キザさんはどう思ってるんでしょうね。佐土嫌いのキザさんが果たしてこの結果に納得するのか」

「社会部長、キザさんが決めるのではない。民自党の国会議員と党員が決めるのですよ」

服部は窘めた。

「すみません、局長」彼は謝ってから再び元気のない須田を見て「キザさんがどんな解説記事を書くのか楽しみにしています」と守り立てた。

社会部長が言ったように新総裁誕生や総選挙後の木澤の解説記事は、日西新聞の名物だ。

だが今回、その名物記事が載るかは未確定である。木澤が人事部に乗り込んだ騒ぎは、服部が口止めしたことで広まらずに済んだ。デスクも知らないようだが、あの一件以来、木澤から会社への連絡はなく、永田町でも姿を見た記者はいないという。

須田に元気がないのは、昨夜、服部が呼び出し、今回、国枝と広瀬を使って実行している計画を明かしたからだ。

——そんなことをしたら、キザさんは黙ってないんじゃないですか。これまでしてきたことを自分の都合いいように脚色して日西新聞に反撃するかもしれないですよ。

考えもしなかったことが裏で動いていたことを知らされ、須田は声を震わせた。

——木澤氏が開き直るのも覚悟の上だよ。

——世論からも猛バッシングを受け、我が社に批判が殺到します。

——だから私は覚悟していると言っただろ。

ひと通りの手順を確認し終えると、社会部長が時計を見る。

「もう十二時半か、地方票の発表は一時だったよな」

今回は地方票の開票発表後に国会議員の投票が行われる。当然地方票の結果が議員の投票心理に影響する。

「もしかしたら、一回目の投票で、佐土総裁に決まったりして。それだと号外もいい時間帯に出せるんですけどね」

整理部長が言う。都内、大阪市内では号外を撒く準備も進めている。いくらインターネットが普及しても号外を出せば人は集まってくる。読者がそれをどんな顔で読むのか、その反応を見るのも記者の仕事だ。ネットニュースのトレンドも指標の一つにはなるが、発言者の生の顔までは見えない。

「そう簡単には行かないだろう。なにが起きるか分からない、そう心して各記者にも指示を出しておくように」

服部の言葉が締めとなり会議は終わった。

席に戻ろうとする須田の後ろ姿が気になった。

「須田部長」

須田が振り返る。まだ目は虚ろだった。

「昨夜の話は一旦忘れろ。今日の紙面に集中してくれ」

「はい、分かりました」

服部にしてはよほど厳しい顔をしていたのだろう。須田の表情も仕事に熱中している時の険しいそれに戻った。

あとは結果を待つだけだ。だが紙面作りに集中できていないのはむしろ自分かもしれない。

局長席に着いた服部は、スーツの前ボタンを外す。

それでは内ポケットに入れた辞表が誰かに見えてしまうと、再びボタンを締めた。

2

【実録　政治記者・木澤行成（その8）】

平成十七年（二〇〇五年）、四十三歳になった松井貴美子は、その頃、週刊誌から長期連載の依頼が来るようになった。連載のテーマには、ＤＶや夫の浮気によってシングルマザーになった母親、男に騙されて借金が増え、水商売や風俗などで働かざるをえない『貧困女性』を選んだ。

一年に及んで彼女たちの取材を続け、やっと第一回目の執筆を終えたが、八月に雫石総理が閣僚の反対を押し切って突如、衆議院を解散、民自党が二つに割れるかもしれない総選挙となったことで、連載は延期となった。

その連載と並行して、貴美子はもう一つ、取材をしていた。

それが引退したはずの今泉龍彦についてだった。

かつて今泉に預けていた情報が、無断で政治家に流れていて困っているという相談を海外赴任していた商社マンから受け、取材を始めると他にも金融関係者、役人も同じ悩みを打ち明けたのだ。

彼らによると自分たちが提供した情報は民自党議員のものだけでなく、野党議員のスキャンダルもあった。民自党議員の不祥事を追及した野党議員に、同様のスキャンダルがブーメランとなって返ってくる。そのような野党の追及潰しに利用されることが度々起きたらしい。

今泉龍彦からは「もらった情報は私がこの仕事をやめた時にはすべて処分する。私以外の人間が表に出すことはない」と約束されていた。にもかかわらず新聞や週刊誌に載り、国会質問にまで出るものだから、彼らは不安に陥り、自分が情報源であることまで表沙汰になるのではないかと怯える日々を送っていた。

松井貴美子はこれ以上の情報漏れを防ぐため、かつてＸ氏という裏社会の番人がいたこと、情報をＸ氏に渡しても提供者の身の安全が保障されるという信頼関係が成立していた、それがＸ氏のリタイア後、情報が流出している……そうした内容の記事で明らかにすべきでは、と相談者に提案した。

Ｘ氏、すなわち今泉の存在じたいはメディアの人間はみんな知っている。だが今泉の情報が漏洩していると、自分の話した話も漏れるのではないかと記者やライターは疑心暗鬼になり、犯人探しが始まる。そうなれば少なくともＸ氏の情報を引き継ぎ、リークしている何者かは、しばらくおとなしくなる。貴美子の提案に商社マンや役人らは匿名を条件に了承してくれた。

松井貴美子は海老沢事務所で築いた人脈を頼りに、今泉龍彦について調べた。今泉がどのような経緯で名古屋経済研究所を立ち上げたか、その実体がようやく見え始めた頃だった。

木澤から電話があった。年賀状のやりとりは続けていたが、声を聞いたのはあの夜以来だから、六年もの月日が経過していた。

〈松井さん、今泉さんの情報が漏れていることを調べているんだって？〉

「どうしてそれを」

〈実は俺も同じように情報漏れを恐れている銀行員から頼まれて調べているんだよ。なにせ今泉さんのもとには俺が流した情報も数多く残っている。それが表面化したら、俺に教えてくれたネタ元も危険に晒される〉

　貴美子にはそれが神の声のように聞こえた。ここまではなんとか調べたが、政治の世界からはずいぶん前に離れた自分が、パンドラの箱とまで言われた今泉の情報がどうやって漏れ出したのか、一人で解き明かせる自信はなかった。

　だが木澤は今泉龍彦がもっとも信頼していた人間と言ってもいいほどの存在なのだ。木澤となら解明できる。

「木澤さんも手伝ってくれるの」

〈手伝うんじゃない。俺は松井さんの協力を求めてるんだ。一人でやるより二人でやる方が情報も裏取りも信憑性も出てくる〉

「そうね、私もありがたいわ」

〈俺もどのような経緯で今泉さんの情報が漏れているのか複数の経路を摑んでいる。一度会って突き合わせをしないか。二人で協力すれば、情報を盗んだ人間を割り出せるかもしれない。証拠さえ握れば俺が本人を問い詰め、二度と政治家やマスコミに売らないと確約を取る〉

「それができるなら私に相談してきた人たちも安心すると思う。ぜひそうしてください」

　一週間後に二人で会った。

木澤は貴美子以上に情報を持っていた。

「俺は裏社会の人間が怪しいと仮説を立てて調べたんだよ。一人は元総会屋、そしてもう一人は現役の暴力団組長だ。総会屋は商法改正後に不当な利益を得られなくなり、組長も暴排条例で虫の息だ。そこで彼らは今泉さんが持っていた情報が金になると目を付けたんだろう」

「そういう事情なのね」

「まだ彼らが手元に隠してる情報もあるらしい。だけど誰が次の被害者になるのかが、俺もできるかぎり手を尽くして調べたけど、すべては分からなかった」

「私の得た情報では、情報漏洩を心配している人はこの人たちだけど」

貴美子は持ってきた資料をバッグから出した。

「この連中なら俺も把握している。これで全部かな」

「ううん、全員ではないわ。本人の許可が取れてないものがあるので、許可をもらってから木澤さんに知らせようと思って。木澤さんが見たいなら次回までに本人と連絡して、持ってくるけど」

「じゃあ、俺も次に松井さんに会うまでに、その元総会屋とヤクザが否定できないような証拠を持参するよ。そうすれば松井さんも自信を持って書けるだろ。流した二人が二度と同じ過ちを繰り返さないように記事で告発するんだ」

「私が記事にしていいの？」

「当たり前じゃないか。この事実を発表すれば松井さんは誰もが認める一流のジャーナリストだ」

「嬉しいわ。木澤さんが応援してくれるなんて」

「俺は松井さんを全力で応援すると言ったろ」

「それは政治家として……」

「同じだよ。あなたならいつか大きなことを成し遂げるという期待は、俺の中でまったく変わっていないから」

ちょうど夕食前の時間帯だったので、貴美子は木澤から久々に食事でもしないかと誘われたらどうしようか、考えていた。だが礼儀として、誘われたら食事くらいは付き合うべきだと思った。それくらい心強さを感じた。

ところが木澤は用事があると言い、資料を片付けてそそくさと店を出ていった。

3

「案外、三芳源太は大健闘したな」

大手町駅から東西線に乗り、茅場町の改札を通過したところで、スマホをチェックした広瀬が、ドント方式で行われた党員算定票、いわゆる地方票を確認した。

佐土啓太郎　１６５
三芳源太　１０５
見崎通文　１０４

「佐土さんはもっと伸ばすと思ったけど、案外少なかったな。やはり佐土さんのこれまでの言動に、地方の長老たちは抵抗感があるのかな」

「それを言うなら誤算なのは見崎さんでしょう。まさかの最下位なんだから」

「見崎さんもショックだろうな。でもなんでだろう。三芳さんよりは人気はありそうだけど」

広瀬は首を傾げたが、裕子の耳には一ヵ月前、灼熱でぼやけた盛夏の情景とともに何度も聞いた、濁りのある声が反響していた。

外相は憧れのポストだが、海外に行っている間に国内の人間関係が希薄になる――木澤はそのように言い、見崎を批判した。地方票の低迷は、コロナ蔓延前から見崎は外交に夢中になって地方遊説をせず、首長選や県議選の応援にも積極的ではなかったそのツケが回ったのだ。

だが木澤は今は、こう言っているのではないか。部下や地方に見限られても大丈夫だ。俺の言うことを聞いていれば俺が総理にしてやると。

「三芳さんと見崎さんの差はたった一票か。これが議員投票にどう影響が出るかな、裕子はどう思うよ」

「家原キャップの話だと一回目は自主投票にしている阿久津派の票の大半は、見崎さんに入るみたいだから、一回目は佐土さんに次いで、見崎さんが二位に上がるんじゃないの」

家原にそう話したのは、阿久津派の鍋島らしい。あえて「一回目」と口にしたということは決選投票になると、阿久津派は読んでいる。

荘口派担当記者は、療養中の総理の留守を預かる山本貫幹事長代行からこう聞いた。

――うちの派閥は見崎大臣でいく。

それは山本の決定でも、荘口総理が決めたことでもない。木澤が企てている。地方票で見崎が苦戦することまで読んでいた木澤は、その上で一回目の議員投票で見崎を二位に残すように仕向け、佐土VS見崎で決戦投票に持ち込もうとしているのだろう。

「残念だよな。俺は個人的に阿久津幹事長が佐土さんを推すと思ったんだけど」

地下鉄の出口を出て地上のオフィス街を歩きながら広瀬がため息をついた。

「別に幹事長は佐土さんを推さないと言ったわけではないよ。事前に派閥の所属議員の意見を聞いて決めるって言っただけ」

「幹事長が命じなきゃ、所属議員は幹事長の意向は見崎さんだと勝手に見込んでしまうんだろ？実際、派閥ナンバー2の鍋島さんはそう見立てているわけだから」

阿久津からは本を渡した翌日に電話があり、ランチタイムが終了する時間帯に赤坂グランドホテルに呼び出された。

三十分ほど話したが、総裁選については「今回のこととは話が別です」と結論は聞けなかった。

木澤の言いなりにはならないと決めたとしても、それが木澤の推す候補に反対することには繋がらない。民自党総裁にふさわしい人間を選ぶ。それが党人派阿久津諭の役目なのだろう。

スマホを見ながら歩くと東京証券取引所前の交差点に差し掛かり、上に高速が架かる橋を渡る。この先に、社殿に力強い龍神さまが彫られた小網《こあみ》神社がある。第二次世界大戦で徴兵された兵士が、この神社でお参りしたところ全員生きて戻ってきたといわれる厄除けで有名な神社だ。裕子たちは神社に向かう手前の信号を右折ししばらく歩いた。

吹き付け塗装の古いマンションだが、最近修繕されたのか、壁は白くて綺麗だった。手すりも光沢がある。五階建てなのにエレベーターはないため、階段で三階まで上がった。ＬＩＮＥに書かれていた住所の部屋まで来て、インターホンを押す。

〈どちらさまでしょうか〉

女性の声がした。

「日西新聞の国枝と申します」

「広瀬です」

インターホンが切れた。しばしの時間を置いて声がした。

〈中にどうぞ〉

裕子は広瀬と顔を見合わせ、ドアノブを引いた。インターホンに出た若い女性が、スリッパを出してくれた。女性の案内で十五畳ほどの居間を通り過ぎ、奥の部屋へと案内される。

「日西新聞のお二方がいらっしゃいました」

女性はそう告げてからドアを開ける。

そこは三方を本棚に囲まれた、古い外国映画に出てくるような重厚な執務室だった。

真ん中に立派な机があり、男が悠然と座っている。本棚の隙間の窓から日が差し、特徴のある白髪が色素を失ったかのように透き通っていた。

「よく俺の居場所が分かったな。阿久津に聞いたのか？」

余裕を見せているのか、木澤は片方の口角を上げた。髭がこれまでより伸びっぱなしになっている。

「阿久津幹事長は教えてくれませんでした」

裕子は目頭に力を入れ、にやけた黒縁眼鏡を見返した。

「それだったら見崎か、三芳か。鍋島、ヤマ貫、万田……いいや、古い議員ならみんな知ってるが、教えるのは佐土くらいだろうな」

見事なまでに裕子のネタ元を言い当てた。

「名古屋経済研究所の後釜に木澤さんが収まっているのは想像がついていました。ですけど以前と同じ場所とは思いもしませんでした。私は、かつて情報交差点と言われたメイケイがどこにあるのかも知らなかったですし」

「俺はメイケイの後釜でもなんでもない。ただ部屋を借りてるだけだ」

「部屋なんかどうでもいいですね。木澤さんが受け継いだのは今泉氏が持っていた膨大な人脈と情報です。政治家たちの弱みと言った方がいいかもしれません。それを木澤さんは強引に奪った」

返答はなかったが、木澤に余裕が消えたわけではない。向かってくる視線は、裕子のそれを跳ね返すほど威力があった。

「俺の方でもこの間に調べさせてもらったよ。国枝と広瀬、おまえたち同じ大学だと言っていたけど、サークルまで一緒だったそうだな。就活時からの知り合いと聞いた段階で気づくべきだったよ。俺も老いぼれた証拠だ」

「さすが木澤さんです。そんな昔のことまで調べられるなんて」

動じることなく隣から広瀬が答えた。

「俺が調べたのはそれだけじゃない。おまえたちにはもう一人仲間がいた。それが第一文学部卒の松井悠だ。彼女は四年前に交通事故で亡くなった」

「その通りです」

裕子は怒りを嚙み締めて認めた。

「母親の松井貴美子は山梨誠成会病院の精神科病棟に入院しているそうじゃないか。おまえたちが彼女や娘からなにを聞いたかは知らないが、そんなものを証明する術はない。告発するというなら、俺は裁判で堂々と戦うまでだ」

木澤がこの短期間で松井貴美子の入院先まで調べたのにはさすがに驚いた。

拒食症からは回復できていないが、自傷行為の危険性がある切迫している状況ではないと今は身体拘束がされていない貴美子だけに、テレビや新聞を目にする機会があるかもしれない。

そんな状況下で、突然メディアに木澤が登場し、過去をほじくり返せば、彼女はいっそう精神を取り乱すだろう。

しかしここで引けば、貴美子の努力も、大学時代に母親から聞かされた話を持ち出して、なぜ自分がジャーナリストになりたいか、自分が告発したいのはたった一人の男なのだと、裕子と広瀬に伝えた悠の思いも報われない。

つけっぱなしの大画面テレビが一回目の投票が始まったことを伝えた。

〈愛川剛《あいかわつよし》くん、相田かほりくん、秋島優《あきしまゆう》くん、阿久津諭くん、浅野真二《あさのしんじ》くん、阿野正治《あのまさはる》くん……〉

名前を呼ばれた議員たちが、壇上に上がり、背を向けて投票用紙に名前を書いては二つ折りにして箱に入れていく。阿久津はいつも通りクールな顔をしていた。

〈黒田利夫《くろだとしお》くん、見崎通文くん〉

見崎はいつになく表情が硬い。

〈小谷理恵くん、堺博光《さかいひろみつ》くん、崎本純哉《さきもとじゅんや》くん、佐土啓太郎くん〉

佐土は余裕の表情で投票用紙を箱に入れた。

4

議員投票の集票が終わったようだ。その様子を名古屋経済研究所の執務室のテレビで視聴している間、裕子も広瀬も、そして木澤も声を発しなかった。

テレビから選挙管理委員長である久保一秋の声がした。

〈開票の結果が判明しましたのでご報告いたします。ただいまの投票の結果、投票総数は『７４８』票でした。投票枚数もこれと符合しております。このうち議員投票の有効投票数は『３７４』票、党員算定票は『３７４』票、よって今回の総裁選挙における過半数は『３７５』票です〉

じりじりするほど長い説明が続く。

〈議員票は佐土啓太郎くん『１１９』票、三芳源太くん『95』票、見崎通文くん『１６０』票。党員算定票を加算しますと、佐土啓太郎くん『２８４』票、三芳源太くん『２００』票、見崎通文くん『２６４』票であります。総裁公選規程第二十二条では、有効投票等の過半数を得た者をもって当選者とするものとしており、今回は過半数の『３７５』票に達しなかったことで、これより二回目の投票を行います〉

会場が沸いた。派閥議員が「56」人の三芳は、派閥以外の支持は「39」人の上積みしか得られなかった。一方の見崎は「58」人ながら、派閥外から「１０２」票を集め、地方票数では三位だったのが二位へと浮上した。

「木澤さんの思惑通りになったのではないですか。決選投票は都道府県連票が各一票で、『３７４』から『47』まで減るので過半数は『２１１』になります。議員票で雌雄を決するわけですから、見崎票の『１６０』票と三芳票の『95』票が合体すれば『２５５』となり、それだけで過半数を上回る。ここから見崎総裁誕生になるんですね」

腕組みして画面を見つめていた木澤に、裕子は言った。

「選挙なんかやってみなきゃ分からねえよ。三芳派の中には、見崎総裁の誕生を喜ばないヤツがいるかもしれねえじゃねえか」

「ポストをもらえば納得するのでは？」

「そんな単純なもんじゃねえよ。人間というのは身近なものほど嫉妬するんだ。見崎派議員たちが大将を総理にしたと、はしゃぐ姿を見たくねえ三芳派の議員もいる」

見崎派と三芳派はライバルではなく、案外近い関係にある。身近という見立てができるのも、木澤が長期間、民自党に入り込んできたからだろう。

そこでトートバッグの中で裕子のスマホが振動した。手に取ると中西デスクからだった。

〈国枝、今、電話して大丈夫か〉

服部局長と須田部長以外には、自分たちがどこに行くのか伝えていない。

「大丈夫です」

〈家原から電話があったんだけど、佐土派議員が、どうも周りの動きがおかしいと憤っているらしいんだよ〉

「おかしな動きとはどういう意味ですか」

〈一回目で佐土に入れた阿久津派の票が、二回目は佐土には入らないんじゃないかと心配しているみたいだ。二回目は自主投票ではなくなるんじゃないかと。家原が言うには、裏でキザさんが操作しているって……〉

裕子が相槌も打たないことに中西が声を潜めた。

〈もしかして今、キザさんと一緒なのか？〉

「まぁ」ごまかしたが、中西は分かったようだ。〈それは悪かった、じゃあ切るな〉

「大丈夫ですよ。ところで号外やネット速報には当初通り、予定稿を組んでるんですよね」

佐土総裁決定という予定稿だ。

〈そうだけど、佐土派が心配してるくらいなら、見崎版も作っておいた方がいいかと今考えているところだ〉

「今、私たちも選挙はやってみなきゃ分からないと話したばかりです」

裕子が言ったわけではない、木澤が言ったのだ。

〈じゃあ見崎版も作っておくか〉

スマホから漏れてくる声に耳を寄せ、澄まし顔をしている木澤を見て、裕子は「当初の予定稿だけで大丈夫です」と伝える。

〈当初のって佐土版だけでいいのか〉

「はい」

〈見崎総裁はないってことだな〉

横目で再度、木澤の顔を確認する。馬鹿にしたかのように、横を向いて耳を掻いている。

「はい、大丈夫です」

自信があったわけではなかった。だが木澤がどんなに陰でうごめこうが、自分が取材した感覚で正しい――そう思って裕子はスマホをバッグにしまった。

テレビ画面では決選投票の準備に入っている。短い休憩を挟んで始まるようだ。

「現場では佐土有利説が圧倒していたところに、にわかに見崎が総裁になるのではないかという声が上がっているみたいですよ」

裕子は、腕を組んで背もたれに体を預けている木澤に伝えた。

「決選投票は議員票がメインだ。本命不在と言われた総裁選なんだから、誰がなるかは神のみぞ知るだよ。だけど見崎は一回目に『１６０』取っただけでも大健闘だけどな」

「それは阿久津派が一回目は自主投票でいくと決めたのをいいことに、裏で木澤さんが一部の議員に見崎さんに入れるよう指示したからじゃないですか。木澤さんはとりあえず一位佐土、二位見崎の順番にした。これで木澤さんが好きな二位・三位連合ができました。この後、一回目は佐土さんに入れた議員に、二回目は見崎さんに投票するように指令が出て、華麗なる逆転劇が始まる。それは佐土さんに、俺に逆らったらこういう目に遭うのだと、知らしめることにも繋がります」

丸みを帯びたレンズの奥で微妙に逸れていた木澤の黒目が、裕子に戻った。

「やはりそうだったんですね。木澤さんは佐土さんを呼んで、次の総理に俺がしてやると言ったそうじゃないですか。だからこれからは反党行為になるような批判はするなと言って。だけど木澤さんが誤算だったのは、佐土さんが告示後に突如、見崎さんに会談を申し込んだことです」

　急遽行われた見崎・佐土会談だ。阿久津が出馬するかどうか態度を明確にしないため、痺れをきらした見崎が佐土に同盟を持ちかけたと裕子も見ていたが、そうではなかった。

「あの会談を言い出したのは佐土さんだったそうです。佐土さんはそれまでに木澤さんのことを調べた。そして名古屋経済研究所をのっとり、新聞記者でありながら裏社会と繋がってる木澤さんのバックアップを受けるのは危ないと考えた」

「俺が裏社会と繋がってるだと？　新聞記者をやってるのに、そんなわけねえだろ」

「繋がってますよ。でなきゃ誰が木澤さんに情報を預けるんですか。木澤さんはかつて、ＣＩＡやＭＩ６のような諜報機関がない日本では、海外駐在の役人や商社員、金融マンが独自に情報を収集する。彼らは集めた情報はけっして上層部にはあげない。彼らのレゾンデートルがなくなってしまうからだ、と話していたそうですね。その通りなら、木澤さんが裏の連中とどこかで通じ合っていないことには情報は保持できません」

　この事務所を継いだということは裏社会との交差点になるという意味だ。

「ただし今泉氏は情報提供者を守るセーフティボックスになっていましたが、あなたは違います。その情報を私欲に利用している」

「適当なことを言うな」

　眼鏡の奥で木澤の黒目が膨張した。だが裕子はその目を無視した。

「その話はいいでしょう。佐土さんの話に戻します。見崎さんと会談した佐土さんは、木澤さんとの縁を断ち切れるかを見崎さんに迫った。もし断ち切ると約束するなら、自分は今回の総裁選から降りて見崎さんを支持しても構わないと」

「なんだよ、そのつまらねえ推理は。結局、佐土は出たじゃねえか。降りてねえぞ」

険のあった木澤の目が緩み、下品に笑った。

「それは見崎さんがその場で即答できなかったからです。見崎さんとしても若返りを訴えている佐土さんが、自分を推すと言ってくるとは予想もしていなかった。それに木澤さんと縁を切ることまで約束させられるんです。木澤さんを恐れるあまり、見崎さんは考えさせてくれと返事を先延ばしにした」

だから会談後は佐土も見崎もノーコメントだったのだ。

「佐土がおまえにそう言ったんだな」

木澤はすべてを理解していた。佐土と電話で話したのは、メイケイの住所を教えてもらった後だ。

「佐土さんは木澤さんと同じ理数系だけど、自分は割り算は得意ではないと言っていました。総理になれるからといってそんな簡単に割り切れないと」

「割り切ってるから平気で党を批判し、計算高く自分の人気を高めてきたんじゃねえか」

「だとしても木澤さんに操られてまで総理になるほどには、割り切れなかったんじゃないでしょうか」

「ではおまえが言った通りだとするよ。だけどどうやって俺が見崎を当選させる。さっきも言ったが、三芳派をそのまま見崎に入れさせるなんて無理だぞ」

「それは先ほども言ったじゃないですか。阿久津派の票が入ると見越してるからです」

「だったら俺じゃなくて絵図を描いてるのは阿久津だろ。阿久津が見崎だと決めたら、自動的に見崎総理が誕生する。そして阿久津が次の政権でも党を支配する。俺まで巻き込むな」

どうやら休憩時間が終わったようだ。議員たちが議場に集まってきた。

「そうですね。佐土さんだろうと見崎さんだろうと、多数派の阿久津派と協力関係が得られない限り、総理になってもなにも決められない。やはり、鍵を握るのは阿久津幹事長です」

「やっと政治の仕組みが分かってきたか、お嬢ちゃん」

木澤は小馬鹿にするように鼻で笑う。

「そろそろ合図があるんでしょうね。阿久津派の議員たちは指示を待っています」

実際は阿久津ではない。木澤がすでに阿久津に、一回目は自主投票、二回目は見崎に入れろと伝えている。

「昔の民友党の総裁選では、前の方に座ったベテラン議員がスーツの上着を脱ぐのが誰に投票するかの合図でした。今回もそんな合図が隠されてるんでしょうね」

広瀬が過去の例を持ち出した。そうした指示によって票が一本化され、これまで多くの総理総裁が決められてきた。だがその黒幕に選挙で選ばれたわけでもない一新聞記者がいるとは国民には知られていない。

テレビ局もなにか起きることを予感しているのか、阿久津と、その隣に座る鍋島久をアップで映していた。

「犬笛ですね」

裕子が呟くと、木澤の視線が刺さった。

「犬笛は犬にしか聞こえない周波数で鳴る笛のことで、政治の世界では特定の関係者にだけ伝える合図を指すようですね。阿久津派の議員には今はまだ、どちらに入れるべきなのか犬笛は聞こえていないのでしょうね」

「面白い言葉を知ってるじゃないか、よく勉強してると褒めてやるよ」

木澤には充分すぎるほどの余裕があった。

画面では阿久津派の議員たちがそわそわしていた。左右、前後の議員同士が耳元で囁き合っている。好きに入れていいのか。それとも見崎なのか。あるいは違った指令が出るのか。

〈まもなく決選投票が始まります〉

アナウンサーが言ったところで、鍋島がスーツの上着を脱いだ。

「これが犬笛ですか？」

広瀬が訊いた。すぐさま阿久津が肘を曲げて、手刀を真っすぐに振り下ろした。

「トマホークチョップ」

「裕子、なんだよ、それ？」

「阿久津幹事長が言ってたのよ。裏切った時はこうするって」

「このチョップが犬笛なのか」

広瀬は困惑したが、木澤は事態の変化を理解していた。顔から生気が消えていく。

〈愛川剛くん、相田かほりくん、秋島優くん、阿久津諭くん、浅野真二くん、阿野正治くん

……〉

投票が始まった。阿久津派の議員たちはまだ戸惑っているようで、歩きながら本当に自分の解釈でいいのか相談し合っている。中には鍋島に近寄り、確認する議員もいた。鍋島の口の動きがカメラが捉えた。「さ・ど・さ・ん」はっきりとそう映った。

もう一度木澤を確認した。いつしか腕組みを解き、椅子の肘掛けを握っている。貧乏揺すりが止まらず、今泉時代から使われていたであろう古い椅子がガタガタと音を立てていた。

「おまえ、阿久津になにをした」

木澤が恫喝してくる。

「どうやら木澤さんと縁を切ると決めたのは、佐土さんだけじゃなかったようですね。阿久津幹事長もそのようです」

裕子が話したタイミングで、テレビからレポーターの声がした。

〈どうも投票から戻ってきた議員たちの間に本のようなものが出回っているようです。阿久津幹事長の側近、鍋島議員が配っていて、投票を終えた各議員はそれを読んでいます〉

レポーターがそう言うと、ズームアップして議員の手元が映された。多くが白い表紙の本を読んでいた。カメラマンも必死にカメラを近づけるが中身までは見えない。木澤は身を乗り出していた。

「これですよ」

裕子はバッグから同じものを出した。

表紙はまっさらだった。木澤はめくる。一ページ目にタイトルが印刷されてある。

《実録　政治記者・木澤行成》
タイトルだけで、著者名はなかった。

5

【実録　政治記者・木澤行成（その9）】

平成十七年（二〇〇五年）九月十六日、松井貴美子は裁判で勝訴を勝ち取った二十二歳の女性の取材を終えた。

入社前に大手メーカーの人事部に「過去に成人誌でグラビアモデルをしていた」という匿名電話が入り、内定が取り消しになった大学生で、彼女がモデルをした目的は学費稼ぎだった。

貴美子は「憲法で保障されている職業の自由に反する」と弁護士を紹介、入社が認められたことで、彼女から許可を得て「貧困女性」の連載に入れることを決めた。

総選挙一辺倒になっていた週刊誌も平時に戻り、延期になった貴美子の連載は、来月から始まると連絡を受けた。

貴美子はその頃、高円寺の自宅マンションから徒歩十分ほどのところにワンルームマンションを借りていた。そこに行くのは週に二、三回。仕事場というよりは集めた資料の保管場所だった。

エレベーターで四階まで上がり、キーを挿し込む。嫌な予感がした。閉めたはずの鍵が開いていたからだ。ドアを開け愕然とした。

部屋が荒らされていた。本棚の書籍は床に落とされ、机やクローゼットの引き出しも出されていた。

　これまでの取材で集めた資料が段ボールごとなくなっていた。「貧困女性」の取材ノートだけでなく、今泉龍彦の情報漏洩のことで相談を受けた情報提供者の記録までが消えている。

　気になったのは盗まれた資料より、一人娘の悠のことだった。

　高校で英語部に入っている悠は、ここ数日、学校帰りに怪しい男に後をつけられていると気味悪がっていた。

　そんな危険なことが起こりうるはずないと思いながらも自宅に電話をした。山梨から来てくれていた母が出た。

〈悠だったら、部活の顧問だという男の先生から電話があって、次のディベート大会に向けて今日は遅くなりますと言われたわよ〉

　母の説明に全身の毛が逆立つほどの恐怖が押し寄せた。これまで顧問が電話をかけてきたことはない。そもそも英語部の顧問は女性教諭だ。

　刹那、木澤の顔が浮かんだ。一週間ほど前に連絡があった。例の取材の続報の付け合わせをいつするかという相談だったが、唐突に話題が変わり、木澤は悠の通っている高校名を訊いてきた。頑張って進学校に入ったことを木澤が褒めてくれたので、貴美子は疑うことなく部活のことまで話した。学校帰りに悠が怪しい男に付きまとわれていると言い出したのは、その電話の翌日からだった。

　木澤の携帯電話にかけたが繋がらなかった。日西新聞にもかけ、木澤の居所を教えてほしいと懇願したが、そうした情報を教えるわけにはいかないと拒否された。

気が動転したままマンションを出る。

エントランスから道を挟んだ反対側、公園がある側に大型のベンツが停まっていて、運転席と助手席には見るからにその筋と分かる厳《いか》つい男たちが座っていた。

スモークガラスの後部座席のドアが開き、出てきた男に貴美子は驚愕した。それが木澤だったからだ。

「松井さん、お待ちしていました。少し話があるのでこちらに来てもらえますか」

硬い表情でそう言った木澤は、完全に日が暮れた公園へと入っていく。貴美子はおそるおそる後をついていく。高校生のカップルがベンチに座っているだけで、他に人がいる様子はなかった。木澤は灯りが届かないトイレの裏側まで歩いていく。

「車の中の人たちは誰なの？」

歩きながら貴美子は訊くが、「知り合いの知り合いですよ」と木澤は前を向いたまま惚ける。

「借りてる部屋から取材ノートや資料が全部なくなってたわ。あなたたちの仕業でしょ」

取材ノートを見せたのは木澤だけ。今泉の情報のことで相談を受けたことは、木澤以外には話していない。

立ち止まった木澤は、蛇のようなねっとりした視線で貴美子の全身を眺めた。

「録音機があるとまずいからね」

小声でそう言った木澤にバッグを奪われ、中を調べられた。さらに胸や腰、太腿まで触れられた。体に触れられたのはあの夜以来だったが、まるで違う気持ち悪さを覚えた。

「どうぞ、続きを」

調べ終えた木澤は手を出した。

「あなた、それでも記者なの。こんなこと許されないわよ、犯罪よ」

「私は松井さんを心配してるんですよ。松井さんがしていることは危なっかしすぎるから」

「これで分かったわ。私のネタ元が言うには、今泉氏は引退を決めた時、信頼できる人間にこれまで集めたすべてを処分してもらう約束になっていると話していたそうよ。それがあなただったのね。あなたはその約束を破り、処分しなかった」

そう言ったところで木澤は認めなかった。なにも証拠はないと開き直っているのだ。

「そうしたことを軽々しく口にすることを私は心配してるんですよ」

両手をポケットに突っ込んで、にたつく木澤の顔に、信じていたもののすべてが覆されていく。木澤行成は自分の思い通りに政界を動かすためなら、平気で情報を利用し、情報源を危険に晒す。そんな身勝手な男と海老沢事務所にいた頃から情報交換してきた自分の愚かさを貴美子は呪った。

「それより娘はどこ？　あなたがあの男たちを使って娘を誘拐したんでしょ」

「悠ちゃんなら杉並中央病院にいますよ」

「病院？　悠になにがあったの？」

「行ってみれば分かります。けっしてあなたが心配しているようなことにはなっていませんから」

貴美子は居ても立ってもいられず、公園を飛び出した。結構なスピードで走ってきたタクシーを、両手を振って止めた。

「至急、杉並中央病院に行ってください」

早口で告げる。至急と言ったことで運転手も飛ばしてくれた。病院の自動ドアをくぐると、診察室から高校の制服を着た悠が出てきた。

「悠！」

「お母さん」

笑みを零した悠に向かって、貴美子は駆けだした。

「どうしたの？　なにがあったの？」

「また怖い男がついてきたの。それで逃げようとしたら、前からおじさんが歩いて来てぶつかって。意識を失って倒れたら、おじさんに起こされて、抱えられて車に乗せられたの」

「乗せられって、大丈夫なの……」

なにかされたのではないか、娘の服装に乱れはないか、体に異常はないのかを確かめながら訊く。

「中には運転手の男の人もいたから、私もどこかに連れていかれるって怖くなったけど、おじさんからは頭を打ってるからじっとしていなきゃだめだ、病院で検査しようって言われて……それでこの子が道に倒れたって、病院の人に言ってくれたの。私、まだふらふらしてたんだけど、脳波の検査をしたけど問題はないって。あれ、おじさん、廊下で待ってると言ったのに、どこに行ったんだろ？」

悠は周りを見渡す。救急対応の受付職員がその男性ならタクシーで帰ったと言った。

その時には貴美子は恐怖で体の震えが止まらなくなっていた。

悠を連れてきた男も、ベンツに乗っていた連中と同じ、木澤が雇った裏の連中なのだろう。これは警告なのだ。悠を連れ去ることくらいいくらでもできる。凌辱するのも簡単だ。だからこの件については二度と調べるなと。

「お母さん、泣いてるの？」

「悠が無事だったと安心したら涙が止まらなくなって。でもなにもなくてよかった。じゃあ帰ろう、おばあちゃんも心配してるし」

自宅に戻ってからも貴美子はいつ男たちがやってきて、娘に危害を加えるのかと、恐怖が消えることはなかった。

家宅侵入の件だけでも警察に行くことも考えたが、木澤の背後に控える連中の報復が怖くてできなかった。

これまでは偏見や性差別など辛い目に遭った時こそ反発心で立ち向かってきたが、今回は強い気持ちは湧き上がってこなかった。娘を危険な目に遭わせてまで取材は続けられないと、ジャーナリストとしての意欲も萎んだ。

連載は延期してもらい、翌月には悠の転校手続きをとり、実家のある山梨県甲府市に帰った。その後、父が営む洋品店を手伝いながら、取材を受けてくれた女性たちのために「貧困女性」の連載だけは形にしようと、聞いたことを思い出しては机に向かった。しかし集中力は続かなかった。

夢の中にまで、車に乗っていた厳つい男たちが出てきた。実家に大型ベンツが横づけされ、彼らは勝手にドアを開けて二階まで上がり、余計な取材はするな、取材ノートを出せと脅してくる。そういう時は必ず背後に、薄笑いを浮かべた黒縁眼鏡の男がいた。貴美子は毎晩のように悪夢にうなされた。

悠のことで生きた心地がしないほど精神が混乱してその時は感じなかったが、今思うと貴美子を身体検査して警告したあの時の木澤は、学生運動で自分を売った女子大生や、浮気をした元女房のことを話した時と同じ目をしていた。

だとしたら自分を見失うほど酔い、一度は木澤に体を許そうとしたあの夜のことが起因しているはずだ。

娘の声で我に返った貴美子は、あの後、木澤と距離を取り始めた。

そうしたことによって、貴美子は憎しみの対象へと変わったのだろう。

俺を裏切った女は許さないと……。

*

最後に、この原稿は当初は、平成十三年（二〇〇一年）にフリージャーナリストに転身した時、つねに国家を憂え、自身が認めた政治家を陰で支えてきた優れた政治記者がいた、その記者の評伝をいつか出版したいと考え、木澤から聞いた話を忘備録として書き留めたものがベースとなっている。前半部分は本当に評伝にするつもりで書き始めた。もちろん書き終えた際には、本人に見せ、許可をもらうつもりだった。

だが平成十七年（二〇〇五年）に木澤と六年ぶりに再会、かつて今泉事務所から情報が漏れていることを相談した後に彼が見せた本性で、自分は大いなる勘違いをしていたことに気づき、大幅に加筆修正した。

木澤を勘違いさせたのは彼だけの問題ではないと、海老沢事務所での出会いについても、彼に対して一瞬心が動いた夜のことも、その後にあえて書き足したものだ。ただし木澤行成という人間がしてきたことを、読み手に客観的に評価してもらおうと、視点はあえて三人称のままにした。

木澤行成を動かしているものは、つねに自分こそが政治を裏で動かしている、自分がいなければまともな政権運営もできないというエゴイズムであり、そこで発生する私欲でしかない。それを果たすためには先人が守ってきた情報も利用し、堂々と法をも犯す。

原稿の内容は私が木澤から直接聞いた真実であるが、かといって木澤がどこまで本当のことを述べたか分からず、すべての裏取りはできていない。木澤にそんな話はしていないと言われてしまえば事実無根だと撥ねつけられるだろう。

だからこの原稿が世に出て、人に読まれることはないと思っている。

ただ、もし私の志を受け継いだ誰かが、一つ一つの事柄を掘り起こして確認してくれるのであれば、自分の思うがままに総理総裁を決め、日本政治に独善的に影響力を行使した一人のキングメーカーの存在を公にできる。

そうなる未来を心から願っている。

松井貴美子

6

テレビでは二回目の議員投票が終わり、開票作業に入った。

前半部分は飛ばしながら読んでいた木澤だが、後半、とくに松井貴美子のマンションから取材ノートが盗まれ、彼女が悠の身を案じるあたりは、ページをめくる手の動きが遅くなり、何度も読み返していた。

「これが今、議員たちに配られているのか」

本を閉じた木澤が絞り出すように声を発した。

「まったく同じものです」

「こんなもの裏付けがねえだろ。だいたい書いた人間は……」

「はい、松井貴美子さんはもう何年も精神病院に入院しています。今では自分の名前すら認知できているかどうか分かりません」

「そんなものを表に出すなんて、名誉棄損も甚だしい」

木澤は本を裕子に投げつけた。肩に当たった。結構な痛みを感じたが、表情には出さなかった。

「許可はもらいました」

床から拾い上げた。

「誰にだ」

「阿久津幹事長です。私自身が裏取りできなかったところは、阿久津幹事長がこれで間違いないと言ってくれました」

「阿久津だと、あいつになにが分かる」

「幹事長からは、この本にはいくつかの間違いがあると指摘を受けました」

「全部が間違いだよ」

「貴美子さんは最初から誤解であることには気づいていましたが、木澤さんがそう思い込んでいたので、そのまま書いたようです。その一つが貴美子さんの子の父親についてです」

「それならここにも書いてあるじゃねえか。俺が海老沢の名前を出した時のあの女の態度で気づいた。海老沢の子ではなかった。だけど俺が勘違いしてたわけじゃない。そう思っていた人間が他にもいて、俺は偽の情報に惑わされただけだ」

「木澤さんでも、偽情報に惑わされて、真実が見えなくなることがあるんですね」

　その言葉が意味深に聞こえたようだ。

「おまえ、まさか娘は阿久津の子だと言いたいのか……」

　木澤の目に嫉妬の激情が宿った。裕子はゆっくりとかぶりを振った。

「私もそう感じたことがありました。でもそれなら悠が死んだ時や貴美子さんが入院した時に、心配して様子を見に来てもよさそうです。阿久津幹事長はこの本を読むまで、悠が死んだことは知らなかったと話していました。悠は間違いなく貴美子さんが離婚した男性の子供です」

「だとしたら阿久津がどう関係する？」

「貴美子さんと古い友人だった幹事長は、昔から好意を持っていたが言い出せなかった。その思いを伝えられないまま、貴美子さんはアメリカに留学し、現地で知り合った男性と結婚しました。

ただしシンクタンクで勉強して、政治家に興味を抱いて帰国した貴美子さんを海老沢事務所に入れたのは幹事長です。やがて貴美子さんの気持ちも幹事長に傾いていったようですが」

――だいたい私には好きな女性がいたんです。

この本にも阿久津のセリフとして出てくる。

「好き合ってたなら一緒になればよかったじゃねえか」

木澤は鼻白んだ。

「それは海老沢先生が許さなかった。今の時代、選挙区が異なる政治家同士が結婚するのも珍しくないですが、当時は地元を守るのが妻の役目でした。女性が立候補するなら夫が裏で支える。国会議員同士の夫婦はよほどの実力者でなければ考えられなかったのではないでしょうか」

二人の関係に目を光らせていた海老沢は、阿久津を宮城の県議選に出した。ただし、阿久津を一介の秘書だと軽視していた当時の木澤は、阿久津が親しくしていた将来政治家志望の有能な女性の存在を知らなかった。

「交際すれば貴美子さんは政治家になれない。二人は話し合った末、政治家になるという互いの夢を優先したのです」

阿久津は海老沢が勧める縁談を受け、貴美子は秘書として海老沢事務所に入った。

「幹事長は、あの時の決断には今も後悔はない、子供にも恵まれ、自分は幸せな人生を送れていると話しておられました。ただ距離は置いても貴美子さんのことは気にしていたそうです。阿久津さんが岩嵜さんについて党を出た時、なかなか民自党から立候補させてもらえない貴美子さんに、うちの党に来れば選挙区を用意すると誘った。でも貴美子さんも海老沢先生に恩義を感じ、民自党を離れるつもりはないと断りました。結果的にそれが功を奏しました」

「なにが功を奏しただ。あの女はいつまで経っても立候補させてもらえなかったんだぞ」

「いいえ、功を奏したのは、阿久津幹事長が海老沢派に戻った時の話です」

「あれは俺が……」

言いかけた途中で木澤の歯切れが悪くなる。

「木澤さんは阿久津幹事長に二つの条件をつけたそうですね。二度と党を裏切らないこと。そして一度党を裏切った人間は絶対に総理大臣にはなるな。党務に徹しろと」

木澤は松井貴美子の本をめくる。その部分は読み飛ばしたと思ったのだろう。だが本には書いていない。裕子が阿久津に訊いて確証を得た。

「派閥に復帰できたのは、木澤さんの力だけではありません。海老沢さんが了承したのは、貴美子さんが、阿久津さんは民自党にとっても海老沢派にとっても大切な人です、長年、先生に仕えた私のお願いとして聞いてくださいと頼んだからです。おかげで貴美子さんは海老沢先生に幹事長との関係を再び疑われ、立候補が延び延びになって政治家の道は諦めたわけですが」

「俺が関係なかったとしたら、阿久津はどうしてこれまで俺の言うことを聞いてきたんだよ」

「総理大臣にならないということですか？」

「そうだよ、前回だって今回だって立候補していれば総理総裁になれただろう」

「それはやはり木澤さんの影響もあったと認めています。木澤さんに言われた言葉は胸に刺さったと」

「ほら、やっぱり俺のおかげで復党できたと感謝してんじゃねえか」

窓から差す西日で丸みを帯びたレンズが光る。

「記者としての姿勢を認めていた木澤さんに党人として生きろと言われたからには、自分は党務に徹して生きていこうと決めたと。でも今の木澤さんには、政治記者として認めるどころか、嫌悪しか残っていないと話していました」

「なんだと」

「私もこの原稿を大学の時、悠から初めて読ませてもらい、反吐が出そうになりました。あなたは、政治家はどこまで割り切れるか、暴力団も割り算が苦手と言ったそうですが、やっていることは暴力団以下です。偉そうに新聞記者面《づら》して人の弱みにつけこんでるのですから」

「俺は国家の行く末を考えて行動しているだけだ」

「それが己惚《うぬぼ》れなんですよ。あなたは貴美子さんに、欲得を絡めたら政治ではなくなってしまう、自分は生涯一記者で生きていきたいと言ったそうですね。でもあなたがやってきたのは記者のすることじゃない。阿久津幹事長も佐土さんも、おそらく見崎さんも三芳さんも……他の議員にしたって、この本を読めば二度と木澤行成の言いなりにはならないでしょう」

「おまえら阿久津が確認したと言ったが、最後の部分は阿久津はなにも知らねえだろう」

「最後とはどこでしょうか」

気づいていたが、裕子はあえて訊き返した。

「あの女の娘が知らない男に無理やり病院に連れていかれたところだよ。あの女の家から資料が盗まれたことも全部だ。だいたい娘だって死んじまったんだろ。確認作業が甘いんじゃねえのか」

「それなら僕が悠から聞いています」広瀬が言い返す。

「私も聞いています。それに悠の日記にも書いてありました。木澤行成は許せないと。なんならコピーを持参しましょうか」

それで裏付けを取れたことになるかは分からない。木澤が訴えるなら、裕子も広瀬もとことんまで付き合う覚悟はできている。

「……ムジナがちょろちょろ動きやがって」

木澤の声にそれまでの威勢は消えていた。

テレビからアナウンサーの声が聞こえた。画面上では久保一秋がマイクの前に立った。

〈まもなく開票結果が出るようです〉

〈開票の結果が判明しましたのでご報告いたします。二回目の投票の結果、佐土啓太郎くん『256』票、見崎通文くん『165』票であります。よって佐土啓太郎くんが当選したと決定いたしました」

会場から拍手が沸き起こった。

佐土が立ってお辞儀する。見崎も潔いほど拍手して称えていた。

事前の予想から佐土有利だったのだ。視聴者の多くは当然の結果だと思っているだろう。

だが木澤と阿久津が盟友関係にあると思っている阿久津派の議員の何人かはいまだに狐につまれたような思いであるに違いない。

それは事前に今回の総裁選は見崎が勝つ。決選投票では見崎に入れるよう阿久津から指示が出るからと、木澤から伝えられていたからだ。

なのに阿久津から出た合図は佐土だった。

その合図が斧を振り下ろすトマホークチョップになっていたとは……裏切り者への阿久津のポーズ、それこそ木澤への惜別のサインだった。

壇上では佐土、見崎、三芳の三者が、繋いだ手を上げていた。その姿を木澤は呆然と見つめている。

それは三十年以上に及んで民自党政治を裏で支配してきた木澤行成の記者生命が終わり、永田町から蜃気楼が消えた瞬間でもあった。

「なにもやめなくてもいいんじゃないか。きみの中では目的を遂げたのかもしれないけど、きみは地方支局と政治部しか経験していない。まだ新聞社にはきみがモチベーションを保てる部署がいくらでもあるよ」

須田部長から裕子は翻意を促された。

「はい、でも私を誘ってくれたのは服部局長なので」

誘ってくれたのは今回ではない。大学四年の就活時だから二十一歳の時だ。自分の将来を高く評価し必要としてくれた人は、週刊誌時代を含めても、服部より他はいなかった。

木澤行成の暗躍が、暴露本のように表に出るとは、社長も専務も想像していなかった。自社の紙面でも明かすと伝え聞いていた二人は、会社に不都合な部分は切り取って、木澤個人に関する部分だけ公にするものだと思い込んでいたのだろう。服部はルポをなんらかの方法で公表することに賛同していたが、そのことは社長と専務には隠していた。

議員に出回っていた松井貴美子の手記がメディアにまで渡り、新総裁誕生のニュースが霞むほど反響が広がった。菅波は服部に「きみはうちの社を潰す気か。こんな話、聞いてないぞ！」と激昂した。だが服部はきっぱりと言い返したそうだ。

「木澤氏だけに責任を取らせるわけにはいきません。木澤氏を好き勝手にさせたのは我が社の責任ですから」
　そう言って服部はその場で退職願を提出した。

《民自党がたった一人の男に操られていた》
《永田町を操った蜃気楼の正体》
《信頼を失った日西新聞、そして新聞ジャーナリズム……》
　それから数日、新聞や週刊誌、テレビまでが日西新聞を批判した。
《一人の記者に自由な取材を許し、記者が関わってはいけない域まで入り込んで政治家に指図をしていたとはあってはならないことです。弊社では当該記者を処分するとともに今後は根底から記者教育を徹底し……》
　日西新聞は一面で、島田社長の謝罪文を掲載した。今後は第三者委員会を設置し、木澤が歴代政権にどのような影響力をもたらせたか検証するという。
　木澤は懲戒解雇となった。社長は辞任を表明、木澤を自由にさせてきた張本人である菅波専務は、社長昇進どころか、退任することが確定し、日西新聞の経営陣は次の株主総会を待たずに刷新されることになった。
　とはいえそれ以上、他社メディアが追及することはなく、一カ月も持たずに沈静化した。
　木澤が反撃をすることなく姿を消したこともあるが、メディア側にも問題がある。とくに今泉時代の名古屋経済研究所と深く付き合っていた週刊誌は、当時のことが表面化すれば、批判がブーメランとして返ってくると恐れたのだろう。テレビや新聞も多かれ少なかれ付き合いはあった。

今回の総裁選では、キングメーカーと呼ばれた記者の思惑とは真逆の形で新総裁が誕生した

——そう報じられたことで、ただでさえ人気が高かった佐土は、近年にない高支持率での船出となった。

佐土は円安の是正や賃上げなど、経済危機からの脱却を目標にする挙国一致内閣を宣言した。また国益を損失しない形で、カーボンニュートラルの前倒しを検討するよう所轄官庁に指示した。先に行われた党役員人事では、幹事長は阿久津が留任、見崎を副総裁に、その後に発表した閣僚人事でも三芳を経済担当の特命担当大臣に置くなど、五派閥から幅広く人選した。財務大臣には、佐々木容子が女性で初めて就任した。彼女をはじめ、四人もの女性大臣が誕生したことも大きな話題になった。

——政治記者がいなけりゃ日本の政治は動かねえよ。

濁った声が鼓膜を叩く。女性が多数入閣した新政権は、ある意味「アンチ木澤」から生まれた。女嫌いの木澤は望んではいなかっただろうが、これも木澤が動かしたとも言えなくはない。だが、陰で政治を動かす蜃気楼はもはや存在しない。

佐土は高い支持率を維持したまま、人々の困窮する生活を回復できるのか。滞りなく国会運営ができるのか。党内をまとめることができず、支持率が下がれば、すぐさま佐土降ろしが始まり、その時には佐々木容子らが次の総理候補として名乗りを上げているかもしれない。

いや、民自党には誰もが及ばない大本命がいる。阿久津諭だ。裕子の前でも、これまで通り党務に徹することが自分の役割だとはっきり述べた阿久津だが、政治の世界は一寸先は闇なのだ。

いつどう心変わりするかは誰にも読めない。

裕子を引き留めようとする須田の説得は続いていた。

「なぁ、国枝さん、少し時間をかけて考えてみてくれないか。いきなり辞表を出されても私だって困るよ」

佐土内閣が誕生して一ヵ月が経過した九月下旬、裕子は会社に退職願を提出した。

「一年ちょっとでやめることになって、なんの恩返しもできていないのは分かっているのですが」

「恩なら充分返してもらったよ。必要な人材だからこそ引き留めているんだ」

「最初からこの件が終わったら辞めようと決めていたので」

そう言うと須田は嘆息した。

「きみが新聞に愛想を尽かしたというのなら私には止めることはできないけど」

「愛想を尽かしたなんてそんな……」

週刊誌ではできない経験をさせてもらい、政治の内情を知悉《ちしつ》した。感謝の気持ちでいっぱいだ。それでもこれ以上記者を続ける気にはなれなかったのは、裕子の中でこれまでとは異なる考えが芽生え始めたからだ。

新聞は終わった、そう言われて久しいが、それはなにもネットが普及して、紙の新聞の購読者数が減ったからだけが原因ではない。

かつて対等の立場で政治家に意見をぶつけ、間違っていると思ったことは政治家本人に向かって否定した、そうした主義主張を持った記者が日西新聞に限らず、どの社にも存在した。それがいまや出来事を追いかけ、対案を示すこともなく批判するだけ。だから読んだところで説得力がないと、人々は新聞を見放した。

須田に頭を下げ、中西や栗原デスクにも挨拶して、裕子は編集局を出た。

「裕子、下まで送ってくよ」

今回の人事で社会部の遊軍に異動になった広瀬浩介が近づいてきた。

やめることを伝えた時も広瀬からは「俺は日西以外知らないから、会社が潰れるまではここにいるつもりだけど、裕子には裕子の人生がある。俺は裕子の活躍を応援しているから」と励ましてくれた。

「裕子は本当にこの先どうするつもりだよ」

エレベーターで一階まで降りると、広瀬が眉を寄せて訊いてきた。

「そんなにすぐには決められないよ」

「そうだよな。だけど昨日、家原さんがおかしなことを言ってたんだよ。裕子が佐土総理から……」

たまたま目を向けたスマホにＬＩＮＥの通知が出た。

「浩介、ちょっとごめん」

「ああ」

広瀬から離れてエントランスホールの隅まで移動し、握っていたスマホを開く。

《先日のご相談、答えは出ましたか？》

佐土総理からだった。

一週間前にもＬＩＮＥが入り、佐土が贔屓にしている料理店に呼び出された。佐土からは国会議員にならないかと誘われた。

――選挙区はあなたの地元の隣である、埼玉×区を用意し、公認を保証します。首都圏だと、事務所の設置、選挙カー、うぐいすさんへの手当、ポスター、はがき代など選挙資金が三千万円は必要です。千五百万は党が用意します。ですが残り千五百万円はあなた自身が用意してください。民自党の公認があれば銀行はいくらでも融資してくれますし、当選すれば歳費と政党交付金からの助成ですぐに返済できます。

まさか自分が議員に勧誘されるとは思いもしなかった。どうして私に声をかけたのかという質問にはこう説明を受けた。

――私がこれからは女性の時代だと言った時、あなたもこう言いましたよね。一度女性が総理になり、国民に女性総理でいいんだと安心感が生まれたら、男性は総理になれなくなると。

――あれは一般論ですよ。

――私が今言っているのも一般論です。ですけど国会議員にならないと総理になる権利がないことは紛れもない事実です。候補は多くいた方がいい。松井貴美子さんもそんな未来を望んでいたのではないでしょうか。

佐土の口から本でしか知らないはずの松井貴美子の名前が出たことが、裕子の胸に沁みた。

いっそ政界に身を投じ、自分がしたいことを提案していく。言いたいことがあれば先輩議員であろうとも直接意見する。自分に誤ちがあれば思い切り批判を浴びよう。長く批判する側にいたのだ、批判にもけっして逃げない、そう心を固めた。

ＬＩＮＥの返事を打とうとしたが、ＳＮＳで済ますものではないと指を止めた。

「浩介、もうちょい待って」

スマホを眺めていた広瀬に断りを入れ、エントランスホールの外へと移動する。周りに人がいないのを確認してから通話ボタンを押した。

「総理、お忙しいところ申し訳ございません。いろいろ考えましたが、今の私に千五百万円もの大金は用意できません。実家が酒屋からコンビニに改築した時の借金を抱えていますし、当選すれば返済できるといっても、当選の保証があるわけではないですし」

でしたら当選を保証します、そのような返事を期待したわけではない。選挙は水物だ。佐土も軽はずみなことは言わなかった。

〈それでは幹事長にお願いして、三千万円全額、党で用意しましょう。ただしこれは他の候補者と公平ではなくなってしまうので内緒でお願いします〉

「そこまで言っていただけるのでしたら、引き受けさせていただきます」

スマホの先で声が途絶えた。ふっと息が漏れる音がして、佐土の声が続いた。

〈あなたもただのいい人ではなさそうですね。さすが幹事長が目をつけただけある。気に入りましたよ〉

裕子は礼を言って通話を切った。

佐土からの誘いだけでは、転身を決意するまでには至らなかった。佐土から、阿久津幹事長が「彼女を我々で共有しないか」と言い出したと聞いたのだ。

記者を続けるつもりなら、利用されているようで嫌悪感を抱いたはずの「共有」という語句が、自分を評価してくれる褒め言葉として胸にすとんと落ちた。

「ごめん、浩介、待たせて」

スマホをバッグにしまい、広瀬の元へと戻る。

「誰との電話だよ」

「知り合いだよ」

「裕子、なんか悪い顔してるぞ」

「悪い顔ってなによ」

「昔からそういう顔をするんだよ。悠も言ってたもん、裕子は時々、なに考えているか分からない時があるって」

「こんな分かりやすい人間に向かってなに言ってるのよ」

「本当はもう次の仕事決めてるんだろ。隠してないで教えろよ」

「すぐ決められないと言ったでしょ。日西新聞に移って、早く政治部に移らないと働き詰めだったし。少しくらい休ませてよ」

「そうだよな。裕子は休みがなかったものな。ところで、さっきの話だけど家原さんが……」

話している途中で裕子が話を替えた。

「それより浩介、最後にランチをご馳走してよ」

「いいけど、なんだよ、急に」

「財布は一緒でしょ？」

「冗談だって。浩介だって新しい部署に移ったばかりだし、身内同士のご飯に経費は切れないよね」

「えっ」

広瀬が固まった。

「切れるもなにも、あんなことができたのは木澤氏だからだよ」

「そうだね。ランチは次の機会に。私、約束があるんだ。また電話するよ」

裕子は片手を上げ、ビルの前を通ったタクシーを止めた。

タクシーは皇居を過ぎ、国会議事堂を左に見ながら、永田町へと向かった。

〈参考文献〉
『黒幕　巨大企業とマスコミがすがった「裏社会の案内人」』伊藤博敏（小学館文庫）
『表舞台裏舞台　福本邦雄回顧録』福本邦雄（講談社）
『田中角栄　戦後日本の悲しき自画像』早野透（中公新書）
『渡邉恒雄に佐高信が迫る「小泉君の本音、安倍君への注文」』（『月刊現代』二〇〇六年一月号　講談社）

執筆にあたり、元政治記者である臼田隆弘氏、寺田俊治氏に多大なご助言をいただきました。ここに深くお礼申し上げます。

本著の内容はフィクションであります。責任はすべて著者にあります。

本書は『小説推理』二〇二一年九月号～二〇二二年四月号にかけて連載されたものに、加筆・修正を加えたものです。

本城雅人　ほんじょう・まさと

一九六五年、神奈川県生まれ。明治学院大学卒業。産経新聞社入社後、スポーツ紙記者として活躍。二〇〇九年『ノーバディノウズ』が松本清張賞候補となりデビュー。一七年『ミッドナイト・ジャーナル』で吉川英治文学新人賞を受賞。一八年『傍流の記者』で直木賞候補。著書に『マルセイユ・ルーレット』『にごりの月に誘われ』『夢を喰う男』『不屈の記者』など多数。

キングメーカー

二〇二三年三月二五日　第一刷発行

著者　本城雅人
発行者　箕浦克史
発行所　株式会社双葉社
〒１６２－８５４０
東京都新宿区東五軒町３－２８
電話　０３－５２６１－４８１８（営業）
０３－５２６１－４８３１（編集）
http://www.futabasha.co.jp/
（双葉社の書籍・コミック・ムックが買えます）

印刷所　大日本印刷株式会社
製本所　株式会社若林製本工場
カバー印刷　株式会社大熊整美堂
DTP　株式会社ビーワークス

ISBN978-4-575-24613-1 C0093